2021·北岳·中国文学主题年选

(丛书主编：王朝军)

2021年
散文随笔选粹
与爱

吴佳骏 ◎ 主编

山西出版传媒集团　北岳文艺出版社
·太原·

图书在版编目（CIP）数据

2021年散文随笔选粹. 与爱 / 吴佳骏主编. —太原：北岳文艺出版社，2022.1

（2021·北岳·中国文学主题年选 / 王朝军主编）

ISBN 978-7-5378-6531-9

Ⅰ. ①2… Ⅱ. ①吴… Ⅲ. ①散文集－中国－当代 Ⅳ. ①I267

中国版本图书馆CIP数据核字（2022）第043283号

书　　名：2021年散文随笔选粹·与爱	出品人：郭文礼	责任编辑：赵　婷
	策　划：王朝军	书籍设计：张永文
主　　编：吴佳骏	项目统筹：赵　婷　高海霞	印装监制：郭　勇

出版发行　山西出版传媒集团·北岳文艺出版社
地　　址　山西省太原市并州南路57号
邮　　编　030012
电　　话　0351-5628696（发行部）
　　　　　0351-5628688（总编室）
传　　真　0351-5628680
经 销 商　新华书店
印刷装订　山西人民印刷有限责任公司

开　　本　787mm×1092mm　1/16
字　　数　271千字
印　　张　17.75
版　　次　2022年1月第1版
印　　次　2022年1月山西第1次印刷
书　　号　ISBN 978-7-5378-6531-9
定　　价　58.00元

本书版权为本社独家所有，未经本社同意不得转载、摘编或复制

爱是一种灵魂历险

/吴佳骏

在各类年度选本曾像赶潮流般纷纷抢占书市,如今却因各种原因逐年消亡的情况下,再来主编一本散文随笔年选,这不能不说是一种压力。但北岳文艺出版社的领导和编辑有为有位,秉持出版理想,执意邀请我来将这个年度选本继续编选下去。几番思忖和犹豫,我到底还是被他们的热情和真诚所打动,最终答应了。置身当下这个娱乐化、浮躁化和功利化的时代,我们更要有一种精神追求,去引领自我的人生和人格向上飞升。否则,就极有可能被无聊的庸常所消解,甚至走向自我的反面。特别是身为文学工作者,我们更应该肩负起自己的责任和使命,坚守阵地,多为读者生产精神食粮,多向人间传递爱的火种。

我乐意做这种有功德的事情。

然而,任何一个编选者,都有自己的文学主张和价值判断。自我答应担任选本主编那天起,我就在琢磨,该如何厘定选本的尺度和限界。简言之,即如何跟市面上见到的其他年度选本区别开来。文学创作最忌的便是同质化,做选本同样如此。好的选本绝不是剪刀加浆糊,也不是粘贴加复制,而是一种发现、鉴别和提纯。我试图将本年度所见的真正优秀的文章遴选出来,让更多的人读到。当然,每个人都有局限性,受条件所限,加上精力和时间不够,还有视野的窄化，不可能看到所有公开发表的文章，难免挂一漏万，但我想尽量使这个选本成为本年度散文随笔的一面镜子。透过这面镜子，让每一个读到此书的人，都能从中窥到作为散文随笔所特有的美学价值、思想境界和良知承担。不仅如此，倘若还能让读者从阅读中引发出一些联想，看到人活着的喜忧，体察到生命的明暗，感受到人性的善恶，以及对美好生活的向往，那我就知足了。

想法既定，我庚即与责编王朝军先生商议，先确定一个主题，围绕主题来编选文稿，这样做的好处是使选本不至于太过散漫。因为选本并非一个篮子，什么文章都可以往里面装，那是为博人眼球，企图兜售和推销产品的做法。我希望赋予每年的选本一个新的"灵魂"。王朝军先生以他学者的敏锐，十分赞成我的想法。经过慎重商讨，我们将今年的选本主题确定为"与爱"。"爱"是核心，身处艰难尘世，我们不仅需要坚强，更需要爱，爱自己，爱家人，爱同胞，爱动物，爱植物……尊重生命，尊重生灵。"与"既有给与，也有参与，更有相与之意。爱从来都不是孤立的，它需要互相给与，互相温暖。它不是一颗星星，而是一片星星；它不是一束光，而是一片光。

在具体编选过程中，我打破了通常选本的编选方式，若本年度出现的有重大纪念意义的文化事件，则单独成辑，"纪念鲁迅先生诞辰140周年"即如此。另外，对于的确写得好的非名家作品，则集中多条重点推出，以期引起广泛关注，"新实力·陈年喜散文"即是一例。陈年喜出生底层，做过十六年爆破工，文字坚实得令人不忍卒读。这种"底层意识"写作，自然与那些具有士大夫闲情逸致的作品区别开来，其文本折射出来的震撼力，是那些所谓的名家也未必写得出来的，故而特别可贵。余下的其他小辑设置，则根据主题视情况而定。诸如"生命史""书文录""故园情""人物志""文学镜"几个小辑，都能增添选本内容的丰富性和多样性。在入选的作者中，有不少名家，如孙郁、王培元、林贤治、筱敏、张承志、阎连科、韩少功、刘亮程、南帆等人，他们的文字，一如既往地坚持自己的文学立场和品质，很少让人失望。但更多的作者，却是近年来才崭露头角的文学新锐，像刘星元、刘云芳、向迅、王爱、欧阳国、王选、丁威等人都是80后，他们的作品不但完成度高，还体现出少见的"问题意识"和"悲悯情怀",是大有希望的一群后起之秀。张二棍和王单单虽然以诗见长,散文也写得别具一格。特别值得提及的是孙莳麦,她还是个在校大学生,却写出了《对岸》这样令人刮目相看的处女作,才情俱佳,属于老天爷天生赏赐文学饭碗的人。在"书文录"小辑中,我特意收录了写已故翻译家赵罗蕤先生的一篇长文,不是为了缅怀,而是对一代旧知识分子身上所散发出来的精神光芒和人格魅力的赞赏。在"文学镜"小辑中,丁帆、汪政的两篇文章,均带有"讲稿"性质,之所以收录,意在提供一种参照,扩大读者的视界,我将之视为文学"心法"。

　　按惯例,所编入的每篇文章末尾,都撰有一则"评鉴与感悟",长则百余字,短则一句话,目的在于给出一点阅读提示。不一定准确,属一孔之见。好文章的意义都是开放性的,不同的人读会有不同的启悟和收获,这便是文章的生命力所在。

　　最后想说的是,不管选本的"主题"是什么,文学都有一个共同的"主题",即"文学即人学",这就势必要强调它的文学性和思想性。尤其是散文随笔的精神,又全在于"自由"二字。故文章的文体意识、道德倾向、人文立场等,都是我评判一篇文章是否入选的标准。散文似乎人人都在写,都能写,但真正写得好的并不多,这跟作者的修养、态度、境界和信仰等有关。纯粹玩弄文字技巧或耍语言花招,是写不出好文章的。散文随笔到底不是宣泄个人情绪的载体,它必须要有"当代性",是对生存的见证,是对生命、人性和苦难的关注,是对爱和慈悲的呼唤。这既是一种灵魂历险,也是一种人道主义救赎。

2021年11月23日

目 录

纪念鲁迅先生诞辰140周年

3　鲁迅的诗性和佛性　　　/孙郁

7　两个鲁迅　　　/王培元

新实力·陈年喜散文

19　德成　　　/陈年喜

22　小渣子　　　/陈年喜

29　北京的秋天　　　/陈年喜

生命史

39　浪子归来　　　/林贤治

49　即使雪落满仓　　　/塞壬

70　纳投名状　　　/李修文

80　记录者及其他　　　／筱敏

85　在湘西　　　／周实

91　蝴蝶效应　　　／羌人六

105　对　岸　　　／孙蔚麦

122　剔骨刀　　　／刘星元

127　旷野笔记　　　／张二棍

132　过双马杆　　　／王单单

139　矿工的妻子　　　／刘云芳

150　身体里的花朵　　　／欧阳国

161　母思阿巴　　　／王爱

173　时间城堡　　　／向迅

181　二月二晴　　　／王选

189　故地：荒野之魅　　　／丁威

书文录

201　笔写和心记的都一样　　　／张承志

206　阅读陈乐民　　　／阎连科

211　没有陈超的世界将更显空寂　　　／雷平阳

故园情

217　大地上的家乡　　　／刘亮程

227　关口村三年　　　／南帆

人物志

237　赵萝蕤：一个人的荒原　　　／阿舒
250　冷冰川的夜与昼　　　／徐累

文学境

255　萤火虫的故事　　　／韩少功
259　"生命圈中有一个内圈"
　　　——克拉克"当艺术家老去"阐释的启示　　　／丁帆
265　请谁来讲文学课
　　　——从一篇深度报道谈起　　　／汪政

纪念鲁迅先生
诞辰140周年

鲁迅的诗性和佛性

/孙郁

有个时期，鲁迅抄写过许多古书，内中包括明代版本的梁朝僧祐著《出三藏记集》，东晋法显的《法显传》，抄写的过程，对于佛家文化的深处意蕴，多有心得。他辑录的《古小说钩沉》佛教文学的片段甚多，其中《幽明录》《神异录》《冥祥记》《宣验记》关于阴阳两界的表现，折射着精神的越界之思。这些对于他后来的创作都有潜移默化的影响。这两部作品有很强的感性画面，叙述中带着出离旧儒习俗的意蕴，文学意味是深切的。一个有意思的现象是，鲁迅在精神最为压抑、困顿的时候，喜欢以佛经里的词汇和意象表达自己的心情。但这时候不都是消极的引用，而是于苦海里挣脱的寻觅，辞章的缠绕与繁复，与汉译佛经的片段庶几近之。

《野草》的题辞写道：

> 过去的生命已经死亡。我对于这死亡有大欢喜，因为我借此知道它曾经存活。死亡的生命已经朽腐。我对于这朽腐有大欢喜，因为我借此知道它还非空虚。

有学者研究认为，鲁迅在《野草》里使用了大量佛经的词汇，且在句法上有连带关系。不过鲁迅不是从信仰的层面使用佛经语言，而是从艺的审美方面借力，表述自己茫然无助的时候的心态以及挣脱苦海的坚毅之情。他不仅在佛经语境里表述思想，也借用了《圣经》和尼采、屠格涅夫的诗学因子，可以说是各种超俗语义的衔接，在融会贯通中形成自己的文体，而气象上直至释迦牟尼、尼采的境界，这实在为汉语写作中的罕有的现象。

熟悉鲁迅文本的人可以感到，其论战之文与描述之文，在背后总有一种宏阔的气脉卷向悠远之地。即《般若无知论》所云的"以无知之般若，照彼无相之真相"。传统认知的概念在那里失效，在无意义中凸显出意义来。所以，他的写作与士大夫的纠结不同，和新文化人也不在一个层面上。这种超逻辑的语境让人想起尼采与释迦牟尼的思想。而他阅读佛经时的感受之强烈，也是一般人所没有的自我省视。1927年在《怎么写》中，就有寂寞里的佛音，我们对比鲁迅的文章和汉译佛经，就可以感到内蕴的相近性：

> 我沉静下去了。寂寞浓到如酒，令人微醺。望后窗外骨立的乱石中许多白点，是丛冢；一粒深黄色火，是南普陀寺的琉璃灯。前面则海天微茫，黑絮一般的夜色简直似乎要扑到心坎里。我靠了石栏远眺，听得自己的心音，四远还仿佛有无量悲哀，苦恼，零落，死灭，都杂入这寂静中，使它变成药酒，加色，加味，加香。这时，我曾经想要写，但是不能写，无从写。这也就是我所谓"当我沉默着的时候，我觉得充实，我将开口，同时感到空虚"。

这里所说的无量悲哀，其实从佛经语境那里来，而词语的无力感的描述，恰是《华严经》所云佛法"超过一切语言境界"的现代版。鲁迅受到了佛经语言的暗示，而内心的体味则属于自己的独创。现代人的无聊、可哀、无奈都在此流出。但不是沉沦到黑暗里，内心的刚劲之气也流溢其间，那种坚毅之思在文本的背后滚滚而来，提升着悲哀里的期冀。鲁迅的文本外在于流行的语言，又在现实的深处。超俗性的韵致是鲁迅吸引读者的原因之一，他哀叹民生之苦，攻击魑魅魍魉，与己身的疾苦搏斗，都有常人罕见的精神的闪动。晚年被疾病缠绕的时候，又牵挂着左翼文化的进程。考察其一生行迹，精神气质是不染红尘的纯然存在，以世俗的价值观来衡量其生命选择，总还是不得要领的。

《呐喊》《彷徨》感人的地方，除了揭示了现实灰暗与人生真态，背后有大的爱意的辐射。其精神的温度之炽热，可与佛经的寓意媲美。阿Q、闰土、祥林嫂、孔乙己、单四嫂子，都是要被救助的可怜之人，鲁迅以无限慈悲之心照出存在的本真，希望笔下的人物恢复到正常人的状态，进入人的世界。作品对于人的内部世界和外部世界的描述，多见奇思，感人的恰是"哀其不幸、怒其不争"的部分。就精神的广远性而言，与中土佛教所云的菩萨之心有诸多呼应的地方。

阅读鲁迅作品，不能忘记的是对于人间的主奴意识的批判，以及消除世间隔膜的努力。像释迦牟尼一样，他无法忍受人的悲苦之境，对于百姓的灾难和文人的沉沦，有大的哀凉。对于写作，他承认有一种拯救世间不幸者的用意："所以我的取材，对采自病态社会的不幸的人们中，意思是在揭出病苦，引起疗救的注意。"鲁迅笔下不觉悟的人，恰如佛经所云的未明者，需开启方能醒悟。而无路可行的读书人，则是幻灭的悲哀。读这些作品，觉得鲁迅思考的是如何度别人于苦海，自己也在苦苦的自度之中。而在人与己之间，他不能忘记的却是那些需要帮助的人们。在死亡临近的时候，他所思所想，竟是远方的人们：

> 街灯的光穿窗而入，屋子里显出微明，我大略一看，熟识的墙壁，壁端的棱线，熟识的书堆，堆边的未订的画集，外面的进行着的夜，无穷的远方，无数的人们，都和我有关。我存在着，我在生活，我将生活下去，我开始觉得自己更切实了，我有动作的欲望——但不久我又坠入了睡眠。

类似的体验在许多作品里都有，是一以贯之的品性。文章散出迷人的气息，浩茫的心事里没有自我享受、自得的影子，词语间爱意弥漫，使文字像被圣水洗过一般，通体明亮。这是有着佛意的句子，也是释迦牟尼精神的现代式的表达。一生的写作虽千变万化，但根底不离慈悲、自尊、施爱这些基本信条。所思所言背后，唤受难者出劫难之海，以生命之舟载人到自由的彼岸。寒冷中的温情，成了其文字里常恒的景观。

鲁迅的佛性不是寄寓于佛门的静观，而是自我放逐的苦行。他的内力来自生命之躯，而救赎世界，靠的是自己的力量，这样就有了一种独立的气象。佛经里讲的度苦、成佛都是在精神层面的超越。鲁迅则回到地狱般的现实，在苦海里摆渡那些不幸的人到希望的彼岸。因为他知道，佛的伟大精神的实施，不都在庙宇里，也在尘世中。所以在一生的选择里，保持了精神的高贵性，又不乏现实的清醒性。在没有路的地方走路，恰是章太炎所云"依自不依他"意识的体现。而晚清以来依靠佛教救国的学人，其影响力超过鲁迅的，也甚为寥落。

选自《南方文坛》2021年第3期

两个鲁迅

/王培元

上

杭州孤山1928年曾经出现过"别一'鲁迅'",据称在城外教书,自说姓周,曾作一本《彷徨》,销了八万部云云。对此鲁迅发表了《在上海的鲁迅启事》,声明"我之外,今年至少另外还有一个叫'鲁迅'的在,但那些个'鲁迅'的言动,和我也曾印过一本《彷徨》而没有销到八万本的鲁迅无干"。"两个鲁迅"并非指这类事,而是专指鲁迅思想文学中一种颇为突出的特有的现象。

1932年鲁迅在《〈自选集〉自序》中,回忆自己作小说开始于1918年《新青年》提倡"文学革命"的时候,"然而我那时对于'文学革命',其实并没有怎样的热情。见过辛亥革命,见过二次革命,见过袁世凯称帝,张勋复辟,看来看去,就看得怀疑起来,于是失望,颓唐得很了……不过我又怀疑于自己的失望,因为我所见过的人们,事件,是有限得很的,这想头,就给了我提笔的力量"。这里显然有两个鲁迅:一个是失望、颓唐得很的鲁迅,另一个是怀疑于自己的失望的鲁迅。

在《〈呐喊〉自序》里,鲁迅谈到老友金心异(即钱玄同)到他寓居的S会馆来,请他给《新青年》作文章,于是,夏夜里的槐树下,两个人之间发生了关于"铁屋子"的著名对话。这也是一场涉及"唤醒民众"的可能性、"思想启蒙"的意义的对话。在这个问题上,两个人的见解最初并不一致。鲁迅的看法是:"假如有一间铁屋子,是绝无窗户而万难破毁的,里边有许多熟睡的人们,不久都要闷死了,然而是从昏睡入死灭,并不感到就死的悲哀。现在你大嚷起来,惊起了较为清醒的几个人,使这不幸的少数者来受无可挽救的临终的苦楚,你倒以为对得起他们么?"而金心异则认为:"然而几个人既然起来,你不能说决没有毁坏这铁屋的希望。"

他的话引起了鲁迅的思索:"是的,我虽然自有我的确信,然而说到希望,却是不能抹杀的,因为希望是在于将来,决不能以我之必无的证明,来折服了他之所谓可有。"其实,这既是鲁迅与金心异这两个老友的"对话",也是发生在"两个鲁迅"之间的"对话":一个是对于"绝无窗户而万难破毁的铁屋子""自有我的确信"的鲁迅,一个是被金心异"毁坏这铁屋的希望"一番话说服的鲁迅。对话的结果是,无法以希望之"必无"来折服了"可有"的鲁迅,怀抱着"希望在于将来"的信念,"终于答应他也作文章了"。此后,《狂人日记》《阿Q正传》等一系列不朽的中国现代小说诞生了,鲁迅走出"置身荒原"的寂寞状态,重燃"青年时代慷慨激昂"的热情,出而参与《新青年》发起的思想启蒙和文学革命的伟业,五四新文化运动收获了最辉煌丰硕的思想文学成果。

在书信里,鲁迅多次谈到"绝望"以及"反抗绝望"的问题。1925年3月18日致许广平的信写道:"我的作品,太黑暗了,因为我常觉得惟'黑暗与虚无'乃是'实有',却偏要向这些作绝望的抗战,所以很多着偏激的声音。"同年在写给另一个青年的信里说:"虽然明知前路是坟而偏要走,就是反抗绝望,因为我以为绝望而反抗者难,比因希望而战斗者更勇猛,更悲壮。"在这里,有为"黑暗与虚无"所困扰的鲁迅,也有"作绝望的抗战"的鲁迅,更有"绝望"的鲁迅被"反抗绝望"的鲁迅所超越的鲁迅。

"两个鲁迅"的现象自然还有很多。鲁迅心里想的和嘴上说的笔下写的,往往不同;为自己的设想与为别人的设想,也常常两样;有时爱人,而有时又憎人,等等。这种种复杂的情形及其原因,他1925年5月30日给许广平的信里具体谈到过,"我所说的话,常与所想的不同,至于何以如此,则我已在《呐喊》的序上说过:不愿将自己的思想,传染给别人"。《〈呐喊〉自序》说的是给《新青年》写小说时,"往往不恤用了曲笔,在

《药》的瑜儿的坟上平空添上一个花环,在《明天》里也不叙单四嫂子竟没有做到看见儿子的梦","至于自己,却也不愿将自以为苦的寂寞,再来传染给也如我那青年时候似的正在做着好梦的青年"。何以不愿呢?鲁迅做了这样的解释,"因为我的思想太黑暗,而自己终不能确知是否正确之故"。

在致许广平的信里他还写道:"其实,我的意见原也不容易了然,因为其中本有着许多矛盾,教我自己说,或者是'人道主义'与'个人的无治主义'两种思想的起伏消长罢。所以我忽而爱人,忽而憎人;做事的时候,有时确为别人,有时也却为自己玩玩,有时则竟因为希望将生命从速消磨,所以故意拼命的做。此外或者还有什么道理,自己也不甚了然。但我对人说话时,却总拣择光明些的说出……总而言之,我为自己和为别人的设想,是两样的。所以者何,就因为我的思想太黑暗,但是究竟是否真确,不得而知,所以只能在自身试验,不能邀请别人。"他向许广平坦诚地剖露了自身的诸多矛盾:人道主义和个人主义,爱人和憎人,为自己和为别人。

"自身试验,不能邀请别人"的意思,《写在〈坟〉后面》也曾谈过,"倘说为别人引路,那就更不容易了,因为连我自己还不明白应当怎么走";只很确切地知道由此到生命的终点——坟——的道路,"当然不只一条,我可不知那一条好,虽然至今有时也还在寻求。在寻求中,我就怕我未熟的果实偏偏毒死了偏爱我的果实的人,而憎恨我的东西如所谓正人君子也者偏偏都矍铄,所以我说话常不免含胡,中止……怕于读者有害,因此作文就时常更谨慎,更踌躇"。在书信里他的想法也常常如此。《〈两地书〉序言》说:"常听得有人说,书信是最不掩饰,最显真面的文章,但我也并不,我无论给谁写信,最初,总是敷敷衍衍,口是心非的,即在这一本中,遇有较为紧要的地方,到后来也是往往写得含胡些……但自然明白的话,是也不少的。"不只是致许广平的信,写给其他师友的也大致如此。

这些悖论性的现象,恐怕是五四新文化运动及其以后的时期特有的精神现象。在中国思想文化史上,"五四"及其以后的一个时期,或许是价值观念、伦理观念和审美观念发生最剧烈、最深刻、最广泛变革的时期,堪称一场波及深远的"文化地震"。处在"震中"的鲁迅,其思想、情感、精神和心理,无疑经历了前所未有的急剧变化。上述诸多矛盾现象的存在,正体现了鲁迅思想文学的独特性、深刻性、复杂性和丰富性,表明其精神心理结构是多侧面的、立体的、深邃的，而不是浮薄简单的、凝固不变和静止不动的，还显示出他的崇高博大的人道主义精神和情怀，以及作为一个思想家、文学家高度的强烈的社会责任感。

这种现象还有很多：作为儿子、爱人、父亲、兄长、师友的鲁迅，与作为思想家、文学家的鲁迅；日常生活中的鲁迅，与执笔为文的鲁迅；被称为"世故老人"的多疑的鲁迅，与天真的轻信的鲁迅；怀着满腔热情奔赴"革命策源地"的鲁迅，与"被血吓得目瞪口呆"而离开广州的鲁迅；"横眉冷对千夫指"的鲁迅，与"俯首甘为孺子牛"的鲁迅；默默地为青年看稿校对以至于累得吐血，甘心为其所"利用"的鲁迅，与"虽是什么青年也再不留情面"，"不再无条件敬畏"的鲁迅；平时多把喝咖啡的时间都用在读书写作上的鲁迅，与坐豪华包厢看电影的鲁迅；仁厚慈爱、胸怀博大的鲁迅，与决绝复仇的不宽恕的鲁迅；被推为左联盟主的鲁迅，与始终保持独立性、在原则问题上毫不让步的鲁迅……

这些存在于鲁迅思想文学中的"雅努斯"（古罗马人具有两副面孔的门神）现象，有的是共时性的，有的则是历时性的；有的是被他努力克服和加以改变的，有的却终其一生都是如此的。作为思想文化巨人的鲁迅，其心灵深处一生都是不宁静的，充满了各种思想意念的冲突、纠缠和激辩。也许这是一个现代中国最不安分、最不平静的灵魂，其中有最奇伟壮观的心灵/精神风景，始终存在着多层次多侧面的"两个鲁迅"的对峙、纠葛、争执和交锋。

这便是鲁迅的"全人"，他的丰沛郁勃、生生不息的完整生命形态，就像一片壮阔、苍茫、幽深的大森林，其中既生长着高耸入云的乔木，有四季常青的针叶树，有春天萌绿秋季萎落的阔叶树，也遍布着低矮茂密的灌树丛，地上还有流淌的溪水及各种杂草花卉，自然又有枯枝败叶和朽腐的倒木。

下

然而，鲁迅思想文学的深刻性、丰富性和复杂性，却常常有意无意地被简化了，整成了一个单面的鲁迅，一个怒气冲冲、好像无端地不快活、和谁都过不去的鲁迅。仔细探究起来，恐怕也不无因由。

鲁迅由《新青年》现身而走上文坛，正是一个自己所期许的"精神界之战士"，亦即他之所谓卢梭、斯蒂纳尔、达尔文、尼采、托尔斯泰和易卜生那样的"偶像破坏者""轨道破坏者"和"革新的破坏者"。在一个除旧布新的时代，这样的战士的任务和使命，自然也有建设，但主要是攻击和破坏；"是扫除，是大呼猛进，将碍脚的旧轨道不论整条或碎片，一扫而空"。因为"旧像愈摧破，人类便愈进步"。1925年3月31日在致许广平的信里他说："我总还想对于根深蒂固的所谓旧文明，实行袭击，令其动摇，冀于将来有万一之希望。"3月23日信就曾说："这种漆黑的染缸不打破，中国即无希望，但正在准备破坏者，目下也仿佛有人，只可惜数目太少。"他自己正是这样一个"袭击者""破坏者"。而袭击者、破坏者所擅长的，无疑就是攻击、反抗和战斗。

这样的一个破坏者，也必然为人们所疾视、憎恶和不容。鲁迅曾说《坟》的印行，尤其是因为"有人憎恶着我的文章"。"说话说到有人厌恶，比起毫无动静来，还是一种幸福。天下不舒服的人们多着，而有些人们却一心一意在造专给自己舒服的世界。这是不能如此便宜的，也给他们放一点可恶的东西在眼前，使他有时小不舒服，知道原来自己的世界也不容易十分美满。苍蝇的飞鸣，是不知道人们在憎恶他的；我却明知道，然而只要能飞鸣就偏要飞鸣。我的可恶有时自己也觉得，即如我的戒酒，吃鱼肝油，以望延长我的生命，倒不尽是为了我的爱人，大大半乃是为了我的敌人，——给他们说得体面一点，就是敌人罢——要在他们的好世界上多留一些缺陷。"

其实，这正是鲁迅的生命哲学，是他的反抗的哲学，专"与黑暗捣乱"的哲学。

在杂感中，他与论敌短兵相接，面对面交战，锋锐的文字刀刀见血，置对手于死命，使其毫无招架之功、还手之力。而当硝烟散去，在与此完全无关的散文甚或小说里，也依然时时不忘随手给宿敌一击，即他之所谓"纠缠如毒蛇，执着如怨鬼"。《狗·猫·鼠》说到人禽之辨，就有这么一段话："鸷禽猛兽以较弱的动物为饵，不妨说是凶残的罢，但它们从来没有竖过'公理''正义'的旗子，使牺牲者直到被吃的时候为止，还是一味佩服赞叹它们。"《二十四孝图》"只要对于白话来加以谋害者，都应该灭亡"之后，紧接着就来了这么一句："这些话，绅士们自然难免要掩住耳朵的，因为就是所谓'跳到半天空，骂得体无完肤，——还不肯罢休'。"后边又跟了一句："……虽然人世间本来千奇百怪，教授们中也有'不尊敬'作者的人格而不能'不说他的小说好'的特别种族。"这些笔墨都是不失时机地把现代评论派正人君子陈西滢再次拉出来加以攻讦的痛快之举。

恰如希腊神话里紧紧拥抱着巨人安太乌斯，为了折断他的肋骨的赫尔库来斯一样，鲁迅主张文人一定要有"明确的是非"和"热烈的好恶"；"他得像热烈地主张着所是一样，热烈地攻击着所非，像热烈地拥抱着所爱一样，更热烈地拥抱着所憎"。

情感炽热、头脑冷静、意志强韧的鲁迅，既有大爱大恨，又敢爱敢恨。他认同"人在天性上不能没有憎，而这憎，又或根于更广大的爱"，以及"爱憎不相离，不但不离而且相争"的说法；以为"能杀才能生，能憎才能爱，能生能爱，才能文"。所以他的爱往往以恨的特殊方式彰显出来，"就是在冷酷的分析里面，也燃烧着爱憎的火焰"（胡风语）。他的寂寞、孤独、忧伤和苦痛，他的无所不爱然而又不得所爱的悲哀，都是其异常强烈的爱憎情感的一种自然正常的表现。对于阿Q、华老栓、祥林嫂、闰土、单四嫂子、七斤、七斤嫂、爱姑等人物，他的态度都是"哀其不幸，怒其不争"的，犹如援助希腊独立而死于军中的拜伦，"重独立而爱自由，苟奴隶立其前，必衷悲而疾视，衷悲所以哀其不幸，疾视所以怒其不争"。他笔下这些人物的魂灵至今还活着，我们都是阿Q、华老栓、祥林嫂、闰土的子孙。当年阿Q、闰土们自然无法读鲁迅小说，而作为他们子孙的我们，如今是能够读了，但读了以后，感受究竟如何呢？是欢喜，或惊惧呢，还是憎恶？

鲁迅的恨是深含爱意的恨，是融合了大爱之大恨，是一个具有博大情怀的伟大精神界战士的憎恨。所谓"托尼思想，魏晋文章"（刘半农赠鲁迅语），看似迥异的"托尼思想"，在师心使气、阮旨遥深的"魏晋文章"中融而为一。对自身存在的诸多深刻矛盾，如爱与憎、人道主义和个性主义、绝望与反抗绝望等，鲁迅始终保持着高度的清醒和警觉。绝望而反抗者难，比因希望而战斗者更勇猛更悲壮，也正是在这种勇猛而决绝的"反抗绝望"的生命哲学的实践过程中，他才化解、克服和战胜了自己的消沉绝望情绪，以及灵魂里的毒气、鬼气和阴冷之气。鲁迅的思想和文学由此也获得了无比独特深邃的内涵。独异孤绝的反抗的斗争和与绝望抗战的精神意志，无疑是鲁迅的生命哲学的内核，在他的思想文学中具有提纲挈领的意义，是其全部著述的精魂。

这样特立独行的思想家、文学家，是中国古往今来从未有过的。现代中国诞生了这样一个不世出的鲁迅，到底意味着什么呢？鲁迅对于中国人的价值和意义究竟如何呢？他自有"悲苦愤激"，是"活在人间"的文人（"这病痛的根柢就在我活在人间"）。既然活在人世间，就不想走进有诸多麻烦禁令的艺术之宫里去，而宁愿"站在沙漠上，看看飞沙走石，乐则大笑，悲则大叫，愤则大骂"，即使"被沙砾打得遍身粗糙，头破血流"也并不惧惮、毫无悔意。他偏爱"自己的灵魂的荒凉和粗糙"，神往于在飞沙走石的旷野上与黑暗搏战的人生状态。那是一种纵意而谈、毫无忌惮的释愤抒情的书写状态，一种嬉笑怒骂皆成文章的精神自由状态，一种"得到生命的飞扬的极致的大欢喜"。他把自己在明诛暗杀之下顽强生存的杂感，称为"转辗而生活于风沙中的瘢痕"，并声称爱这些若有花纹的瘢痕。在散文诗《一觉》他还说过，"魂灵被风沙打击得粗暴，因为这是人的魂灵，我爱这样的魂灵"。然而，我们这些阿Q、闰土的后裔爱这样的粗暴的、自由的、人的魂灵吗？

"乐则大笑，悲则大叫，愤则大骂"，是一个内涵丰富深邃的卓绝意象，是作为精神战士的鲁迅极为神往的人生境界和生命存在状态，是他反抗的斗争的生命哲学的一个富有巨大精神召唤力的诗意描述和艺术表达。

这样一个鲁迅，一个反抗者、破坏者和攻击者的鲁迅，往往有意无意地被当作了鲁迅的全部与全人，而忽略了那个孤迥卓异的精神界战士鲁迅的丰富性和复杂性。就像他说过的，对于"采菊东篱下，悠然见南山"与"刑天舞干戚，猛志固常在"的同一个陶渊明，人们则常常抹杀他"金刚怒目"的一面，故意把他捏成了一个"整天整夜的飘飘然"。而欢迎喜鹊、憎厌枭鸣的中国人，则大抵是喜欢文人的超逸风雅，"整天整夜的飘飘然"的，而对老是愤愤不平的"金刚怒目"的文人，则不免有些嫌弃和厌恶。鲁迅活着的时候，不但因此而受到志趣超迈的高等文人的冥落和鄙视，而且还被他斥为"丧家的""资本家的乏走狗"的梁实秋送了一个"恶谥"："不满于现状的杂感家"；沪上的文学家邵洵美、施蛰存、杜衡以及大学生林希隽等人，也都对他的杂文抱以菲薄和敌意。他死后又被人们"取一端而概全体"，于是也便有了与陶渊明几乎相同的命运，用他自己的话这叫"文人的凌迟"。不但他的所谓易怒、多疑、刻毒与骂人，被中正平和的士君子所非笑和奚落；他的"抗争精神""决不宽恕"以及"激烈反传统"，也遭到了一帮"自由主义"的学者文人的轻视和鄙夷了。

其实这也无足深怪。当年，不只有人对他的杂感仿佛有"切骨之仇"而加以种种罪状，即如小说，如杰作《阿Q正传》，不也有人以为是"浅薄的纪实的传记"，"描写虽佳，而结构极坏"（成仿吾）；后来又有人以为是病态的（张定璜），还有人以为是滑稽的（废名），是冷嘲的（周作人）吗？在同一营垒的语丝社内部，也并不都是理解赞成他的思想和文章的。鲁迅不喜欢徐志摩那样的诗，而《语丝》周刊一出版，他就来投稿，有人赞成，就登了出来。鲁迅就作了一篇杂感《"音乐"?》，和他开了一通玩笑，使他不再来；他也果然不来了。但语丝社同人中有几位也因此很不高兴。

徐志摩寄来的是他译自波德莱尔诗集《恶之花》的《死尸》一诗，诗前有他关于音乐的长篇神秘谈，接下去是所谓"无一不是音乐"的玄而又玄的妙论。对于这套神秘主义的音乐论调，鲁迅写了一段堪称神来之笔的"仿格体"文字，予以辛辣犀利、痛快淋漓的嘲讽。而结尾则是两段充满着讽刺挖苦的"戏仿"风格的语言。文章最后一句——"只要一叫而人们大抵震悚的怪鸱的真的恶声在那里？"

"真的恶声"，大概就是青年鲁迅远赴"异邦""别求"之"新声"，就是他所热烈礼赞的摩罗诗派"动吭一呼，闻者兴起，争天抗俗，而精神复深感后世人心，绵延至于无已"，"为世所不甚愉悦"，"力足以振人"的"不为顺世和乐之音"。"摩罗之言"本来就是"假自天竺，此云天魔，欧人谓之撒旦"的。

鲁迅《题〈呐喊〉》诗云："弄文罹文网，抗世违世情。积毁可销骨，空留纸上声。"而我们这些阿Q、闰土的子孙后裔，能够由鲁迅的思想文学里听出那"真的恶声"，并真正理解其中的深意吗？

选自《随笔》2021年第3期

评鉴与感悟

今年是鲁迅先生诞辰140周年,作为中国新文学的奠基人和开拓者,其特殊意义和价值不用细说。遴选这两篇文章,不纯粹是对先生的一种缅怀和纪念,更是对鲁迅精神的一种呼唤。孙郁和王培元两位先生都是研究鲁迅的专家,前者文字古雅简约,后者文字深透有力,均从不同侧面写出了鲁迅这位孤迥卓异的精神界斗士的丰富性和多面性。

新实力·陈年喜散文

德成

/陈年喜

一晃,德成离开这个世界已经六年了。

我离开萨尔托海也整整六年了。天迢地遥,不知道它现在变化成了什么样子了。如果井架还在,那作为标识的旗子该换了多少茬了?竖井,也该打到千米了吧?在千米的井下,一群人又是怎样的生存工作情状?

北疆缺水,凡有点水的洼地都叫海,含着一种希望和寄托。萨尔托海距石油之城克拉玛依市不远,据说离乌尔禾区最近,我们那时候的吃穿生产之用都自乌尔禾运转而来,可惜我一次也没有去过。晚上,能看到远远的一片灯火,辉亮大漠世界永远晴朗的天空,让人产生无限想象和神往。

那年,我们一群人初到这儿时,还有些荒寂。虽然这里早有开发,规模并不大,当时只有一个半井口,一号井也只凿到百十米深,才见矿脉,二号井只是开了个头,井架也没有立起来。我和德成被分在一号井。

原来井架设计的承载能力不够,无法承担大量矿石的吊运要求,大家首先的工作是把井架推倒,重新竖起一个新架。这项工作,整整干了三天。六月流火,我们真正领教了什么叫烈焰烁日。一种叫鹅喉羚的羚羊,有时候饮足了水,成群站在远远的砾丘上看着我们工作,跑动时,它们的身影像风吹起来的塑料袋一样飘忽。

井下十分干燥,虽然是一百米地下,却没有一点湿渍,每活动一下都会带起粉尘久久弥漫，在头灯的光带里，如一群细小的浮游生物漂移不已。竖井已经打到矿脉，近两米厚花白的石英石，上面硫星漫布，上下发灰的麻岩与它形成鲜明的分界线。界线处，硫体细如灰线，那常是金体的沉淀集结的地方。根据矿体色泽的润度判断，应该含金品位还不错。同样地，石头的质地细密，也显出硬度很高。眼下的工作是做采区工程，沿矿体的边缘拉一道平巷，供作下一步矿石爆采、出运的通道。至于巷道打多远、向哪里走？要看矿脉的结构走向。矿工程部的李总说，一号井的矿体一直通到了二号井下面，将来两口井是要打通的。某天吃饭时，我端着碗细细目测了两井间的距离，应该有五百米远近。二号井的井架立起来了，槽钢结构的钢架在阳光下发着坚硬无比的光，逼得我的目光不得不躲开。

我心里默计，每月一百米进度，两井打通至少需要五个月时间，那时候该是年关了。

德成家离我家不远，骑摩托快点三十分钟就到了。早年我们分属两个乡，后来撤乡并镇，就成了一个镇的人。有一回送孩子上学时，在学校门楼子下避雨我们就认识了。和石头打交道的人实在，话也不多，天天在井下，话多也没处说，说了，也没用。这次，是我俩第二次搭档了。第一次在天水，寒天数九，烧开的水被塑料管送到井口就冻成冰了，干眼打了半个月，每天下班个个成了白头翁，眼睛里能洗出一撮灰沙，我眼睛发炎到视物模模糊糊，实在受不了，我就回家了，德成一直干到来年春天。

崭新的电动镙杆空压机非常有力，风钻在怀里被猛烈不绝的风压催动得暴跳如雷，似乎要从手上挣脱出去。巷道狭窄，只能单机工作，但消音罩喷出的气雾依然使巷道如同滚滚烟场，谁也看不清谁。我们都把头灯开到最亮。我操作机器时，德成就坐到一边休息，我俩彼此轮换。

岩石异常坚硬，每一个孔，都要更换两次钻头。由钎孔里流出的水几乎是清亮的，水顺着巷道，一直流到竖井底部，那里有一个三米深的坑，水装满了，显得十分清幽。下班正好洗去手上的污渍。渴极了，也会去喝一口，微苦中带一股怪异的咸味。机声隆隆，我还是能分辨出钻头在钻孔里面与岩石的撞击声，脆生生的，如风吹万只金铃，一声未远一声又赶上来，有时候后面的声音赶上了前面的声音，但两者绝不合一，它们各有其道，像一束光芒射向四方。在它们的声音之外，我还听到了另外一个声音，嘤嘤的，细如纤毫，似被风吹起，飘向无限的天空，又落在一个湖面上。那是二号井的钻声。两口井一天天靠近了。

日子一天天流过。在这里，日子的流动是体现在风的变化里的，以白天中午为标记，初到时，流风似火，哪怕是隔着衣服，你也能感受到它的灼热。过一段，它依然灼热，但你能感受到它的气势有变，像一头牛，虽然壮硕依旧，老迹已潜入肌骨毛色。再过一段，风似乎更加有力了，它可以吹折一丛骆驼草，但再无力使它们饱满苍绿了。热情与耐心已经不再了。

谁也没有料想到两口井会贯通得这么快，谁也没有想到会有这样的事故发生。那天，换好了工装，我找寻信号给家里打电话，我顺着一条丘陵状的砂砾带找啊找，一直找到一个隆起的砾石丘上，终于找到了信号。我握着电话回头看，工地的小砖房显得影影绰绰。在另一个方向，有人骑着一匹马姗姗独行，因遥远而近乎一只乌鸦。那是哈萨克的牧羊人，他的羊肯定丢了。脚下，是一堆堆发白的鸟粪。这里没有树和崖顶，这是鸟们落脚出发的地方。

我听到了一阵炮响，闷闷的，紧密的一串，最后的一声突然高了八度，地面不那么震撼了。是岩石突然变化还是碰到了空洞断层？那里显然已经深入地下很远了。这是二号井的炮声。

到了工作面，除了一堆碎石，一洞浓烟，灯光里只看见德成的一半身子扑在地上。爆炸的石块和气浪削去了他的上半身子，已变成了点点肉花和血雾，喷洒在天花板和四壁上了。

那一天，萨尔托海西天尽头好大一轮落日啊，它无比轻盈、巨大、彤红，在天际尽头的戈壁上漂浮、漂浮，久久不肯落下，又终于落下去了。

一生里，我再也没有看见过那么大的落日。

小渣子

/陈年喜

老鸦岔这地方的天亮得特别早。也不奇怪,山那么高,峰那么绝,和天离得那么近,突兀的一道屏障,空无遮拦,不早亮都不行。

这时候,远远向山下望去,陈村镇隐隐约约,高的楼,矮的屋,庄稼与树木,分不大清楚,朦朦胧胧一片。唯一分得清的,是时不时的公鸡打鸣声。鸡鸣如一把新刀,从鞘里缓缓拔出来,在风里划一道弧线,那弧亮而弯,像一支射偏了的箭,又唰地落了地。鸡鸣十里,老天安排公鸡报晓是有道理的。狗叫也是听得到的,却远没有鸡鸣明亮、入心。像一盆少油寡盐的炖白菜。

巷道已掘进到了八百米,还不见一丝矿脉的影子,按那发黄的牛皮纸图纸资料,已经过线了,老板有些着急了。昨晚的生产会开到凌晨一点,也没个结果,最后不得不做出的结果是向北六十度急转。这是我的主意,其实这也不是我的主意,是王二的主意,我替他说出来而已。他对我私下说出的理由是,你听北面炮声每天那么急,一天至少三茬炮,显然是见着矿脉了,抢着圈矿呢。我也说,是见脉了。我没有对他说出来的一句话是,见鬼了,岩里头的事,谁能说得准呢?

因为急转,两米六的钎杆直接用不上了,要打套钎。我喊小渣子把两根一米的短杆带上，他答应一声听见了，就去换工作装了。我递一支烟给王二：你要北转，转不出矿咋办？他说不怕，转不出矿能转出活也行，收麦还早呢。

王二到底哪儿人，我也不大清楚，也用不着清楚，能搭伙就行，也确实，这老小子不错，能吃苦，脾气好，技术也好。这座山石头硬得要死，掘进面没有十个掏心孔拿不下来。我俩每人抱一台钻机，掏心孔差不多都是他完成的。他每天几乎九十度躬着腰，机器在怀抱里又跳又叫，嘴巴上叼一支烟，目不斜视。一躬就是四五个小时，孔距毫厘不差。麻黑麻黑的段面岩石上，规整有序的钻孔如一朵好看的素绘梅花。

小渣子是四川巴中人，那地方，和陕西隔着一道岭。他十七岁，原先是出渣的，嫌出渣苦，人也机灵，偶然碰到一块下班时，就替我们背着工具包，到宿舍抢着打洗脸水。我和王二就收下他做助手了。第一个班下来，我说，二，小子行，给他开三千，王二说三千五，我说为啥多五百，他说他值，我想半天，说，行。小渣子跟随我们从三百米掘进到八百米，快五个月了。今天他穿了一套崭新军训迷彩服，领标都在，只是有些肥大，这是他一月前下山买的，一直没舍得穿过。

我问小渣子带了几颗钻头，他比画八颗。王二点点头，够了。我说今天活麻烦，渣子你把空气压调到八个。他麻利地奔去空压机房。

王二说，这小子机灵，下个月教他手艺。我说你别害人家，挣俩钱还是让他回去读书。王二把扳手一扔，屁，读书能咋的，能挣过咱手艺？说话间，气流就到了。风管像蛇一样跳起来，管头喷出一股白雾，气流吹得石头乱飞，我一把抓了起来，它愤怒得在空中乱舞。

我说今天我来打掏心，再不练练手艺就荒了。王二抓起钻机，先让小渣子开了边眼。按说急转，是要先剥邦的，就是在拐弯处形成一个宽大些的空间，不至于架子车因角度太急而进出困难，但任务紧，为了省事，就免了这套手脚，反正将来车子拐角不够，可以再补。

王二的机器消声罩吐出的气流直冲我的脸，冰碴打得睁不开眼睛，我只得把帽檐压低。两台机器吐出的雾气让工作面伸手莫辨，我只有把头灯调到最亮，还是看不清钎杆和标杆的间距，在风压的巨大作用下，钎杆甩出一团弧光，如戏台上的飞舞银枪。这样很危险，弄不好就会窜孔，前功尽弃。

打到第六个孔时，还是窜孔了，钻头突破了两孔间的隔阂，拐了个弯窜到了另一个孔里。这种情况非常麻烦，边孔和铺助已经完成大半，重新布陶心孔将牵一发动全身。我收了机腿，扛住机头往外拔，钻机震得我头疼欲裂，钎卡一跳一跳地要脱落，钻杆只是空转，丝纹不退。王二说，把空压机停了，出去拿把洋镐来。小渣子停了机器，出去了。我说恐怕不管用，孔里全是石沫子，钻头已经卡死了。王二说管用，递给我一支点着的烟。

小渣子把去了柄的镐反套在窜孔的钎杆疙瘩上，用一根钎杆又插上去使劲别着，让镐孔的边沿部分死死卡住钎疙瘩，王二抡起大锤在镐上向外猛砸，这就形成了巨大的向外拉力。这是我们惯用的方法，非常实用。王二抡着大锤一气砸了二百下，汗珠四溅，小渣子被震得龇牙咧嘴，窜孔的钎杆依然纹丝不动，仿佛从岩石里长出来的一棵甘蔗。

王二大概也长不了我几岁，甚至并不长，就是个头比我高好多，接近一米九。这身高干巷道，真是活受罪，也不知道他的手艺从哪儿学的，这么些年怎么熬过来的。爆破也是一个江湖，他在这个江湖上有些声名。最传奇的一个故事是，他在塔什库尔干时，一人独战五个来抢炸药库的坏人。坏人抢炸药库干什么，长什么样？谁都不知道，但坏人有多坏，大家看了王二大腿上的疤都知道了。据说当时一把英吉沙刀刺进了他的大腿。故事原多无考，但刀是真的，刀无槽，银柄，铁波银浪，纹饰美过所有工笔雕版画。王二老是用它下班了削苹果，有时也削厨房的大白萝卜解渴，我用它偷偷削过脚指甲，真的是削甲如泥。

老鸹岔是秦岭南坡河南灵宝段的一个山岔子，距华山不远。那天我从老家陕西来矿山，车过华山不久就看到它了。外窄里阔，像一把打开的扇子，一些扇条的顶端接着天际，云腾雾绕。每条扇肋上都有不等的矿洞，白花花的矿渣流出好远，像一排排鼻孔涕泪长流，远远望去，却也好看。

我那天到的时候王二已提前到了三个月，他和他的两个伙伴三个月里掘进了三百米巷道，两个伙伴受不了石头的硬，骂骂咧咧走了。那天王二劈头问我，你怕不怕石头硬？我说我是石头它老子，不怕。其实我也怕，不怕是假的，我不怕，两只手的虎口怕。

我又从王二手里接过大锤，小渣子显然有些吃不消了，我每扬一下锤，他就哎哟一声，那川腔还带着童声的哎哟和锤碰撞铁镐的声音绞在一起，有一丝说不出的涩苦味。那应该是若干年后一个成人才有的味道。

我扔了锤，对王二说：不行了，崩了它。王二扔了烟头，也说：崩了它。崩了它，就是在被窜的孔里填上少量的炸药，利用炸药爆炸形成的后坐力，把钎杆拽出来。好处是省力，坏处是一根钎杆报废，这是万不得已的招数。

记得我初到矿山时，一律使用的是TNT炸药，那玩意爆炸性大，毒性也大。刚开始，我还是架子车工，就是把爆破下来的矿石或毛石用架子车拉出去。滚滚烟尘里，和伙伴们装车拉车，一趟又一趟，空气又热又呛，常常有人晕倒，倒下了，没倒的人就找来冷水在他头上整桶地泼。泼不醒，就装上架子车拉出洞口，扔在渣坡上让风吹，待一排渣清理完，晕倒的人也醒过来了，喝一大碗白糖水，躺下睡好几天，嘴里不住地骂，狗日的太毒了，太毒了。也有永远没醒过来的，也不知道疼不疼，一声不吭走了。

小渣子从铁皮箱子里取来了一包炸药，一颗雷管，一米导火索。他现在也是材料管理员的角色，腰上挂一串钥匙。只是他还不够资格，材料签收单上用不着他签字，也不用他负责。王二有些不高兴，小刀割下一段扔向小渣子：一半就够了，真是败家子。我低头看了看笔直的巷道，一眼可以看到洞口那拱圆形的亮光。光并不灿烂，有些弱，洞口对面山坡上，有要开未开的桃花数树。旁边别的树叶子已经显绿了。显然，我们已经耽误了很久，我有些内疚起来，虽然这也是常常碰到的情况。

据经验判断，我们现在所处的地方已经到了山体的中部，如果直线掘进，再有八百米山体就可以打穿了。现在石头的质地、硬度、含水度也证明了这点，越是山梁下面，石头硬度越高，同时承受的挤压力也更大，见机变形。否则也不至于钎杆被卡得这么死。

王二一下填进去了四管炸药，他是担心少了拿不下来。现在矿山普遍使用的是硝铵炸药，它产生的毒气相对小，威力一点没有减弱。我再次看看笔直的巷道，隐隐有些担心，它爆炸产生的冲击波该有多大。沿着枪管一样的巷道，它的杀伤力将延伸到多远。在若干年后使用导气雷管之前，干爆破的我们一直在和导火索的燃烧速度练速度，和爆炸产生的冲击波比赛跑。赢了，继续干，输了，就回家了，这家，有时在陕西、四川，有时在河北、山东，有时在很遥远的地方。那地方从来都没去过。

　　王二嗜酒，刀头舔血的人，没有几个不喜欢酒。我初到的当夜，王二为我接风，三斤猪头肉，二瓶西凤，一包花生米，我俩一下干到半夜。他用大杯，我用小杯，有点欺负他，他也不在意。东一句西一句的交流里，我知道他的历史大致如此：五岁死爹，十岁娘嫁，有一个妹妹已经嫁人，夫妻关系不好，三天两头闹离婚。他喝到脸色发红，我也耳根发热时，他脱下皮袄，用筷子敲打桌沿，给我来了一段：

　　　　一见娇儿泪满腮，
　　　　点点珠泪洒下来。
　　　　沙滩会一场败，
　　　　只杀得杨家好不悲哀。
　　　　儿大哥长枪长枪来刺坏，
　　　　你二哥他短剑下命赴阴台，
　　　　尔三哥马踏如泥块，
　　　　我的儿你失落番邦一十五年载不曾回来，
　　　　……

　　是京剧《四郎探母》。王二嗓音发沙，但音准不错。到悲怆处，突然拔高调门，低处时，似要断绝，越发显出杨门的忠烈和不幸。王二已显秃顶，只有胡子茂盛，一百瓦的白炽灯照耀着他发红的脸，荒山野水粗硬的风，早已削尽了他青春的颜色。他眼里有些悲戚。我知道他已经走了，去到了另一个地方，那地方遍地狼烟，他正横刀跃马力挽山河，而江山破碎，残阳如血……

　　我突然无由地想起了另一个人，曲从口来：

　　　　三更里英台怨爹娘，
　　　　只怨爹娘无主张，
　　　　不该将奴许配马家郎。
　　　　梁兄待我恩义广，

我待梁兄空一场。

　　……

　　那一天，小渣子还没有来，或者说，我们还不知道世界上有这个人，会在颇长的时间里，成为我们的一部分。那夜空空的帐篷只有我和王二，杯盏狼藉，最后我们都吐了一地，猪头肉的腥味，让大家多日都不愿进门。

　　小渣子接了电话，是工程部打来的，问怎么回事，半天不听炮响？他有些生气，把电话筒一扔，电话听筒像一只荡秋千的猴子，不停地荡来荡去，在石壁上碰了几下，终于停了下来。

　　一切妥当。王二割导火索用的小刀怎么也找不到了，他掏出打火机，点了十几下也没点着火索头。我为他打着灯，看见他握打火机的手微微有些颤抖。这一刻，谁都紧张，谁都怕，不管你干了多少年，点燃过多少导火索。只有初入道的人才会没有恐惧感，那是还不知道怕。

　　有一年，在克拉玛依的萨尔托海，那是一口竖井，三中段巷道已经打到六百米深，矿很富，矿苴有两米厚，每天能提上来矿石百十吨，选厂日夜加班也忙不过来。工人常常可以碰到颗粒金，大块的有赤豆大小，金灿烂的，纯度很高，拿到金店，直接能加工首饰品。百十米长的采区，有近二十个溜矿斗，溜矿斗很陡，一开闸哗的一下就是一矿车，这一车推走，另一个马上顶上。矿槽有一个问题，就是老堵，大块的矿石挤在一块，都要下来，谁也不让谁。工人就用炸药包炸，用一根木棍，包一个炸药包，顶上去，点着，轰的一声，矿石就下来了。后来矿上有了规定，除了爆破工，别的人不能碰炸药，矿部就让爆破工下井值班。那天正是八月十五中秋节，中午干活，下午放假，吃月饼和红烧肉。差几车不够八十车，八个出矿工，不好分账，就让一个姓李的下去顶炸药包。他用打火机点导火索，点了几十下，也没点燃，打火机受不了，不发火了，就打电话上来让放一个火机下去。火机才放到井口吊斗上，下面轰的一声。

　　上面的人下去一看，没见到人，只见汹涌的矿石已把通道堵死了，三班人日夜不停，扒通了巷道，见一个人完完好好地在里头坐着。是缺氧死的。当时我在另一个矿口，离得不远，经常在一块打三带，总赢他钱。老板赔了十万也不知道什么原因炸药包会自爆，其实我懂得，不是自爆，是导火索内燃了，看着没有起火，其实内部已经燃烧。这是次品。有经验的人在不能确定导火索情况燃没燃时，会用手捏一捏，如是某节发热，那就是已经内燃了，得快跑。那是个假货遍地的年月，好多人命送在这类假货上，让你防无可防。

王二是死在我手上的，也是死在他自己手上，我不该不小心窜了孔，他不该把导火索弄得太短。但死，这是迟早的事，谁也没有办法的事。

我醒过来时，右耳再也听不见了，从此世上的许多话语，别人只能靠手来说出，我靠眼睛来听。

一米长的钎杆，从王二后背穿过前胸，没有一滴血。在处理他的后事时，人们怎么也拔不下来，像原本从身体上长出的一只细手。小渣子说，师傅一辈子都在玩这个，是他舍不得，让他带着走吧。就带着去了火化厂。

小渣子一直没有挣到钱，也就没有机会回去复读，他一直还待在老鸹岔，我第二年再返故地时，他已成了一名正式爆破工，嘴唇上一层薄毛，手下带了两个徒弟。原来的矿洞一直打到一千多米，七拐八弯，把山体打成了迷宫，一直没有见矿。老板倾家荡产，在陈村镇上开了一个小饭馆。被欠了工钱的，可以吃饭不要钱。这是小渣子告诉我的。我们在另一个矿口再次结伙，他仍喊我师傅。

老鸹岔像一把打开的扇子，扇子的一头常年被云雾罩着，谁也没到过那些最高的地方。据说某个山顶有一座庙，叫狐仙顶，住着狐仙，狐仙有时会下山到陈村镇上购买些脂粉和鸡鱼，只是谁也没有见过。倒是漫山遍野，长许多香椿树，得到炸药残沫的滋养，说不出的肥嫩。工人们常常把芽头掰下来，炸面饼吃。为了保存，有时候会满满窝一罐浆水菜，一直吃到来年花开。

以上两文选自《活着就是冲天一喊》，台海出版社2021年6月

北京的秋天

/陈年喜

我曾在北京稀稀疏疏地生活过两年时间，在顺义区李天路，在朝阳区管庄至金盏乡温榆河的漫长城际线上，度过了两个秋天。对于一个中年日深的生命来说，这也是时间与命运的双重刻痕。

一

2015年夏天的某个下午，天气异常燥热，我百无聊赖地坐在老家门前的核桃树下纳凉。这是一棵衰老的核桃树，已多年很少结果，但枝叶在夏季里依然茂盛。头顶上的树杈上一只蝉，它叫一阵，停一阵，毫无规律的停停歇歇。这时，突然接到来自北京的陌生电话，电话那头的声音是一位姑娘，在确认了身份后，她告诉我，她们团队受四川卫视之托，将制作一档大型诗歌文化节目，邀请我参与创作录制，有酬。

在此半月前，在西安交大一附院，我接受了颈椎手术，在颈椎的四、五、六节处植入了一块蚕状的金属件。十六年的矿山爆破生涯，漂泊、爆破、机器、潮湿、地热与寒冷，像一只奔跑的容器。金属矿石经过我的手，水一样漫出洞口，漫向时代大工业，没想到它们其中的某块，在炼石成钢后又折返回来，以精致的合金形状给我以回报。此时，我戴着颈托，疼痛沉重，希望与绝望游走于身体的每一个晨昏。孩子在镇中学读书，爱人每天在庄稼林里忙碌，家庭的收入戛然而止，除了接受邀请，我还能干什么呢？虽然将面对的是一个巨大陌生得让人害怕的城市与题目。

节目正式录制时，已经是庄禾遍熟的深秋时节，我到北京那天，是农历九月十八。

如果以长安街为中心，顺义区李天路离北京中心还很远，这里是靠近首都机场的城郊。所有的参赛选手都安排住在这里的一家宾馆里，这里成为此后我们一群人生活进出的大本营。最近的公交站是东直门站，之所以记得它，是以后去往录制节目现场时，无数次经过它，无数次看到匆匆进出的人流、车辆的聚离合分。北京的秋天显然比商洛山在色谱上深一个刻度。马路边两排长长的杨树林，叶子正在赶赴深黄，有风无风，都会落下一阵子。北京的底色是灰蒙蒙的，天地一色，甚至包括人群和建筑，而金黄的杨树，为它们添上了一抹亮色。

节目的内容是诗人创作诗歌，由搭档的歌手谱曲演唱，同台PK，优胜末汰。每期六组，加上一个闯擂组，也就是七组人马竞秀。我的搭档是上海人，他早已成名演唱江湖。

生活、经历、审美与文化的巨大差异，使我和他很难融洽，但是，已经成为一组搭档，便不容更改。节目组的意思也是希望让我们两个种种迥异的人，交流、碰撞、撕裂、融合，产生出不一样的火花。他们知道，这是观众希望得到的。

节目组为了照顾我的归途遥远，让我住在宾馆里创作，而别的人，每星期一场PK结束，或胜或汰，都各奔东西了，直到下一场PK开始，才会归来。而下届的对手与踢擂选手更具名头与实力。

这是一个苦闷的深秋，除了苦闷于永远无法满意的创作，更苦闷于孤独。虽然我已有近二十年的诗歌创作经验，对于适于谱曲和演唱的诗歌形式与内容却是陌生的，这是一个新的、巨大的挑战。更重要的是，每首作品只能成功，不能失败，没有半点从头再来的余地。毕竟是PK，谁也不愿被PK下去。

我开始了广泛的聆听，从美声到摇滚，从京剧到昆曲，汪峰、杨宏基、于魁智、董湘昆，一首一首地听。总之，每创作出一首诗歌，都要听一百多首歌曲与戏曲，希望从中找到启示与灵感，希望在PK中给人以惊艳。后来证明，这仅是我个人的设想，个人的一厢情愿。因为谱什么样的曲，什么样的演唱形式，决定权在另一个人身上。

我的搭档很忙，在他经纪人的策划安排下，全国各地飞，一场演出接着一场。我们无法见面和交流，他不是在飞机上，就是在演唱会上。有时候到了录音棚开录，他还迟迟赶不到。我像在进行一场永远找不到答案的单独应试。

秋天越来越深了，每天早晨，杨树叶子在地上都是密密一层。翻过燕山长城的北风吹过来，驱赶着它们。飞驰的车轮从它们身上碾过，它们像浪一样荡起落下，又依然完好，汽车产生的巨大的风速，仅仅使它们分开又合拢。每天清洁工的扫帚把它们归拢、堆积起来，拉走。

我习惯一个人在宾馆外的马路上走。长长的沥青道路，大部分时间空寂无人。不知它们哪里来，哪里终，感觉它们永无尽头。我知道，它们通向繁华，也通向衰落；通向过去，也通向未知的明日。真是奇怪，在我所有节目的诗歌里，竟都是秋天的主题，秋天的孤独，秋天的哀愁，命运在秋天的来路与去处。

我经历过长白山的秋天、喀什叶尔羌河流的秋天、北漠包头的秋天，唯独对北京的秋天记忆最深，也常常为它所震撼。北京的秋天是宏大的，有一种无法说出的气象，它宏大到无边无际，小到河边的一株草，大到天上的云，它们是浑然的、同步的、不可分离的，那么纯粹，又似乎独立于时间之外，充满了无形的力道，像一辆古老的车马，从天边碾压过来。它与这片地理数千年金戈铁马的沧桑同色调、同重量，也同速度。总是让人感觉它的色彩，它的命运，就是整个北方的历史与命运。北京的秋天几乎没有雨，每天都是晴天，没有霾的时候，天空也蓝得通透。

我喜欢北京的落日，在远远的天边，它慢慢向北方的山尖落下去，那最后的反光异常纯冽，比它在东方升起时，要壮烈得多。它们落下去了，把一缕缕余焰留存在云彩的边上。这块土地上，多少历史云烟，多少王朝与梦想曾经如此不甘地谢幕过？

从2015年北京的秋天，我与一群来自天南地北的诗人们一直PK到冬季结束。他们的名字和身世我差不多都忘了，像我写下的那十四首歌词。

他们大概也一样。

二

在巨大的北京，皮村是个小到可以忽略不计的小村子。

我至今弄不清这里到底有多少人，多少原住人口，多少外来者。低矮拥挤的建筑，拥挤的街巷，无欲奔跑的狗，本颜土色的人流，让它更像一个村庄。它只有一条主街道，人流挨挨，最热闹的是下午七点以后，从四面八方下班的人们回来了。

皮村的上空每隔两分钟就有一架飞机飞过，巨大的机翼被阳光在地上投上影子。发动机的轰鸣声贯穿双耳，更深夜半，常常把人从梦里唤醒。

皮村工友之家，就在主街背后一个租来的大杂院里。

这是一个奇异的存在群体。机构的人来自天南地北，这是一群热血的人，成立了打工文化博物馆、农民工子弟学校、工人文学创作小组、维权工会、公益商店。每个人拿着低微的工资，忙忙碌碌。这里更像一个传说中的共产主义乌托邦。

结束了电视台的节目录制，我就来到了这里，做了后北漂一族。

开始的时候，跟随货车去北京城各个捐赠点收集捐赠来的衣服与各种日用物品。在大半个北京城的机关学校企业商场门口，都有一个红皮的捐赠箱。我们每天把它们打开、清理、锁上。第二天又是满满当当。收来的衣物杂物，经过分级整理，一部分在公益商店里以极低的价钱出售，卖给需要的人，换取机构的运转经费与工人工资。一部分再捐往边远的山区和非洲。分拣衣服的女工说，东北人爱花花绿绿，西北人爱灰灰土土，非洲人爱宽袍大袖。

这个工作一直干到2016年的秋天。

秋天，我到了工友之家工会。所谓工会，也就三四个人，没有办公室，会议和工作就在集体宿舍。工会的工作主要是组织周围的农民工看电影，组织文艺演出，工人生活调研，维权，业余娱乐。所有工作都是无偿的，活动都是免费的。后来，我到过旧金山码头工人工会，发现两处职能相同，但区别是美国的工人工会是会员缴费制，而前者，在硬邦邦的现实中，更具理想色彩。

整整一个八月，我们都在做工厂工人生活调研。

如果不是沿门走户的走访，谁也不会想到，在这片看似不大的村庄里，竟有近千家小商品加工作坊。它们像一滴滴水，隐匿在波澜不惊的大海里。这些来自五湖四海的打工者，白天隐匿于工作台与机器的轰鸣里，晚上隐匿于夜色和宿舍，仿佛看不见的影子。它们向这座巨无霸城市提供着家具、玩具、装饰品、广告牌、游乐场的设备……

2016年的皮村的秋天是燥热的，燥热得像温榆河的流水没有一丝波澜。

李小毛的老家在河南开封。他二十八岁，来北京三年了。我们见到他的那个下午，他穿着一条印着美国国旗的大裤衩，光着上身坐在院子一角纳凉。汗滴把他脖子上的那块塑料吊坠也打湿了。他有一下巴好看的小胡子，受伤的手上套着纱卷，像戴着一只拳击套。

他的左手大拇指被机器切掉了，两个月来，在养伤和等待老板赔偿中度过每一天。他说他十六岁就出门了，到过温州，到过福建，后来一个人跑到北京，先在工地和水泥沙子，后来经人介绍，就到了皮村的一家家具厂。这也是这个时代无数乡村青年的人生轨迹，大同小异而已。一个时代有一个时代的生存图景，在异常驳杂的尘嚣声浪里，他们显得异常隐匿。

李小毛工作的家具厂主要生产高档床具，他的工作是做床头雕艺。他说他原来在温州做过铁艺，两者相通，他做得很拿手。我想起在家具车间见到过的场景：一块块木板，经过截、凿、雕、刨、磨、上光、上色，拼组在一块，组成一件绝妙的物件。最后摆放在的，该是怎样的深堂豪宅？

李小毛2015年结婚，他的爱人是个四川成都姑娘，具体地说是他的下手。一些材料由他开始，到姑娘结束，美不可言的一件艺术品在两双手上完成了生产和传递。

为了不辜负心爱的姑娘，为了让朋友们见证爱情的幸福，新婚之夜，李小毛向老板借了一张豪华大床。他说，这张床头他做得分外用心，摆在十几平方的出租房里的那个晚上，真是熠熠生辉呀！

那一夜，他们没敢在这张床上度过一生中唯一最重要的时刻，铺了地铺，天不亮，赶紧给厂里拉了回去。我后来写过一组关于皮村的诗，其中《新婚记》，记录的就是他们：

对于北方

中秋已是深秋
对于河南籍木工王良木
中秋是命运的春分
今天 他结婚了

新娘子来自四川
准确地说是来自流水线末端
一件件实木 从王良木开始
到张小芹成品
好夫妻难为无床的爱情
张小芹精打细磨的棱角
张小芹昼夜绘画的春江图
成为这个城市多少人的云庄所在

菜过五味 酒过三巡
月亮从东边升起来了
庆贺的人陆续离开
新房崭新 新床光明
一对新人在西窗明月下
显得有些陈旧

2016年中秋夜
北京 有风 朝阳路车水马龙
有人受审 有人庆功
有人死于陈州路上人们无暇哀之
一对新人在墙角地板上开始了新生活
一张新床悄悄出门
天亮之前它必须返回
木器厂的展厅

小毛的爱人下班了，给我们端上了果盘。苹果和鸭梨削切得和她一样小巧、精致。

从院子出来，太阳正在落山，秋天山高水长。夕阳最后的余光把通往温榆河的一行银杏树齐刷刷地统一了颜色。

选自《微尘》，天津人民出版社2021年10月

评鉴与感悟

陈年喜做了十六年的爆破工，还被确诊为尘肺病患者，他对底层人事的体察和感受超出常人，也超出那些整日坐在书斋里靠幻想或搜集二手资料撰文扬名的写作者。在严酷的生存面前，他的文字无疑是坚实的，不作秀，不矫情。换句话说，他笔下的文字都不是写出来的，而是活出来的。他在努力凭借自身才华和对未来生活不灭的信念，接续或重振中国文学伟大的民间叙事传统。

生命史

浪子归来

/林贤治

——五奎回来了!

回乡的头一天,邻居便告诉我这个消息。惊异之余,既感欣幸,却也不免略感怆凉。五奎从村子里消失快三十年,村人曾经一度风传他已经死去;说他在工地率众讨薪,工头报复他,事后让黑社会给做掉了。大家早已遗忘了他,这时,他竟兀自冒了出来,到底出了什么事?

五奎是堂伯父的小儿子,和我同岁,小时候经常在一起玩。他有三个哥哥,因为兄弟多,分居时只分得一个极窄小的廊间。念完初中,他不想窝在里面,每天伸直了身子就为了给生产队干活,于是投奔他二哥。当时,他二哥在一个濒海的小县城里做工商局局长,到底怎样安顿他,村里人不知道;据说他后来离开城里,到外地承接工程,有没有赚到大钱,村里人也不知道。直到有一天,他带了一个女人回到村里,大家这才下结论说:五奎发了!

五奎不戴金表金链,穿的是半新不旧的皮鞋,没有一点"衣锦还乡"的派头。可是,他的女人倒招摇。她叫阿芳,至少比五奎年轻二十岁,模样俊俏,穿戴整齐,大家说像个唱戏的。村子穷,小伙子很难讨媳妇。德全给儿子讲成一门亲事,卖掉两头牛、一头猪,还凑不够礼银。因此,大家评估说,五奎这小子不露富,他至少有个"万元户"的身家,要不人家大闺女怎么会跟他跑？

　　五奎在家只待了半个月，把阿芳留下，仍旧一个人出门。结果，一年不到，阿芳就私奔了。男家不远不近，和五奎家只隔几间房子。男人叫阿根，老婆两年前病故，留下三个孩子，大孩子快小学毕业了，小的还要抱带，家里凌乱得很。阿根除了照顾小孩，还得料理一个鹅场、三口鱼塘和一个小果园。阿芳在家没事干，常常过门给阿根抱孩子，白天有时搭坐阿根的拖拉机到野外去，帮忙干些杂活，晚上再坐拖拉机突突突地回来，或者干脆不回来。

　　大约五奎兄弟写信告知了这一切，五奎某天突然归家。他发现阿芳果然不在，直到深夜仍然不见踪影；可是又不好到阿根家查看，也不好声张，第二天见到阿芳，她直白地说是跟阿根睡去了。

　　那么，往后的日子还过不过？阿芳说不过，跟阿根过。五奎一点儿办法也没有。原来他们只是凑合在一起，老话叫"野合"，新说叫"同居"。当人们知道了这个底细以后，关于"五奎替阿根找老婆"的传闻便迅速传播开来。

　　五奎叫阿芳捡包袱走人，然后把仅有的廊间卖给大哥，不让自己有容身之地。用一个典故来形容，这叫"破釜沉舟"。跟大哥签下房契之后，五奎告诉父母，他此后不准备再回来了。

　　扫墓完事之后，头一件事就是看五奎。我打听他的住处，邻居说，五奎住新村他二哥的草间。又说几年前，五奎的侄儿要结婚，他二哥在草间上面加盖了一层，自己回家时就住在里面。现今他见五奎回来两手空空，只好把草间腾出，自己和儿子住到一起。

　　三十年间，村子的变化太大。随着大批青壮年外出打工，人们陆续迁徙，村子中间的大片房子无人居住，有不少崩颓的，也不见修整。只是边缘地带，有新的房屋建造起来，还有几栋楼房拔地而起。

　　叫新村的地方，是村子伸向河沿的一条尾巴，总共住着十几户人家。我很快来到五奎的住处，环顾周围，不免有点迟疑。原来一排低矮的牛棚草间，这时已经变作红砖房了。我高声喊道：

　　"五奎！"

楼上立刻有了应声："谁呀？"

我报了小名，他连声"哎哟""哎哟"地叫着，一边叫，一边下楼。

见面的一刻，我呆住了。

五奎穿一件灰色恤衫，显得有点驼背。头顶光秃秃的，残留了耳边的白发，眉毛胡子也开始发白。脸部很光滑，嘴角两边的肌肉却垂了下来，皱巴巴的不大搭配。下巴伸出，翘起，简直和堂伯父同一个坯子倒出来似的。

"五奎，老了呀！"我失声叫道。

"多少年啦？不老才怪呢！"五奎咧嘴笑道，"还能像从前那样子吗？唉唉，寻不着啰！"

我顿觉怅然。

五奎拉住我的双手，看定了我，眼睛有点涨红，然后拍拍我的肩膀说："上面坐吧。"

楼梯阴暗而狭窄，但很干净。楼上本来不大，可能没有摆放什么家具杂物的缘故，看起来开阔多了。靠东的间地没有盖起来，搭起一爿雨篷，下面安了老式的炉灶，算是厨房。有一只水龙头，贮水缸是几十年前陶制的那种，旁边放着一只木桶和一只洗脸盆，我怀疑是堂伯父的旧物，用的年代久了，快变成黑色。炉子后面整齐地堆放着一小堆木柴，炉内炭火通红，有一小截木柴尚未烧完。楼梯外侧用一道拉门隔开，做成一个房间的样子。那里铺着一张木板床，没有帐子，床边搁着一个帆布行李袋。屋里不设衣柜，他的衣物想必全部塞进袋里，像出门在外时一样。

墙壁西向和南向有两个窗口，楼上相当敞亮。梯口处空置一小块地方，摆放着一张小方桌和一张木椅子。说是桌子，其实早就断了腿，只用一叠红砖头支着一方旧桌面，零乱地放着几张"码报"，还有酒瓶、茶壶、杯子、碟子，以及手机、打火机和烟盒之类。椅子旁边，倚墙立着一台风扇，扇叶用废电线缠绑着，活像一名被俘的伤兵。

上楼以后，五奎招呼我在木椅坐下，径直走向炉前，蹲下来用拨火棍子撩拨一下炭火，又拿起吹火筒呼呼地吹了两下，然后端着地上的矮凳子走过来，坐到桌子对面。

他伸手拿过烟盒，熟练地打开，说："来一根吧？"

"不会。"我摆摆手。

他点燃一根香烟，用力吸了一口，侧过头去，吐出一串长长的烟篆。

"村里不少人用煤气，你就烧气吧，多省事！"

"其实烧柴也挺方便。带一把斧子上山一次，可以烧上一两个月。"他眨了眨眼，笑着说，"木柴烧的饭更香些，你觉不觉得？"

"算了，还不是图省钱！"我指着脚下的风扇说，"你看这，是不是早该换了？"

"别看它这般破旧，风特别大，特别凉快！"他把风扇提起来，放在我跟前，揿动开关，风扇立即发出咯吱咯吱的响声。

我不禁大笑，他也跟着笑了起来，解释道："它叫不妨事，有风就行。不妨事的，叫起来，家里还多出个伴儿呢！"

夕阳穿过西窗射进来，很大一块橘红色落在桌面上，整个屋子变得明亮而温暖。

我和五奎，两个同时离家的游子，多年重聚，别后的际遇，自然成了最切近的话题。比起五奎，我终年待在一个单位里，在书籍和稿纸中间讨生活，应当说是安定的。如果比作两头驴子，那么当主人把我们分别拉走之后，我便成了作坊里的磨驴；五奎多方辗转，倒像是那种跑运输的驴子。倾谈间，我发现，他对我的拘囚般的生活并不感兴趣；而我，对他动荡无定的流浪生涯，只能感到畏惧。

五奎从学校中途出来，他二哥不想让他干力气活，走后门让他到税局当记事员。上班前明白告诉他，在城里先站稳脚跟要紧，过一段时间再设想弄个招工指标，把户口问题解决掉。毕竟是官场里的人，事实证明，他二哥对他的设计是有根据的。他在税局里的同事，即使当时跟他一样不名一文，后来都发了大财，买了豪宅，有的甚至养起了情妇。

五奎在税局干了大半年，就辞职不干了。他刚做事，薪资并不高，不懂得什么叫"灰色收入"，看不到前景。他觉得每天全为别人做事，而经手的事，没有一件同自己有关，既不关乎利益，也不关乎兴趣。他说，他出走只是为了自由，想干什么就干什么，谁也管不着。如果在一个单位干到老,除了活计不同者外,在城里和生产队里有什么区别?

他一没资本,二没技术,没有关系变卖白条子,也没有胆量混黑社会,只好老老实实在建筑工地上做小工,即所谓"泥仔",给泥水师傅搬砖递瓦,到底卖力气。后来,他寻找机会到澳门打黑工。打工期间,结识当地一位工友,两人开始合谋走私手表。他们远走郑州、西安、乌鲁木齐,包括沿途一些小城市,生意做得颇顺手。两年后,同伙被捕,他侥幸逃脱,从此洗手不干。

五奎一直梦想着做包工头,当手头积攒了一点钱财之后,立即打探工程承包的消息。他说,开头不知深浅,有几笔钱打了水漂了,幸好数目不大。那时,许多工程都没有公开招标,大家都知道暗箱作业,然而只要有门道,还是想方设法拼命塞钱送礼。其实,单靠贿赂成功的很少,五奎接手一单建筑工程,终究靠他二哥从中拉线。那是国企的一栋大楼,上场不用带资,包工不包料,条件好得很。意外的是,大楼盖到中途,一个内地工人突然从脚手架摔了下来,当场死掉。这事的麻烦可大了。死者的家属闻讯带了一大帮人过来,闹着要打官司。好在他二哥认识公安局里的人,最后赔上三几万,算是私了。

事故发生以后,单位怕担责任,中止了合同,余下的工程转手包给了一家建筑公司。于是,五奎转身便又成了街头的一个无业游民。

"飞来的横祸,差点没有坐牢。"

五奎说完半截子工头的经历,往小瓷碟狠狠地按灭烟蒂,又点了一支烟,一连吸了几口,然后摇摇头,笑着对我说:

"兄弟,一切命中注定!"

"偶然性。"

"记得小学时候,语文课里《守株待兔》的故事吗?该你有吃肉的口福,一只活生生的兔子会立马摔死在你面前;要是没有这份福气,就算守在老地方坐上十年八年,连一根兔毛也找不见。"

"后来有没有碰上兔子?"

"没。"

"二哥呢?不帮忙了吗?"

"嘿，早就不相信我了。"五奎顿了一下，说，"这也难怪他，谁叫你钱没赚到手，还一再出事呢！"

我笑道："阿芳该是那时候逮着的兔子吧？"

"什么兔子！别提啦！"五奎脸上露出愠怒之色，转瞬间，又喜剧性地笑了起来，说："瞎猫凑巧碰上了死老鼠！"

他告诉我，阿芳老家在粤北山区农村，几年前出城当保姆，后来经人介绍，才到了工程队的食堂烧饭。工程队解散以后，她一时无活可干，常常跑到五奎的出租屋里来。不久，两人就正式同居了。

我说："你不该把她一个人留在村里，孤单单的，当初为什么不同她一块出去呢？"

"我习惯一个人生活，她不习惯。"五奎说，"那时，口袋里还剩下一点钱，不死心，想再找一单工程试试。我跟她商量，一个人出去活动方便，如果找到工程，再接她上去。她原本同意了的，怎知道床铺还没睡暖，就跟人跑了。"

"算了，"我说，"我看你也不像是那种殷实过日子的人。"

五奎坦然笑了，说："她走我没意见，可是，要走也得走远点呀，偏不，就隔一条巷子。这不是当众硬生生剥我的面皮吗？"

"所以，你就撤退啦？"

"兄弟，不瞒你说，"五奎伸手掸了一下烟灰，继续说道，"当时，我确实发誓不再回来，除非赚了大钱。"

"赚了又怎样呢？"

"抖给她看，叫她看了连肠子都悔青了！"

"结果赚了吗？"

"咳！"五奎叹了口气，拍拍大腿，噢地站起来，伸手撤亮梯口的电灯。这时，炉火已经熄灭，屋里弥散着米饭的香气。我扭头望望窗外，才知道夜色已经降临了。

五奎坐下来，没有说话，眯着眼睛大口大口地抽烟，直到扔掉手中的烟蒂，这才向我叙说他的滑铁卢经历。

当小芳决意背叛他，而他无力翻转局面的时候，五奎的内心已为报复的怨愤所充塞。他急于赚钱，扩大资本，为了承包工程，不得不舍弃正路，一再铤而走险。在朋友的怂恿下，他走进赌场。赌博高手多，何况有看不见的陷阱，他哪里是对手？只消三两下，就把口袋里的钱输个精光。

赌场的失败重重地打击了他，从此再也抬不起头来。逃走了资本，他无路可走，只好寻回过去的生计，就是到工地做泥仔。这种力气活，顶多干上十年八年，便再也混不下去。没有师傅会舍弃年轻力壮的帮手，而喜欢使用年纪大的人。这时，他已经年过五十，自觉大势已去，只好到一位熟识的工头老板那里讨一个做保安的位子。一年一年过去，他感觉手脚好像有点不大灵便了，膝盖开始疼痛，许多毛病逐渐跑了出来。到了六十岁，正是公务员退休的年龄，老板给他换了工作，让他一个人从早到晚看仓库。

从意识到衰老的时候起，五奎开始犯愁，怕老板有一天解雇他，此后将无家可归。然而，老板从来不提退休的事，连暗示也没有，这使他感激到了极点。他口口声声诉说老板如何和善，如何体恤他，舍不得他走；絮絮不休地描述老板过年时如何给他红包，如何差遣工人把剩下的肉菜打包送到仓库里来，如何让他到大客厅里看电视连续剧，那种卑琐、忠顺，让我听了心里直叫唤：你怎么变成了这样子，五奎呀五奎！

几年前，五奎接到三哥打来的电话，说村里的老人可以领"老人钱"了，村干部要调查登记，问五奎到底在哪里？多大岁数？要不要在村里领取？五奎回答说，当然啦。两年后，他偷偷回了一趟三哥家，领了积存的钱，心里踏实许多。到了年头，干部通知说，五奎的"社保"数目大，不能代领，一定要他亲自按手印。当五奎算过账，手里攥着一沓票子的时候，就开始动起了告老还乡的念头。

我问："一个月能拿多少钱？"

五奎伸出两个巴掌，张开十个指头，再屈起一个，吐了吐舌头说："九百！"说完，得意地告诉我，他一共领到三笔钱：一笔给相当于生产队时代的"五保户"，带有特殊照顾性质；一笔是一般老人领的养老金；还有一笔是按年龄级别递增的费用。五奎说，村干部在表格上给多记了十岁，到了八十岁就又多出几十元。他说罢，不由得笑出声来，连声道："八十岁！八十岁！"他摇着头，一副简直不可思议的样子。

"这回该不走了吧？"我试探着问道。

"不走了，走不动了。"五奎说，"想不到政府给这么多钱，全村数我拿得最多，五保户呗！加上买码，对了，最近手气很不赖，又赚了好些。如果不是担心害病得放上一点，光是日常花费还挺松手的。"

他点燃一支烟，继续说道："现在可自由了，仓库不用看了，老板不用管了，如果闷声不闹事，干部也管不着。我赤条条一个人，没有老婆孩子拖累，自然也用不着他们监管。你不知道，别看亲人骨肉，整起人来狠着哪！"他笑着说，"你听说没有？公仔辉跟村里几个人到彭公寨玩北妹，被他老婆知道了，立刻扫地出门，一连几天只得在庙里待着。"

我不禁笑了，问他："你回来以后，碰见过小芳吗？"

"见过，一样的泼货！"五奎说，"有一次从山上下来，见她一个人在菜地里低着头捉虫子。我站到她背后，从钱包里取出一张一百块的放在她头顶，然后故意弄出些声响。她发觉以后，指着我破口大骂起来。"

"玩笑开大了。"

"这算什么！"五奎气恼地说："几十年，我一直在找机会出这口恶气呢！"

"村里人怎么说？"

"都是一群势利鬼！不提他们！"五奎像是很感慨的样子，说："人看势头火看烟。今天，见我空手回来，就当个新闻广播一下，许多人见面连招呼也不打，明明白白，就是瞧不起你！"

大约他气闷久了，说起话来滔滔不绝："你看看村里，人心全变了，无情无义，父子兄弟走近一样讲钱。从前遇到红白喜事，人们主动上门干活，现在是只要不用求靠你，就当你不存在；要是你穷得叮当响，保准没有人瞧你一眼。我很少理会大伙儿，有时到市场转转，或者到镇上走走。几个买码的人会找我，我有码报么！除此之外，没有聊得来的人。同我们差不多年岁的，现在儿女一大群，见了面也无话可说。'酒逢知己千杯少'呀，我一个人饮酒，自娱自乐。要不，还能怎样？"

他歇了口气，说："有一天上山砍柴，碰到一只野狗。我看看它，它看看我，走走停停，就这样相跟着走了两三里路。那时，我忽然想，在村人眼里，我不就是一只野狗子吗！"

五奎一口气说下来，话虽然愤激，听起来是悲凉的。我开玩笑说："起初你逃出生产队不就是要做野狗子吗！做了几十年，今天倒不满起来了！"

五奎听罢，摇了摇头，笑了。

我说："不管野不野，能找到食物和快乐就好。"

"就是，就是，"五奎说着，开始兴奋起来，说，"如今食物有了，就是没有快乐！"

"快乐是什么呢？"

我们似乎一下子被这个问题噎住了，看定了彼此，禁不住哈哈大笑。

走时，五奎坚持送我下楼。

在黯淡的灯影里，我瞥了他一眼，油然想起他少年时的样子：长发覆额，圆圆的脸，有几点雀斑，翘起的上唇像是有意露出可爱的虎牙，下颏尖尖的，带点女孩子的秀气。玄感间，心里抖了一下，怎么一个少年人顿然幻化成了一个陌生的老头？

月亮升起来了。

月光如水，漫过田野，漫过河滩，周围的楼房屋舍悄然没入澄明的水中。这时，一阵少年的喧哗声从河滩那边隐约传了过来，人影绰约，穿梭追逐，旋转不已……五奎在队伍中高出一头，不时做着鬼脸，喊声特别嘹亮……如许的月光，如许的初夜，水草混合着稻草的香气缭绕着我们。我们捉迷藏，捉特务，打游击，还有喘息着唱歌……

　　一条大河波浪宽，
　　风吹稻花香两岸……

歌声、人影、河滩，渐渐地远了。

我回望原地，那儿只有一个站着不动的老头。

选自《故园》，武汉大学出版社2020年10月

评鉴与感悟

从浪子五奎身上，可以窥探一个时代的侧影。作者始终关注大时代下的个体命运，道义和悲悯跃然纸上。文笔简约、诗性，让人想起舍伍德·安德森的《小城畸人》。

即使雪落满仓

/塞壬

　　那天，我跟父亲驱车两百多公里去乡村祭拜一位亡故的老者。天空飘着细雪，如萤乱舞。我们把车停在村口的小广场边，一路走进村庄。父亲的头发、肩头粘着雪粒，他垮着脸，表情凝重。他是头一天意外得知死者已于半月前就过世的消息，所以我们来晚了，没有赶上葬礼(后来知道并没有葬礼)。我们来到一户破旧、低矮的红砖房前，房前墙根堆着两垒黑瓦，底下一层有干枯的苔印，仿佛长在那里很多年。屋旁的旱厕墙垛倒塌了，像是被长年累月的风雨侵蚀塌的。左侧的菜地撂荒已久，枯死的杂草，扔满乱石，几个空塑料袋嵌在杂草间被风灌满。冷风贴地吹过，挟裹着寒气，我环顾着村庄周遭林立的青砖小楼，墙体随处可见的电商广告，听到不远处传来一阵阵摩托车呜呜地鸣叫，几个稚童在小超市前追逐嬉闹。这村庄远在郊外，正值初雪，乡村的寂寥笼在一层厚重的灰色阴郁里，仿佛在酝酿一场更大的雪。而这间屋子俨然死去很久了，就像一座旧坟墓。完全没有人居住过的痕迹与气息。屋子的木门中间横着一把生锈的搭锁，父亲用手扣了扣搭锁，又把头探向门缝里，我也凑近伸长脖子往里看，一片漆黑，阒寂无声。一时间，我和父亲陷入了一种不可名状的无措里。我们在屋门口转着圈，看上去荒诞极了。

死者七十岁，名叫李运强，三十年前因参与抢劫杀人案判了死缓。五年前被释放，一个人回到乡下老家，半个月前脑出血突发身亡。他跟我父亲有过五个月的铁窗之情。在这五年里，父亲偶尔会独自一人看望他，与上一次他来到这里不足半年时间。我知道，死者的妻儿自从他入狱那天起就跟他断了关系，他们从未探监，直到死的时候都没有现身。听说尸体火化的钱是同族的几家分摊的，骨灰还摆在家里，至今没有下葬。

父亲突然剧烈地咳嗽起来，他躬下身去，身体在颤抖。我赶紧去搀他，他倔强地挣脱了我的手，一下站直了身子，然后说了句，我们回家吧。雪下得大了，他在前面越走越快，带着愤怒与悲伤，带着对荒凉人生的巨大虚无，他把渐行渐远的背影留给了我。我站在他身后，百感交集。祭拜未果，但此行本身也算是尽到了心意，我们原本可以拜访一下他邻近的族人，但父亲放弃了。他就这么粗暴地、自顾自地走了。他难过得说不出一句话。

我是惯于看着他的背影，站在他身后的那个人。作为父亲为数不多的朋友，这个人死了，没有亲人到场，骨灰没法入土。落得这样的下场，人们通常会说，这是杀人犯该有的报应。但这是一个可怕的报应。这个报应要比坐牢更可怕。从死缓到无期，从无期到有期二十五年，最终，死刑还是没有放过他。

……

那他岂不是万念俱灰地活过了这三十年？我忍不住问父亲。

不。在接受死缓的那一天，他就朝着生的方向做最大的努力，所以他的每一天，是怀着希望和光亮的。只是，这人世间太寒冷了，没有给他一丝机会。

两天之后，父亲轻度中风，一时下不了床。他几乎不说话。陪他从医院回来，父亲已康复得差不多了。我半个月的年假所剩无几，即将返回广东，他突然叫住我，我见他脸有未干的泪迹，他微微地想掩饰一下尴尬，然而却又用一种罕见的郑重语气说出，红，谢谢你，辛苦你了。

一时间，我意识到，父亲的这声谢并不是指这几天没日没夜的医院陪护，而是来自他内心深处三十年来对这一切的一切最终凝结成的一个"谢"字。我怔住了，我知道这个字的分量。我们都有情感上的表达障碍，有些话从来都羞于出口，它太烫了，以至于会把我们稍稍地弹开一会儿。父亲一定知道它在我心里引起的风暴。我流下眼泪。

我给了父亲那样的机会。温暖与光。还有重生。

一

我时常在梦里听到一双钉了铁掌的靴子发出"噔噔噔"的声音，那声音由远及近，它伴着恐惧，压迫，一声逼近一声，最后踩进我的额头，踏破梦境。睁眼，手握成死死的拳头，心跳急促，而梦境清晰依旧，在它刚刚消逝的瞬间，留下一串渐次减弱的震颤使我眩晕。等到灵台清明，我还是要花很长一段时间费力地去绕开它。为的是遏止恶劣的情绪漶漫。无法诉说，没有人能从精神的内部来慰藉我，漫长压抑的童年，寂郁的少女时代，最终，我在阅读中找到了消解。我似乎很早就意识到，人可以依赖冥想活着，构建一个属于自己的世界，然后整个儿地缩在里面。我希望它能够阻挡门外热水瓶摔在地上炸碎的声音，暴烈的父亲，他的怒吼，母亲瑟缩着啜泣，年幼的弟弟，他扯着喉咙发出尖利的哭嚎……全部，把它们挡在我的世界之外。在那样的年纪，我是如何练就了一副冷心肠的？一个人的自尊在长期对抗自我的脆弱时，内心就会结出一种类似盔甲的硬壳，看上去冷酷，麻木，不顾他人死活。这是我青春的叛逆。很多年之后，我再看那个时期的照片，很多张，我，撇着嘴角，空漠的眼从来不看镜头，鼻孔发出轻蔑的一哼，脸，厌倦着一切。我曾尝试用文字去面对它，或者说去面对尘封在内心角落的那个自己，可我疑心，一旦付诸文字，最后呈现出来的是另一个模样。很本能地，文字会朝着情绪化、自我辩解自我粉饰的方向。篡改，无非是遮蔽的另一种形式。然而，很长时间以来，我竟发觉，即使是遮蔽，那也是真实的一部分。包括，即使我虚构的是另一个自己，那也是我心里希望的样子。

那双钉了铁掌的靴子是我父亲的，那是一双长筒牛皮靴。它的材质有天然的光泽与质感，锃亮、漆黑，沉默。摆放在那里，竟有轩昂的不凡气度，类似于某种男人的品格：伟岸的将军，不朽的战神，抑或心怀天下的英雄豪杰。那个时候，父亲跟那一代的年轻人一样，喜欢一个日本电影明星，他叫高仓健，那一代人，喜欢他，皆因那部叫《追捕》的电影。我想，父亲在穿上那双长筒靴的时候一定是有了杜丘的代入感，他时常穿着它，铁掌发出的声音让他萌生了凌驾他人的意志。父亲是一个身材矮小的人，刚及一米六〇。矮，是他终生的忌讳，逆鳞，不让人碰的。自卑与狂妄，不加掩饰。我相信父亲是一个痛苦的人。他仅穿三十七码的鞋子，然而那靴子最小却只有三十九码，明显大了，前面空出一截。在80年代中期，一双一百多块钱的靴子，父亲眼睛都不眨地买下了。他把长裤扎进长筒靴，那靴子竟没过了他的膝头，快要到达大腿的部位，远远看着，他的下半身，仿佛是从靴子开始的，看上去丑陋而怪异。父亲趾高气扬地穿上它就脱不下来了。那么多的日子，伴着他说着凶狠的话，变形的脸，目眦欲裂，他愤怒地、在屋子里来来回回地踱着步子，铁掌在水泥地发出的声音，那声音，于我，真像是一场噩梦——他打了母亲。我用双手捂住弟弟的眼睛，缩成一团。

我最后看到那双靴子是很多年后的事情，它被扔在废弃的阁楼里，跟一堆缺腿的桌椅、旧自行车、不再使用的缸和有裂纹的陶罐们待在一起。那靴子的脚脖子扭得面目全非，像两只畸形的老树根。左边的一只，鞋尖处斜昂着头，没法着地，右边的那只，右侧严重磨损，脚背处折痕太深，快要断了。它们都无法站立，铁掌已锈。这是一双备受摧残的靴子，它承载着父亲太多的乖张、暴戾和喜怒无常。我所能忆起的有关这双靴子的那些岁月，父亲折磨着我们所有的人。

这双靴子仿佛为我找到了一种叙述的调门。写作十五年，关于父亲，这个离我生命最近的人，我却迟迟落不下一个字。起先缘于家丑不可外扬，讳莫如深。毕竟父亲有牢狱的经历。而后，我却又始终没有准备好去面对那个时候的父亲和我自己。一想到，或者一梦到，我都是极力去绕开，拼命往里缩。长期以来，我以为这个往里缩的空间还很大。然而，三十年过去了，人世沧桑，几遭起起落落，一生飘零异乡，最终也只落得浮生寄流年，虚掷了光阴。一切外在的、俗世的荣辱、毁誉，于我，皆已是风中之物。而今，我之所以去写它，除了一种佛性的释然之外，我还认为，不论是父亲还是我，在面对他入狱这个事件之时，皆不能以一个"丑（即耻辱）"字去定义。相反，四十岁的父亲和十六岁的我，在那个事件中认识了彼此，我们重新建立了一种人世间最宝贵的关系：父女。我最终没有抛弃父亲，我向他伸出了手，并抓紧了他。那件事不再是我们人生的污点和耻辱，而是一次重生的艰辛历程。我想起杜拉斯的《情人》，她写这个小说已进入生命的暮年，而这个她在十六岁就遇到的男人，是她终生难忘的情人，她为什么要挨到古稀之年去写这个让她终生难忘的人？之前，我对此很疑惑，然后现在懂了。她应该找到了一种合适的表达，赋予这个故事在她的生命中无可取代的光与不朽，要做到这一点，需要时空的距离，需要那种历尽世事沧桑之后仿佛又回到原点，重新对过往的打量，以及日日积累的情绪等待临界喷涌而出的那一刻。现在，这双靴子，这个破败而又衰老的实物，我在心里攥着它，眼前浮现出父亲中风初愈时的那张歪斜的脸，那张写满现世已然走到尽头的哀绝的脸。惶惶然，竟莫名想到"大限"二字，一阵心惊过后，泪腺犹如受了暴击一般，滂沱不止。

二

父亲是幼子，备受祖母溺爱。我们家世代农民，每一个人都是要下地耕种的，然而父亲吸血式读书，竟自读到高中，直到那个运动席卷全国时，他才辍的学。他只得背着一个网兜从城里回来，那兜里只装了一个铝饭盒、一个磕了瓷的搪瓷茶缸、一双旧解放鞋和几件换洗衣服。人皆纳罕：这个读书人从学堂回来，竟没有带回一本书。这到底是读了个什么书啊？父亲只是笑了笑。祖母满心欢喜：这小儿子算盘（珠算）打得好，十里八乡的人都赞，还能写一手漂亮的毛笔字，为他下的血本总算不亏。那个年代，在我们那里，看一个人是不是有文化，第一宗就看算盘打得怎么样；第二宗就是要看这毛笔字了。有这两样，你就有可能摆脱耕种的命运，去生产队当会计、当记工员，最不济，也能去民办小学做个教书先生。他小小身板，没有吃过一天苦，喜欢仰着脸说大话，性格偏激好斗，然而为人却大方爽快，村子里有人家穷急需要钱，父亲只要有，定会倾囊相赠，也不计较人家会不会还。有天姿不错的孩子，他从来不吝赐教，竭力劝说其家长一定要舍得下本钱让他读书。他性子好动，笑得很大声，一副天底下没有什么事能难倒他的屌样子。父亲所学，远远不止这两宗。他能写文章，文采不凡，擅于复杂的数学演算，记忆力惊人。他还有一副迷人的男中音嗓子，能把《草原之夜》这首歌唱得深沉低回，孤独苍凉。

就这么个小小的人，进了生产队当起小会计。指尖的算盘珠子扒得飞快,如同他迅速爬升的命运。第二年年末,因在公社的会议上有了一次惊艳的表现而受到领导的关注。我的父亲,十九岁,从容不迫、胸有成竹地报出生产队两年来粮食、蔬菜、牲畜、工时、人力的所有数据,百分比,上升、下跌原因分析,他还补充了个人的相关建议。那种自信,那种踌躇满志,那种台下鸦雀无声的个人秀,父亲,在命运最初的高光时刻,一个牛犊子,尽管青涩,但终归也还是可爱的。紧接着,父亲就进了大队部当会计,做八个生产队的账。他彻底地摆脱了耕种的命运,成了吃公家饭的人。一路的顺风顺水,随后又做了大队队长,村支书,最后,他做到了乡镇建筑公司的总经理。二十年间,他从那个青涩的少年变成了一个傲慢、自负、冷酷而又喜怒无常的人。从我记事起,父亲像一个陌生人,这个陌生包括:他对我突如其来的热情。比如,周末他让单位司机去学校接我回家,引起同学围观;再比如,他时常塞给我厚厚的一沓钱,扔下一句"拿着",就没有了别的言语。我跟父亲几乎没有交流。但我知道,他在关注我。他从来没有漏过关于我的所有重要日子,生日、升学考试、毕业典礼,他知道我在学校的所有荣誉,并与班主任有频繁接触。在一次家长会上,父亲竟然给我所有的任课老师都准备了礼物,会后,还高调地请老师去酒店吃饭、唱KTV。这些都令我反感,觉得他行事粗鄙,像一个小丑,让我蒙羞。在我的视线外,我能隐约感受到有父亲的身影。父亲对我的重视,我后面还会专门讲到一个事件。

可是,我却能从外面的言论中听到父亲。那是一种,看见我走来就会戛然而止的声音。残酷的是,我一字不落地听见了,像是被风吹落到地上的声音,人皆散尽,就等着我来捡起。那些话里有诅咒、嘲讽,更多的是看客的泄愤和谩骂。他们嘴里我父亲是一个不得好死的人,迟早要遭到报应,只是时候未到。我很小就是一个心事重重的人了。我听到了很多关于父亲的那些可怕的事:

建筑工地上有人从脚手架上掉下来摔死了,赔家属五千块钱私了。

所有的建筑项目从来没有招标,那个人垄断了。钢铁厂新区所有的厂房、围墙,包括公路,他想给谁做就给谁做。

听说他是乡镇领导一把手的钱袋子。

前几年新盖的教学楼,墙体都裂开了,垮了一边,至今没人管。连建学校都搞豆腐渣……

跟黑道的人搞在一起。听说打伤了外乡一个建筑队的头头，至今人还躺在医院。

然而有一宗八卦应该是真的。父亲在担任村支书的时候，有一次接待市领导，那是父亲第一次接待市级别的领导，所以他特地挑了一套灰格子西装，梳了一个锃亮的大背头，意气风发地带着村干部一行人候在村委会门口，一辆黑色的轿车开过来，里面下来四个人，一个领导模样的人，环顾了一下人群，然后他向父亲身边的书记员伸出了双手。那书记员戴着黑框眼镜，中山装，背着手，他身型挺拔，气质沉稳。人们这么形容我的父亲：他看上去，像一个小痞子。

只有我知道，这种事对我父亲的伤害是致命的。我甚至能想象得到，当时他那张变形的脸。我认为，他后来的种种狂妄、嚣张，都有一种表演的成分。那种扭曲，激发出的恶，往往是毁灭性的。

我后来翻看了父亲案件的所有卷宗，那些触目惊心、恐怖而又不可思议的事情远不是这些风言风语比得了的。然而那个时候，人们对我的态度非常微妙。直到父亲入狱，那种人情冷暖的露骨表现让我在一夜之间长大。无论我在外面听到了什么，我从来都没有向父亲求证过。我对父亲的无视、鄙薄皆与这些毫无关系。

我恨这个矮个子男人是因为他醉酒之后打我的母亲。直到我慢慢长大，敢用自己的身体去挡，父亲的拳脚落到我的身上时，他就会倏地缩回去。我护住母亲，怒眼圆睁。与父亲凶狠地对视几秒后，他就委顿下去。

一家人坐在一个桌子上吃饭的日子很少，即使一年中有那么几回，我和弟弟端了饭碗回各自的房间。母亲一个人默默地陪着他，给他添饭，起先他们小声地争吵，继而父亲摔碗，摔椅子，最终他会摔门而去。父亲在家，总有一种奇怪的氛围笼罩着我们，他像一股特别刺耳的岔音，让我们不自在，令人窒息的压抑感。他在家从来不笑，他的脸有一股暴戾的力量，不知道什么时候发作。有时我们娘仨有说有笑的时候，父亲突然推门而入，空气在那一瞬间仿佛凝固了一般，我和弟弟心照不宣，一言不发，小心翼翼地各自散去。我们从来都没有喊过他爸。"爸"这个字太奇怪了，它需要一个人无条件承认对另一个人有一种先天的情感，我时常盯着这个字看，直盯得它被无限放大，大至虚无，最后陌生得我不认识了。

上初中起我就住校了，那种逃亡窃喜的心理仿佛是，一大片干净明媚的阳光照进来，照亮内心那些已经生病的角角落落。那个家太阴暗了，可怜的母亲，她像一个智者，她深信会有一个崭新的父亲回归。而我在那么长的时间里，认为母亲愚不可及。我读不懂她的爱与慈悲，多年后读到张爱玲的那句话：因为懂得，所以慈悲。瞬间脑海中，母亲这个人一下子对应到位。

父亲经常一个人坐在客厅的沙发上直到深夜。电视的蓝光映在他的脸上。门缝里，我偷偷地看着，他是一个怎样的人？我有时问自己，忽然就觉得面对这个问题有一种巨大的障碍，像一个黑洞，无从下手，他从来都没有在我和弟弟面前表现出温情，更多的是不满和暴躁，即使我们在学校有不错的表现，他只是不屑：跟我那会儿比，你们都差远了。很多年前，他的床头曾经有《静静的顿河》《悲惨世界》这样的小说，而现在则是金庸的《倚天屠龙记》。有一点，我是可以肯定的，父亲他懂得人性的美好，这世间的善与真，他都懂。只是他好像关闭了。

母亲的态度耐人寻味。对我父亲这个人，她从来没有一句恶语。她微笑着，仿佛掌握着绝对的真理，她似乎在等待着什么。即使是在父亲四面楚歌的日子，那些汹涌地唱衰他迟早要出大事的日子。父亲被带走的那一天，她像一个先知那样说道，这个时候被抓起来是最好的了，再晚些就反而不妙了。

跟所有人的一样，我们都认为父亲被抓是迟早的事。

那个时候，小城突然刮起了跳舞风，城里、乡镇都开了许多家舞厅，一到晚上，整条街霓虹闪烁，迪斯科的舞曲响起。父亲彻夜不归，在舞厅包场子打牌赌钱，听人说，父亲在外面有了女人。我直接的反应是，这绝对是真的。虽然我没有跟他有真正的交流，但我了解父亲。一涉及他的相关信息，我就能瞬间判断它的真伪，我深信，父亲太需要情人这东西来坐实他作为当地一个人物所该有的那种匹配。那女人，堂姐指给我看了，是乡政府旁边庆丰餐馆的老板娘，一笑就花枝乱颤的那种女人，她有丰满的臀部和华泽的胖膀子。我原本没想去招惹她。

弟弟突然发了高烧，我只得在深夜去舞厅寻父亲，让他派车把弟弟送进医院。穿过震耳欲聋的舞池，我被一个认识的小哥领着，径直来到那间包厢。踹开门，怒气冲冲地出现在父亲面前。烟雾缭绕的空间，灯光昏暗，几个人在炸金花，桌面下注的大额纸钞扔得狼藉一片。那女人蛇样攀缠在父亲身上。父亲抬头惊愕地看着我。

回家。我只扔出两个字，语气没有商量的余地。

这谁啊？那女人口吐烟圈。

我，我家姑娘。父亲显得有点惊慌失措。

啊哟，你是红吧。女人的脸微微一变，立马从我父亲身上站起来，上下打量我。

黄江，你给我马上回家。我直呼父亲名讳。

那女人拉扯我，说道，红啊，什么事这么急，你爸这不忙着吗？

一个响亮的耳光打在她的脸上。我龇着牙狠狠发出：你给我滚。

父亲一下子震住了。众人见情况不妙，把牌一推。父亲站起身突然大笑起来，他说了一句：果真虎父无犬女啊，不错。然后他把那女人扒拉到一边就往外走。

从那以后，父亲就跟这女人断了。我相信理由只有一个，他已经感受到快要失去我了。从那以后，父亲甚至一度罕见地对我赔着笑脸，我知道，在他心里我很重要。

三

我之前从来没有设想过父亲真入狱了我会做何反应。

那个时候我在市里读高中，住校。有一天傍晚，一个同学带话，说总机有我的一个电话。是我母亲打来的，她说你父亲被破门而入的警察铐走了。母亲的声音很镇定，她只是告诉我这个消息，别的什么都没有说。放下电话，我真正感受到五雷轰顶，双脚灌铅。我的全部，整个的肉身，意志，我这个人的一个物理存在，全都化为一片虚无。生命仿佛停顿了一下。我才真正感受到父亲是一直融入我生命的那个人。他突然被生生拆走，我就裂开了。本是意料中的事，可当它真正降临的时候，依然是一个晴天霹雳。

原来恨，它倾注的也是一种热情，它炽烈的程度远在爱之上。或者说，它们本来就是同一种情感的两个面。

没有请假，我径自坐车回家。一路上，我回想父亲的过往，林林总总。恨意又占据我全部的身心：他活该。见到母亲之后，我大吃一惊，才几个小时的工夫，母亲憔悴得厉害，脸煞白，唇青紫，看见我，她有一点发抖。我赶紧上前扶住她。弟弟蜷缩在她的身边，像一只受到惊吓的小羊羔。我们娘仨拥成一团。这就是一个家没有父亲的样子，这就是一个家就要垮掉的样子。我第一次感觉到，父亲这么重要。现在，他生死未卜，失联，与我们隔着一个未知的世界。恐惧，像一口悬着的深井，时刻害怕有一个小小的石子扔进来打破死寂而荡起狂澜。

我和母亲一夜未睡着。稍稍平复之后，母亲告诉我，前几年一个算命先生跟她说，你父亲需要历一次劫，脱胎换骨之后，他会重新回来的。我的母亲，除了自己的名字，她大字不识。在她的世界里，总有一种奇妙的说法去阐释自己的命运，而最终获得心理的圆满。此时，类似这样的话无疑是一种暗示，我愿意顺着这个意思去相信它。相信一个算命先生。长久的沉默之后，母亲又说，他只有九十几斤，这小身板可要受点罪了，他得多害怕啊。我心里一紧，连忙攥住她的手。我跟母亲说，如果父亲坐牢了，我们就等，等他回来。母亲嗯了一声，把头靠在我肩上。

那个一直害怕说出口的两个字：坐牢，就这样被我轻易说出了。十六岁，我第一次感受到母亲与幼弟对我的依赖，那么重，那么悲凉。我必须要先说出它。我不能被击垮。

仿佛一下子云开雾散。最坏的结果都预料到了，我们稍稍不那么害怕。然而除了接受父亲要坐牢这个结果，我需要面对的是一个更可怕的事实：我是一个罪犯的女儿。像一千根钢针扎到身上，一万只蚂蚁啃咬骨肉。那些看我的目光，那些背着我的窃窃私语。想遁地，想隐身，可是这个世界太亮了，我像被剥光了衣服暴于众人的视野之下，无处躲藏。那些坊间的谣言和议论在耳边嘈杂一片，嗡嗡作响，怎么也甩不掉，甚至会追进梦中。他们的笑声刺进我心里：

被带走的时候，吓得两腿瘫软，尿裤子了。拖着走的。哈哈。

民警在他家院子里挖出来好几十万元。

听说在看守所被吊起来打，跪在地上磕头求饶。

至少判五年。

可怕的是，相比我的尊严和高傲，父亲的处境和命运竟然不是最大的困扰。相比接受"父亲坐牢"和"我是一个罪犯的女儿"这两个事实，后者更让我难以忍受。那些被照见的陌生的自我，那些黑暗的真实面目，此刻都凸显出它本来的样子。我不知道要如何穿越这内心的地狱而抵达澄明，无人可以诉说。

没有一个亲戚来家里安慰。这本是意料中的。我并非是那种小小年纪就有了一副看透世态的老成模样。三天过去了，实在是因为父亲那边没有一丝一毫的消息传出来，而谣言四起，我们的心都悬着，哪里有心思去计较人情的冷暖。然而，却有这么一个人撞进来。

一个挺促狭的场面。在村口街道菜市场，几个人见我走来纷纷散去，人群中有我堂婶，她假装没有看见我，想借机混在人群中溜掉。我的堂兄没少拿我父亲下面工程队的活去做，平日巴结我母亲如同亲娘一般。可我径直就站在堂婶面前了。

啊哟，红啊，买菜呢。她讪讪地。我嗯了一声，说了一句婶娘好。我直视着她，那句"民警在他家院子里挖出好几十万"的屁话就是她说的。

那个，我昨儿去庙里烧香了，求菩萨保佑你爸平安呢。出这样的事，我也是挺同情你们家的……

我爸这个人最怕死了，一挨打什么都招，说不定，堂兄跟他有点不干净都会被供出来的，所以……

她的脸瞬间变了，那是一种恐惧。嘴里依然絮叨，骂骂咧咧，什么自己死就算了还拉侄儿做垫背，死矮子，活该遭报应，一边骂一边落荒而逃。我站在那里，满街的人来来往往，夹着嘈杂与风声，眼前仿佛都混沌起来，只有影子在晃动，最后只觉得人只剩下我一个了，大日头地下，阳光是冷的。她这样的人，我是不会去计较的。只是，我那么难过。

四

我只得返校。班长李伟超已经替我在老师那里请假了。一连几天，我成了一个魂不守舍的人。坐着出神，同学从后面轻轻地拍背能把我吓到惊慌失措。先前就打听到看守所的位置，坐几路车，我决定中午放学去探一探。

看守所很远，在郊区的一个山脚下，旁边有一个磁带厂，从学校过去要转一趟车。下了车，往里，是居民的棚户区，有一条长长的脏巷子直通磁带厂门口，往左，就是看守所大门，几棵高大的悬铃木在天空环拱相抱，落叶纷纷，地上打着卷的枯叶被风吹得不停翻滚。大门的岗亭有一个小小的窗口，十二月，天已经很凉了，一个红色的热水瓶正挡着窗口，里面有人走动，看不真切。我的父亲失踪一周了，他就关在我眼前的这个四面都是围墙的建筑里。

近在咫尺，我就这样离开吗？如果我此刻离开，那么我就会把同样的难题推给下一次。我不能等到下一次了，我必须正面接受父亲已被关进看守所这一事实。在过去十六年的生命里，耻辱，颜面扫地，难以启齿，举足不前的犹疑，同时又被一种力量驱使的压迫感，在那几分钟里，我全都感受到了。那是一秒接着另一秒的煎熬。

探出头来的是一个三十多岁的警员，锁着眉头，脸有些愠色。他问我什么事，连问两遍，我说不出话，只是泪水涟涟地看着他。这光景，他大概也猜出大半，问我是什么人关在里面。我回答说是父亲。他拿出一张探视登记表，我依次填上日期、探访人、人物关系、家庭住址等相关信息。他拿着表，看了看我说，判决前是不能见面的。我小心翼翼地问他，能否转交给我父亲一百块钱。他说这个可以。我环顾了四周，说了句稍等，就跑开了。我一路小跑到附近的一家小卖部，买了两盒精装红塔山香烟送过来。啊，我只是衷心地拜托这个人能把钱如实转给我父亲，看在这两包香烟的诚意上，千万不要做出不好的事情来。千万。我流着眼泪。那人推了一推，在我的坚持下收了。他忽然松开眉头，吞吞吐吐地说，周日你来吧，带上两桶黄油漆过来，你或许能见到你父亲了。周日，也就是四天后，我就可以见到消失了十一天的父亲。

我轻盈得像一阵风，几乎是一路飘着回学校的。

母亲把鸡汤放进保温瓶让我带上，天冷了，换洗的秋衣、秋裤、外套、毛衣，我都打包在一个大大的牛仔包里，准备了五百块钱。一大早，我跟母亲就坐车去市里买好油漆，然后叫上一辆电动三轮车，径直赶往看守所。

一路上，我跟母亲都没有说话。十一天，家里没有父亲这个人十一天了。真要见面，我会说什么呢？我跟父亲向来是没有交流的，甚至是陌生的，这样的见面，我如何面对？还是那个脸有愠色的警察出来了，他首先就叫人过来把油漆抬走。我急切地望着他，等来的却是一句：今天见不了，要干活。铁青的脸，没有任何解释。我气得正要上前理论，被母亲拦住。那人从抽屉拿出一个牛皮信封说，这是你父亲给你写的信。我一把抢过，眼泪又出来了。那警察看我这个样子，顿时语气缓和了不少，许是对自己失信的补偿，当即许诺道，东西放这里吧，会转交的，不会丢失。

这是父亲写给我的第一封信。一封长长的信。

五

父亲显然是得知我去探过之后才给我写的信。信中详细地写了我出生的那一刻，1974年4月30日的深夜。那一天，他成了一个父亲。信的内容让我惊讶，只字未提案子，以及看守所的生活和他此刻的心情。写了四张纸，圆珠笔写的，力透纸背，仿佛是一笔一画刻上去的。我能感受到他要对我说的还有很多，只是眼下，我急切想要知道的相关信息，一个字也没有。信中没有提及母亲和弟弟，只是对我一个人说的。

这几乎是一封无用的信，没有暗示我们应该怎么做。太匪夷所思了。

我读到第二遍、第三遍才略略看懂其中滋味。在我出生之前，母亲掉了一胎。眼看着我一天天大了起来，就要落地，父亲应该是紧张和满怀期待的吧。他写到，那天晚上八点，母亲就开始阵痛，天已黑透，他急着去请接生婆，谁知村里的老接生婆病了，动不了。父亲要走十几里路去另一个村请一个经验丰富的接生婆，跟小舅两个人去的。"满天星繁，手电筒昏黄的光圈摇晃着脚下的路。"父亲竟写出这样的句子。他一路小跑，经过成片的稻田和几个小山冈，把小舅远远甩在身后。抄近路蹚过一条河，那时正要入夏，河水还没有涨起来。入夜，水已经很凉了，他把鞋提在手上涉水过河。起先没过大腿，最深处齐腰，不到半小时就赶到了。父亲回忆这段往事，不吝笔墨，甚至提到赶到接生婆家时，喘作一团。我细细读着，忽然觉得身体里有一根肋骨被轻轻地牵动了一下，隐隐作痛，仿佛是唤醒了一种被封印的记忆。

母亲难产，我是脚先出来的，其间还有一只脚卡住了，折腾了很久。最终，我在半夜十一点四十分落了地，洪亮的啼哭沐着血浆被一双手托了出来，那是一团蠕动的活着的血肉。父亲说，那一刻他痛哭流涕。我特别注意到他用了"活着"这两个字，可以想见，产房外，他分分秒秒的煎熬，以及最后暴出泄洪般的痛哭。

在信的结尾，父亲让我送两套金庸的小说过来，说阅读能让他平静。

我承认这封信打动了我，但并非是这字里行间透着一股陌生的深情。而是，父女这种显性的关系，其诞生的过程有一种百转千回的私密性，它定义了我是一个人的女儿、他是一个人的父亲这一轨迹。这封信潜意识里似乎还藏有一种隐隐的恐惧，这个恐惧不是因为要面对坐牢的审判，而是，他害怕——彻底失去我。没错，是这个意思。十一天，父亲经历了什么，我一无所知，但从这封信来分析，他似乎并没有把会不会坐牢这件事看得那么重，或者说，父亲对自己的案子已有了判断。我极力地想读出弦外之音，然而还是一筹莫展。

一放学，我的脚就鬼使神差不听使唤，径直往看守所跑。来来回回好几趟，我依然没有见着父亲，但跟岗亭那愠着脸的警员混熟了。他拿到我送来的金庸小说，把书翻得哗哗响，还往下抖了抖，这是想看我有没有在书里夹带纸条。判决前，父亲跟我通信的内容全部都要过审，一旦涉及案情皆要扣留没收。终于得到一个确切的消息，本周日上午，父亲跟其他羁押的犯人一起去对面江北农场劳动，一大早从江边码头坐轮渡过去。那门卫还提醒了一句：你最好在七点半之前赶到码头哦。

我竟毫无察觉已缺了三个下午的课。

一夜没睡踏实，翻来覆去漏了风，被子是冷的。起床看着窗外，下雪了，纷纷扬扬，如诉如泣。天还未大亮，雪光把天地映成黛青色，路上有行人了，听得见有人咳嗽。我顾不上吃早餐，穿上厚厚的棉服，用围巾把头和脸包住，拿了把雨伞，匆匆往码头赶。

大雪如席，雪花像是有一双巨手往头顶的雨伞抛洒，扑扑作响。公汽到站还要步行二十分钟才能到码头，我已走得一身细汗。七点二十，我到了码头，江天一色，雪落在江面上，来不及化，形成一大片稠稠的絮垫子。

江对面的散花洲隐在薄雾中，父亲要去那里的农场劳动。岸边泊着一排挖沙船，乌篷里，没有灯光，看不到人影。一艘掉了漆的蓝白色旧渡轮停在那里，它没有篷，是敞式的，两边扶手的漆全掉了，露出黑色的氧化铁，雪落满舱，它泊在风雪中飘摇，底下的水一荡一荡，它就一晃一晃。一个中年男人缩头缩脑地在船头完成匆忙的洗漱。一会儿，驾驶室的收音机打开了，我听见在播报早间新闻。

陆续有人往码头来，人们在大雪中边走边吃着手中热气腾腾的早餐。七点四十分，七八个警察持枪押着二十多个犯人往这边走，我远远看见了一个矮小的身影，踉踉跄跄。十八天未见，待到人群走到跟前，我大吃一惊。

父亲的头被剃成极短的板寸，仅比光头多一层发晕而已，他的脸发青，明显浮肿，眼睑处有鼓鼓的眼袋，眼睛黯淡无神。穿着一套深蓝色囚服，行动迟缓，垂着无力的手，脚底仿佛有千斤重。我从未见过这样的父亲，他看上去苍老得像一截枯木，似乎已放弃了自己，麻木，任人宰割，灵魂已死。他被彻底击垮了。我不知道父亲是否如外面传言的那样挨过毒打。此刻，他俨然是一个真正的罪犯。一个只剩下皮囊的罪犯。

太可怕了，这是一个死去的父亲。我从未想到会是这样的结局。我还没有完全接受父亲入狱坐牢的事实，他就直接跳进了死亡的画面。太突然了，强烈的悲痛攫住我，我失声痛哭。突然间意识到，所有的，所有的这一切都不重要了。我的所谓尊严和面子，罪犯的女儿，这些都不重要了。此刻，我唯一需要的，是一个活着的父亲回来。

我想起了那封信，那封信如同溺水之人向水面伸出的一只手。我不能远远地看着人群从我身边走过，我径直追上去冲到他面前。可是，我从未叫过爸爸，叫不出口，这个字卡在喉管里，迟迟喊不出来，情急中我脱口而出——黄江。

父亲回过头来看见我了。他愣在那里一动不动。我们对视，天地万物静止无声，时间也瞬间停摆。我看见两行长泪从他眼眶中涌出，槁木般的面庞如同被唤醒了一般活了过来，他的瞳仁注入了一丝光亮。警察过来推搡他，他只得往前走，却又频频回头，拿袖口拭泪。我只得大声喊：黄江，加油，我们等你回来。

上船了，渡轮发出长长的呜呜。大雪纷飞，父亲看着岸上的我，他直直地站着，没有说一句话。我对他做着加油的手势。这艘破败的渡轮，多么像父亲此刻的命运，眨眼就驶进水中央了。中年，雪落满舱，风雨飘摇。尽显下半世的光景来。我已然坐在了那艘船上，去跟他共这相同的命运。如果这一切能够换回一个全新的你和我，那么一切都是值得的。

我们彼此拯救。我放出的一个至关重要的信息：我们还在。父亲准确地收到了。

回到学校，班长把我拉在一边，他告诉我，你父亲入狱的事全年级的同学都知道了，如果有人在你面前说了什么不好的话，你可千万不要冲动做出过激的行为。于我，这原本是一个天大的禁忌，一碰就会炸毛的话题，我是一个多清高多要脸面的人啊。然而我竟释然了，我已然接受自己是一个罪犯的女儿。我笑着对班长说，放心吧，我不会的。我的同学，自始至终，高中三年，没有一个人在我面前提过这件事。连背后的窃窃私语也没有，即使是平日常有龃龉的赵晓静同学。仿佛什么都没有发生过。

六

律师告诉我，这个案子父亲是从犯，主要罪行是行贿、受贿及以权谋私，还有一宗是涉嫌不正当竞争，转包工程。我问他最终的结果会如何，他笑而不语。我忽然觉得法律太有意思了，默念着这几宗罪，只觉得陌生，完全没有切肤感。为什么法律认定的罪行跟我的不一样呢？父亲难道不是因为打了母亲、在外面找女人、聚众赌钱、唆使他人打架这样的事入狱的吗？他性格跋扈，专横，肆意践踏他人尊严，当众掴人耳光，为一点小事端人饭碗，没钓到鱼就毁人鱼塘，睚眦必报，跑到我学校做出的种种丢脸的暴发户行径……他应该是因为这些事入狱才对啊。可是，律师跟我说的这几宗罪，我仔细比照了一下，觉得比我认知的那些琐碎要严重得多，光是字面上，那些就透着一股条款的威严感。

隐隐地担忧。

再见到父亲是开庭的时候了。将近年关，与上次匆匆一别已有两个月，我多次在看守所传递生活用品，也夹带给他鼓劲的纸条。他的头发长成直竖的硬茬状，看上去精神了很多。因是从犯，所以庭审的内容是关乎另一个人的案子。审判庭很像一个舞台，背景是酒红色金丝绒垂幕，像是在演话剧，父亲一上台就看见我们了，即使只是淡淡一瞥。我跟母亲并排坐着，我紧紧地攥着她的手。她的手冰凉冰凉的。

面对每一项指控，父亲的供诉条理很清晰，陈述事情原委。他的语调平缓，气息从容。他没有丝毫辩解，大体是认罪的，只有两处金额上有出入。法官是一位女性，她的声音尖细，显得咄咄逼人，她两次打断父亲的陈词。但父亲在那两处表现得斩钉截铁，没有一丝妥协。他要求主犯当场对质，连说了三遍。主犯不在场，接下来要审另一个从犯，最终似乎也没有得出一个结果。

我不知道如果底下没有坐着我和母亲，父亲在台上的表现会不会有所不同。结束了，我们在门口等他出来，快要走到跟前的时候，父亲的头是低着的，他在我们面前站定，依然没有抬头，几秒钟后，我分明听见他清晰地说出：对不起。这三个字，我知道是说给母亲的。母亲的手开始抖起来，这是黄江第一次跟她说这样的话吧。他径直出了门，两个警察跟在他的身后，阳光像突然被掀开的帘子那样无蔽地洒在他身上，他的腰挺得很直，脚步稳健。都结束了。父亲看上去能坦然面对最终的结果。

等待判决书的日子是漫长的。然而家里的气氛似乎轻松了许多。我的母亲，在她的世界里，最终的解释是，她所受的业，终于得来了福报，她等到了那个属于她的良人。俗语的"浪子回头"皆可以由业报和果因来阐释。我看着她，三十八岁的母亲，她不识字，长着一张略带苦相的刮骨脸，寡白，几乎没有眉毛，但有一双清亮的大眼睛，微微往里抠，她看着你的时候，你会觉得整个世界都亏欠了她，我想，这也许是父亲对她不耐烦的原因。我忽然觉得她的世界很美好，有一种静穆的宗教感，一切的解释都是安慰与慈悲。我们安静地等待一个全新的父亲归来。

眺望星空，澄澈的夜，天空像倒悬的大海铺在屋顶。新年的礼炮响起了，这是父亲第一次不在家里过年。在祈祷的钟声里，我们不念过往，也不畏惧未来。

我又收到父亲写给我的一封信。鼓胀的信封里是厚厚的一沓，似有一万句话在等着我。

七

应该算是两封信。第一封,父亲为我展现了不为人知的过往。在他春风得意进了大队部当会计的第三年,就被暗示要求做假账。那个时候,他还是一个踌躇满志、充满理想的年轻人。清高、自负,眼高于顶,自然不屑做假。然后入党的事就此一拖再拖,他也由主会计变成一个小小的助理。喜欢的姑娘突然跟另一个人好了。父亲说,如果跌入谷底的人随时都有机会重新登上高处,而代价就是变成跟他们一样的人,时间一久,极少有人能够抗得住。而在外人看来,变成跟他们一样的人是你的本事,是你混得开。全世界的人都这么看,没有例外。最后,你发现,你对抗的不是那个让你做假的人,而是这庞大的世俗道德价值体系。他写道,即使是像约翰·克利斯朵夫那样的人最终也放弃了反抗精神,变成了一个彻底的俗人。

这是一封很深刻的信。尽管我不认可他对这个世界的描述与定义。对于十六岁的我来说,父亲的真正意图像是在为自己辩白,然而更多的是,他想让我了解他这个人,他的人生是在什么地方开始拐的弯。我还感知到,父亲把我当成了一个可以真正倾诉的朋友。所涉之事如此私密,正如他所说,如果像一个异类那样活着,你就会被这个世界所抛弃。

他举了一个例子,祖母开始冷言冷语,觉得家里的希望因为他的不懂变通全都化成了泡影。终日唠叨不停,指着痛处戳,埋怨自己命苦,一生辛劳付之东流,闹着要喝药上吊。

也许我低估了亲人冷语的伤害程度。我读出在父亲辩白的语境里,有一种自我安慰的正当性。当他选择做假的那一天起,接踵而来的人生把他重新送到了高处。过了那一道坎,崩塌的世界在废墟中重建。父亲在信中写道,最后悔的事情是,他在高处的时候本可以终止这一切,调转当初射出的错误箭头,回归他最初的理想世界。然而,一切都已是深渊中了,无法回头。他类比道,就像岳不群(金庸小说《笑傲江湖》的大反派)贪恋辟邪剑谱,越走越远,永远也回不去了。

也许,让坐牢终止这一切,重新为人生洗牌,才是最好的安排了。父亲在信中还花了大量的笔墨写了自己的几桩功绩,那也仅仅只是强颜对我暗示：你父亲这个人并非一无是处。我莞尔一笑。信里，辩白是真的，然而忏悔也是真的。黄江，一切都不晚，你可以回归最初的那个少年，意气风发，纯净而美好地活着。

八

在此之前，我以为父亲之所以能振作起来是因为我们没有放弃他。我们彼此给了对方机会。在我读到这封信之前，我甚至以为，是我拯救了父亲。这封信中提到一个叫李运强的人，就是这个因抢劫杀人而判了死缓的人才是他人生中拨雾见月的重要人物。李运强与父亲年纪相仿，他们在看守所一起度过了五个月的时光。

父亲在信中讲到这个对"活着"充满渴求的人，那种震撼的力量让人不得不珍视拥有的生命本身。因为是死囚，犯人们要轮流看守他，以防他自虐、自残、自杀。就在这个时候，槁木死灰、行尸走肉般的父亲与这样一个人相遇了。

你睡吧，我才不会自残呢。我一定会在二十五年之后出狱去重新开始新的生活。父亲注视着这个人，从死缓到无期，再到有期二十五年，他说得如此轻描淡写，仿佛只是跨过一个小小的沟坎。要知道，这一轨迹需要付出巨大的努力，还要有坚定的信念，二十五年，时光的灰也会让人的心灵蒙尘，太漫长了，漫长到足以冲淡最执着的初心。这世上真的有饮冰十年难凉热血的人？父亲觉得这个人太独特了，他的精神世界独立于俗世之外，这正是他最欣赏的。在那样的地狱生涯里，他活得像一团火。于是主动提出由他一个人来看守他，每天晚上跟他讲两个小时的金庸小说，他反问父亲，为什么鸠摩智要在武功尽失、走火入魔的时候才会大彻大悟？他的问题很像自己的处境，但父亲给他的解释是，一切恶的极致都预示着善。这个解释太玄乎，李运强听不懂，他做了这样一番理解：武功全没了，他也没法再作恶了吧，这个时候选择做一个好人不就洗白了过去的人生吗？父亲无奈地笑笑，但又承认他讲得其实很有道理。

读到这里，我会心一笑，你们在看守所的日子也没有外界传闻的那样不堪吧。我父亲这个人，至今没有一个朋友，他唯一的朋友居然是在看守所里结识的。正是这个朋友，让父亲走出了绝望。

他有专业的汽车修理技术，能画机械图纸，干活卖力，寻找一切机会立功减刑。父亲跟他讲了自己的案子，他不屑地说，就你犯的那点事，至于吓成这样？也许两个人的命运对比太强烈了，所以父亲开始珍视自己的人生和他身边的人？父亲知道李运强的心病是他妻儿自他入狱至判死缓，一年多时间从未来探视。

而我，在父亲进看守所的第七天就去探视了。父亲把这个消息分享给了李运强，所以才有了他写给我的第一封信，恰到好处地煽情，我果然被打动了。

在信的最后，父亲有一个请求，他希望我去看望李运强的家人，给他们带去他的消息。说他一定会回来的。

我按照信上的地址，一个人坐了四小时的车找到了郊外的那个村庄。

村口的一位少妇指着旁边的一块稻田跟我说，看那儿，李运强的老婆在田里干活呢。我提着几斤水果，连忙走到稻田边，看见一中年女人埋头整理田上的沟垄。已是正午，我又冷又饿。上前打招呼。

李婶婶好。李运强叔叔托我来看望你。

谁？那妇人猛地抬头。深深的抬头纹爬满她干瘦的额头。

李运强叔叔。

他死了。妇人丢下这句话继续着手上的活。

李叔叔让我来告诉……

我说了，他死了，别来烦我。你是谁啊，走开走开，别耽误我干活。她冲我瞪圆了眼睛，一幅极度厌烦的表情，然后她又对我摆了摆手示意我赶快滚，仿佛我是一个令人讨厌的臭虫似的。

我连李运强的家门都没能跨进。一路上，我想了很久，我恨过父亲，那么李运强的妻儿更恨这个杀人犯似乎是可以理解的。有一种说法是，对于某一种人，唯有死才能解救了那一家人。

我不能对此评判什么。我既不能低估曾经的李运强给家人造成灾难的程度，又不能因为父亲过度地褒扬他对重生的执着与热情。我只能遗憾。

在一次探视中，我把这件事的经过与结果写成纸条传给了父亲。父亲没有任何回复，他一定非常难过。

九

判决书总算下来了，判一缓二。一个月后，父亲回来了。很多村民围观，父亲没有躲避任何人的目光，他微笑着，谦逊地与人打着招呼，得体，有礼，我知道，他已经跃过了一种心理的瓶颈，打通了精神上的任督二脉。他摊平了一切的过往，任踩任嘲，他只是微笑。

两年之后，父亲成了一名炉前工。

清早起床扫马路，给隔壁寡居的王奶奶家担满一缸水。长期坚持，从未间断。我们那个地方的人，从来就不会把一个人看死，人们笃信浪子回头的福报。

李运强后来从看守所转去了监狱，父亲经常去看望他，直到他出狱。三十年，我回想那个大雪纷飞的清晨，江面上的渡轮雪落满舱。我在那里见到了濒死的父亲。那一刻，很本能地，我需要的仅仅是一个活着的人。这是触底的生命线。没有经过最绝望的时刻，也许我根本不知道自己到底在意的是什么。三十年，李运强没有等来他妻儿的回头，他抱憾而死。在他人悲壮而又凄凉的人生里，我和父亲照见了彼此，读懂了人生的珍贵。他常跟我说，其实在欧阳克死的时候，欧阳锋也死了，是杨过让他重新活了过来。啊，杨过，他是一个什么样的人间小天使呢？那些在我们的生命中，给予我们新的生机和希望的人，那些让我们战胜绝望、不再害怕黑夜与寒冷，活成了别人心中一枚银亮灯盏般的人，他们都是人间天使。即使看清了生活的全部真相，即使是一路的荆棘与荒凉，人生依然值得付出所有的热情与爱。

选自《散文·海外版》2020年第12期

评鉴与感悟

文章表面看是在写父辈的"生命史"和"精神史"，实则是在写人的"屈辱史"和"抗争史"，抽丝剥茧，文笔辛辣、凌厉却不失本真，疼痛中充满力量。

纳投名状

/李修文

是的，在囫囵着看过了《薛刚反唐》和《水浒传》以后，不可抑制地，他突然想要一个或几个结拜弟兄，虽说他还年岁尚小，但是，他知道，这世上的路，并不好走，也许，有朝一日，他也走到了瓦岗寨下，又或来到了野猪林中，当他落魄和遭难，甚至命不久矣，偏偏在那时，他过命的结拜弟兄飞奔而至，救他出虎口，给他以性命。以上种种，果能在他的身上和脚下实现，那该是多么大的福分与造化？只可惜，这一切于他都是痴心妄想——在他被寄养的这个小村庄里，他还远远谈不上有什么朋友，要是哪一天逃过了挨揍，他便已经感到足够幸运，所以，尽管他的身体里无一日不装满了和人结拜的愿望，可是，思来想去，他还是小心翼翼地藏住了它，自始至终，他守口如瓶，从没有对任何人说起。

他当然不甘心。那段著名的结拜词，那段他渴望自己堂堂正正说出来，甚至喊出来的结拜词，每隔几天，他都要在心底里背好多遍："我等兄弟，自愿结为八拜之交，自此之后，白首同归，深情厚谊；生死不渝，情同手足；皇天后土，实鉴此心；背义忘恩，天人共诛！纳投名状，结兄弟谊；死生相托，吉凶相救；祸福相依，患难相依！"时间长了，想要一个或几个结拜弟兄的念头几乎令他疯魔：村庄里有好几对结拜弟兄，终日里，他就像是一个密探，鬼鬼祟祟地跟随着他们，看着他们下田，看着他们喝酒。

只不过，越是靠近他们，他的心里就越难过。村口那座破败的土地庙，但凡有人结拜必会在此歃血为盟，他一个人，跪倒在破败的神像前，看看左边，再看看右边，就好像两旁的虚空里，真真切切地存在着跟他一样跪拜在地的弟兄。

幸运的是，最终，上天自有安排，给他送来了结拜弟兄——那是刚刚入冬时一个远赴别的村庄看露天电影的夜晚，电影散场之后，他跟着人流返回自己栖身的村庄，跟既往的每一天一样，只要置身在队伍中，他都乖巧地走在最后，唯有离人群稍远，他才心安，他才会不断地庆幸自己又一次逃开了可能的拳脚抑或更多的横祸。只是这一回，他失算了：两个村庄之间，横亘着一条河，河上有一座木桥，当他赶到河边，那座木桥好巧不巧地竟然垮塌了，看着河对岸的人流喧哗着完全隐入黑暗，再听着喧哗声越来越远，他慌了，意识到大事不好，赶紧大着胆子面向对岸大喊了一声，但是，没有人听见他的喊声，黑黢黢的旷野上，独独只剩下他一个人。而此地不是他处，楚墓林立，那些埋伏在黑暗中的高坟大冢，持续地被不时穿梭飞舞起来的磷火照亮，时而依稀可见，时而又消失不见，当它们消失，就好像是一场阴谋拉开了序幕。说话间，独独只面向他的撕扯与吞噬，便说来就要来了，如此这般，他又岂能不被它们吓得魂飞魄散？他不敢再想下去，也不敢再往四下里看，干脆硬着头皮下了河，瑟缩着，战栗着，游到了对岸。

河水太寒太凉了，短短几分钟，他就像是游了一辈子。尽管如此，他也没有想到，等他上岸，将他深深罩入其中又使他全然不能动弹的，并不是一阵紧接一阵的寒战，反倒是委屈和伤心：不要说结拜弟兄，当他呼喊，旷野之上，恐怕连一个听见他喊声的人都没有，更不要说有人也来扯着嗓子呼应他。如此遭际，难道要贯穿他在此地的整个寄养生涯吗？然而，倏忽之后，他的委屈和伤心都要让位于巨大的恐惧：往前走，依然是高坟大冢，其中的一座，据说是十里八乡最为鬼魅的所在，每逢风起之夜，那座坟冢里就会彻夜响起厮杀之声，听上去，就像是厉鬼们在缠斗，又像是死不瞑目的将军在地底唤醒亡魂，再一次展开了杀伐征战。可偏偏，唯一一条回到村庄的路又必须经过它，所以，当他捂紧了胸口，一步步迟缓地走到那座坟冢之下，再睁大眼睛辨认眼前影影绰绰的道路之时，他分明觉得，自己的身体已经由不得自己了，他明明还想横下一条心往前走，可是，他的身体，却只想后退、转身和撒腿狂奔，又偏偏，如同谶言示现，如同专门为他准备的，北风骤起，那传说中的厮杀之声说到就到，一声声，迫向了他的耳边。

即便如此，他也没有退路，他只能捂住耳朵朝前走，然而，那些从坟冢里传出来的声响却越来越诡异：厮杀之声渐渐退去，哭泣之声蓦地响起，一旦响起，便无法收拾，迅速地变得广大无边，就好像，有人站在风口里哭，有人蹲在屋檐下哭，有人一边跑一边哭，有人躲藏在成堆的尸首里哭，抽泣，呜咽，乃至号啕，起起伏伏，永无休止……不知不觉间，他又站住了，他也想过干脆不再捂住耳朵，去正视眼前的坟冢，以告诉自己，那些诡异的声音，不过是风声连通和贯穿了大大小小的好几十个盗洞，剩下的一切，全都是自己的幻觉。然而，他做不到，当他刚刚找到一丁点几乎被恐惧撕成了碎片的胆子，去正视坟冢，却又慌忙闭上了眼睛：是的，他害怕厉鬼们会在顷刻间从那些盗洞里飞奔而出，挡住他的去路，叱问他的姓名，再夺走他的魂魄。

就在他不敢向前又不甘退后的时候，西天诸佛保佑，竟然给他送来了这险恶夜路上的同伴。先是一阵清晰的狗吠，他被吓得身体一震，然后，他便看清了它，又认出了它，在此地，它实在是太有名了：每逢入夜，假如有狗吠叫起来，远处又传来吠叫的回声，那么，这条狗多半会以为自己得到了同伴的呼应，于是接着吠叫，要不了多久，这条狗就会知道，这世上并没有多少与之呼应的同伴，那些呼应，不过是回声，也就不会再继续吠叫了。唯独眼前这条狗，差不多每天夜里，都要和自己吠叫的回声战斗到后半夜，回声不停止，它的叫声便不会停止，如此，众人便叫它疯狗，实际上，照他看来，它不过是一条笨狗。现在，它竟然视坟冢与哭喊声为无物，雀跃着突然现身，不近不远，与他平行，又一路吠叫着奔向村庄；继而，在正前方的昏暝之中，他听见有人在说话，愣怔了一小会儿，他如梦初醒，发疯似的往前跑，追上了说话的人，原来不是别人，正是此地远近闻名的一个疯子。那疯子，实在是个人物，别的疯子一旦清醒了，就生怕旁人说他是个疯子，他偏不，他偏偏逢人便说，自己正是那个传说中的疯子，再看着别人落荒而逃，他却哈哈大笑。那疯子，可能跟他一样，也去看了露天电影,又在返回的人流里掉了队,这才落了单。此刻,那疯子显然正身陷在疯狂中,神情呆滞,视坟冢与哭喊声为无物,更视他为无物,一边缓慢地往前走,一边自己跟自己说话,但是如此甚好,他轻悄地跟上了那疯子,就像靠上了一堵巨大的挡风墙。

并没有走出去多远,他便知道,这难以为人道的一夜,他大概一辈子都不会忘记了:先说那条狗,虽说一直都在雀跃飞奔,又吠叫不止,可是,只要看见他走慢了,它便折返回来,重新和他并排,重新开始飞奔和吠叫,就好像,它没在乎过他,又时刻在乎着他;还有那个疯子,仍然在自己跟自己说话,时而低声细语,时而激烈地争辩,然而,不长不短,他们两个之间,一直只相隔着十几步的距离。够了,真的够了,就这十几步,他便可以专心地去听那疯子的嘴巴里呼喊和嘟囔的究竟是什么了,至于那些几乎要将他的心脏拽出身体的恐惧,则正在离他越来越远,直至他全然想不起来。渐渐地,他们三个,离村庄越来越近,也就是在此时,在他已经可以清晰看见村口那座土地庙的时候,猛然间,他差一点便要落下泪来,那句结拜词,对,就是那一句,"纳投名状,结兄弟谊",被他记了起来。虽说人狗殊途,虽说疯子与他也在殊途,可是,这难以为人道的一夜,这再三的并排和若即若离的十几步之远,何尝不是将结拜词兑现的投名状?既然如此,那么,他们,说的是他和那条狗,还有那个疯子,岂不正是上天自有安排的八拜之交?

既然如此,还等什么呢?他愣怔和旁顾了一小会儿,当即便下定了决心:冷不防地,他奔跑着越过疯子,再越过疯狗,气喘吁吁地推开土地庙的门,二话不说,面朝破败的神像就跪拜了下去。是的,正所谓,择日不如撞日,不在他时,就在此刻,他便要和那疯子还有疯狗义结金兰,没有酒,没有可供滴血的公鸡,都不要紧,他有一具可以用来磕头的身体,而这就够了;更重要的是,规矩却非讲不可,举手投足,都要对得起"结拜"二字,所以,他端正了心神,将那段他背诵过无数遍的结拜词默念了一遍,这才开始磕头,一个,两个,三个,三弟兄,八拜之交,他算得清清楚楚,当然就把二十四个头磕得清清楚楚。头磕完了,他的身体,也被欢喜和安定充满了,这才从地上起身,出了土地庙,走向他的结拜弟兄。这时候,月亮出来了,隐约的月光下,他得以将自己生拉硬拽的弟兄们看得更加真切：看那疯子，似乎也明白了他奔进土地庙所为的是何事，不再自说自话，虽说背对着他，却一直在原地站着，像是在等他，也像没有等他；还有那疯狗，它没有再去飞奔与吠叫，原本，它的嘴巴里在咀嚼着什么，见他走出土地庙，也停止了咀嚼，安安静静地看着他，而他，每向他与它走近一步，他体内的欢喜与安定感就更加剧烈，是的，他已经认定了：那些突然终止的吠叫与自言自语，加上眼前似是而非却被他一口咬死的等待，它们不是别的，它们正是眼前的弟兄二人在同心同德之后交与他的投名状。

所谓投名状，要是在乱世里，多半都要行不法之事，再以此将自己与弟兄们坐实在一起，从此须臾不分，《水浒传》里，就算那豹子头林冲，初上梁山，也少不得被那王伦胁迫着索要投名状，林冲问王伦："小人一身犯了死罪，因此来投入伙，何故相疑？"王伦却答："你若真心入伙，把一个投名状来。"英雄到了末路，就算禁军教头也无计可施，也只能终日里郁郁寡欢。跟那林教头相比，结拜之后的他却时时都恨不能奔走在交纳投名状的路上：一连多日，每天只要一睁眼，他就在捉摸着，如何给他的两个弟兄纳上他们当得起也配得上的投名状。先从那疯子开始，事实上，在此地，每个人都对那疯子避之不及，所以，注定了，他不可能迎来自己去对那疯子拔刀相助的时刻，即便如此，他也不会死心，成天都在疯子的周边晃荡，不近不远，如影随形，看上去，既像是在等他，又像是没等他。

渐渐地，他就发现了疯子的秘密。这一天，疯子去了邻村的姐姐家，黄昏时，他拖着整整一板车的藕回来了，在村口小路的最狭窄处，他和他的板车被另外一辆板车迎面挡住，要是在平日，只怕还不待那疯子走上前，对面的板车便会乖乖后退让开道路，今天却不是，那疯子遇见了狠角色。两辆板车僵持对峙了一小会儿，疯子冷笑着走向了狠角色，再轻描淡写地告诉他，自己就是本地最有名的那个疯子，杀人不偿命的疯子，哪知道，对方却嗤之以鼻，径直告诉疯子，自己早就认得他，也知道他是个疯子，更知道他大部分时候都是在装疯，只有装疯，别人才会怕他，才会离他远远的，实际上，疯子一直都是个怂人，他怕所有人，后来，他确实也疯了，但他发现了一件事，人人都怕疯子，所以，哪怕他好了，清醒了，为了让自己不再怕别人，他也只好不断地装疯，不断地叫别人怕自己。你骗得过别人，可骗不过我，那狠角色抱着双臂，面对紧逼上来的疯子，竟然根本没有后退半步,反倒继续耻笑:来啊,你再往前走一步试试看!

再看那疯子,迅疾之间,他怂了,下意识地站住,两只脚在地上的泥泞里磨蹭着。似乎有那么短暂的一瞬间,他不想就此认怂,眼神变得迷乱起来,对,迷乱与呆滞,正是他得心应手的武器,可以想象,他曾凭借它们屡战屡胜,但是,没有用,他的双脚最终还是背叛了他,先是不自禁地后退,直至彻底转身,而后,他拉上自己的板车,走回头路,来到稍微宽阔的地方,乖乖让路,让对方顺利通过。当他们再一次交错,狠角色冷笑着打量他,他便再也受不了,躲到满满一车藕的背后,颓然坐下,偷偷地也是悄无声息地哭了起来。那疯子不知道的是,这一切,都被自己的结拜弟兄看在眼里。这弟兄,躲藏在几棵簇拥的榉树背后,只能目睹着疯子被欺侮,一直都在怒火中烧,然而,他也爱莫能助,眼睁睁地看着狠角色越走越远,再看着疯子的眼泪流了一脸,全不知自己究竟该不该现身。接下来,不知道是哪根筋被彻底碰触了,那疯子非但止不住哭,反而仰面倒在地上,再蜷曲成一团,继续放声大哭,也是怪了,一瞬之间,他的身体,还有疯子的身体,似乎被打通了,疯子的伤心,迅速地席卷和蔓延,终使他再也忍不住,从榉树背后现身,走向了疯子。

说起来,自从结拜之后,这弟兄二人,还是第一回面对面,但是,很显然,疯子并不想见到他,不仅如此,见到他之后,本来就塌掉了的天,接着又塌了一遍:秘密被人戳破,已经足够令他蒙羞和失措,现在,就连秘密被戳破这个崭新的秘密也被人尽收眼底,那么,接下来的日子,如何还能过得下去?所以,一见到他,那疯子连哭都忘记了,吓得一哆嗦,迅速地起身,端坐在泥泞中,又变得比任何一个正常人都更加正常。沉默了一小会儿,疯子竟然开口问他姓甚名谁,又因何故突然现身,就好像,一场让他无法摆脱的勒索刚刚来到了身边。见他不答话,更为了摆脱这场勒索,疯子突然奔向了堆积如山的藕,抽出最是粗壮的一根,讪讪地上前,讪讪地递给他。见他没有伸手去接,疯子愈加不知如何是好,持藕在手,却不敢再往前递,只是一味地低头;然而,疯子实在是想多了,作为心意相通的弟兄,他又如何不为弟兄心痛,他又如何能将这漫长的尴尬与不堪继续进行下去?于是,他掉头就跑,重新跑进了榉树林,林中的灌木丛将他的脸擦出了一条条口子,他也全然不加理会,除了奔跑,绝不作他想,只因为，他明明白白地知道：离开疯子，并且对他目睹的一切视若不见，即是一桩他能够献给结拜弟兄的莫大的投名状。

好吧，接下来的投名状，他就献给另外一个结拜弟兄吧。果然，跟疯子相比，和疯狗的相处则要容易得多，只需带上一点剩饭剩菜，不时地丢掷给它，它就会不停地摇着尾巴跟着他。而他，自此之后，便踏上了一条费尽心机去积攒剩饭剩菜的不归之路，实在是，他非得如此不可。虽说才刚刚亲近了些，他却已经开始跟它过命了：这一天，在放学的路上，他捡了只耳朵，突然听到了一个可怕的消息，原来，因为实在厌倦了那条疯狗入夜之后的吠叫，有几个比他大上两三岁的人，正在合谋着要了它的命，这可如何了得？那段结拜词里的话，"死生相托，吉凶相救""祸福相依，患难相依"，这一句句，都在提示和指引着他，他得将它们全都变作自己双手纳上的投名状，也因此，他只能用更多的剩菜剩饭来让结拜弟兄对自己寸步难离。放学之后，抑或上学之前，只要有一点空，他都要找到它，再让它跟着自己，去那些少有人踏足的地方撒欢，跟它在一起之时，最让他欢喜与怜爱的，是它撒欢累了，蜷在他的脚边睡着了，他一边去捋它的毛发，一边又忍不住忧虑地去责怪它：你呀，你呀。

你呀，你呀，当真是一入夜就不叫人省心啊：这天晚上，他和它，一起从山冈上下来，月亮出来了，它先是无意地吠叫了一声，果然，旷野上传来了回声，顿时，它兴奋起来，汪汪汪地，一声接着一声，再也不肯停止，自然地，那回声也是汪汪汪地，一声接着一声，期间，它也有过疑惑，止住吠叫，痴呆一般看着眼前的旷野，再抬头凝视天上的月亮，最后才看向他，似乎是，它在找旷野、月亮和他要一个答案，可是，他又如何能对它说得清楚呢？到头来，他只能任由着它继续吠叫，而且，伴随着吠叫，它竟越来越兴奋，飞奔，腾跃，钻入灌木丛，跳过他都未见得能够跳过去的壕沟，等等。面对它的种种行径，老实说，从一开始的不解，渐至烦躁和厌倦，到最后，他却只觉眼热，就像八拜之交的那一夜，差一点，他便要落下泪来，是的，到现在为止，他的结拜弟兄，其实一直都在交与他最新的投名状：那些飞奔和腾跃，无不都在提示和指引着他，也许，在接下来的寄养生涯中，他也应该和它一样，忘掉孤寒，忘掉挨揍，忘掉那些时不时涌上心头的委屈之感，一门心思地吠叫，再一门心思地和自己的回声缠斗，直至精疲力竭，直至下一个夜晚来临。

　　第二天，在上学的路上，他胆大包天，找到了那几个比他大上两三岁的人，劝说他们，那条狗，顶多是一条笨狗，正所谓，大人不计小人过，更何况，它还只是一条狗，各位，何不给它留下一条狗命？对于他的劝说和哀告，他们只觉得匪夷所思，连推带搡地要他滚蛋，他也只好滚蛋，转而又将那段结拜词默念了好几遍，对，就是那一段："我等兄弟，自愿结为八拜之交，自此之后，白首同归，深情厚谊；生死不渝，情同手足；皇天后土，实鉴此心；背义忘恩，天人共诛！纳投名状，结兄弟谊；死生相托，吉凶相救；祸福相依，患难相依！"也是从这天开始，不在他处，就在寄养人家屋后的竹林中，他给他的结拜弟兄做了一个狗窝，唯有如此，它才会被他尽可能地置于自己的眼皮底下，万一劫难降临，他也才有可能第一时间冲出去拔刀相助。还有，自此之后，每一顿饭他都吃得甚少，更多的饭菜都被他剩下了，再带入竹林中。入夜之后，只要那疯狗开始吠叫，他就会拿出饭菜来勾引它和消磨它，当然，在吠叫与吃喝之间，它也曾一再地不知所从，可是往往，心一横，它终究还是闭上嘴巴，奔向了他手中的饭菜。

　　要是日子就这么持续下去，他丝毫都不怀疑，那疯狗，一定会被他彻底治愈，就此泯然于众狗之间，果能如此，它也算是保住了自己的性命，它的性命只要留下了，他的投名状才算是真正地交纳出去了。也为此故，他先行变成了一条狗，满眼里都只有吃喝，除了自己省下的饭菜，眼界里但凡有一点吃喝，他都要掩好了藏住了，带回狗窝里去。待它吃饱了，喝足了，他就带它去看望正在受苦受难的另外一个弟兄。事实上，只有那疯子还在将自己当作疯子，村里的人其实早就已经看清了他在装疯。终于，他的邻居，再也忍不住觊觎之心，更不顾他的装疯卖傻，将他唯一的菜园占为了己有，只是这么一来，他就不再是装疯了。有一回，他真疯了，当天夜里，他点了一把火，将邻居的谷堆烧了个精光，幸亏邻居跑得快，要不然，一家人都得葬身于大火之中。而那疯子则不管不顾，将自己脱得赤身裸体，手持一把菜刀，咆哮着，从早到晚都在村庄里四处游荡，幸亏，那邻居早早就带着一家人逃到了九霄云外。

　　在这世上，恐怕就只有他一个人知道，他的结拜弟兄，仍然是在装疯。

是啊，除了和疯狗在一起的时候，那疯子，一直都没能够摆脱他的跟踪：远远地，他跟着那个赤身裸体的人离开村庄，上了山冈，来到一株巨大的松树下。到了这时，对方立刻就像换了个人，从松树下的乱草丛里掏出几件衣服，自上而下，一一穿好，这才来到了自己母亲的坟前，再在坟前跪好，去跟母亲说话。因为相隔太远，他听不清对方在跟母亲说些什么，但是，他也分明觉得，那些话，全都被他听清了；还有，后半夜的时候，在村口的池塘边，他看见过那疯子去洗脸，为了继续瞒天过海，那疯子照旧还是赤身裸体。月光下，他看见对方的皮肤黑红黑红的，一想到那黑红里埋藏着对方挨过的恐吓、受过的寒冷，以及满目皆是又寸步难行的道路，他便再也忍不住，哭了出来。那疯子听见了他的哭声，却只不为人知地颤抖了一下，再回过头来，盯着他看，那眼神里，没有呆滞，也没有迷乱和乖戾，相反，唯有感激、交付和他需要不断辨认却也一口咬死了的苦尽甘来。由此，就像洪水冲开了堤坝，他开始跟对方说话，他说起了高坟大冢边的夜路，说起了土地庙里的义结金兰，又说起了那条疯狗是多么让他不省心，更说起了他是如何做贼一般，跟着对方一再去到了母亲的坟前。直到这时，那疯子突然也哭出声来，又在哭泣里一步步踱向他，直至贴近了他，可他依然不打算停止，他还在继续说话，他还要将那段著名的结拜词背给对方听，最后，他更要告诉对方，只要决心将那结拜词中的一句一句变成脚底下的道路，那么，眼前身边，天上地下，全都是可以被他们双手捧起又一心交纳出去的投名状。

是的，眼前身边，天上地下，全都是可以被他们双手捧起又一心交纳出去的投名状。没过几天，后半夜，他被那疯狗的吠叫声惊醒了，懵懂着，为了阻止它继续吠叫，他起了身，出了院子，奔向屋后的竹林，这才知道，今时不同往日，此刻的吠叫，并不是那疯狗又在与自己的回声为敌，而是那几个早就想要结果它性命的人正在逼近它。一见之下，刹那之间，他早已肝胆俱裂，什么也不管了，喊叫着，径直朝他们冲了上去；恰在此时，毫无征兆地，他的另一个结拜弟兄，却从斜刺里杀了出来，只见那疯子，一如既往地赤裸着身体，咒骂着，挥舞着菜刀，先是挡住了嫌犯们的去路，马不停蹄地，他又将菜刀差一点就架到了其中一个的脖子上。嫌犯们当然魂飞魄散，纷纷哭丧着奔逃，转眼便消失在了竹子与竹子之间。好了，现在好了，那疯狗的性命，算是留下了。如此，他便也不再急切，而是缓缓地，一步步踱到了结拜弟兄们的中间，之后，他们三个，围坐在狗窝边，凝视着彼此，好半天都没有说话。良久，可能是月光太亮堂了，那疯狗止不住地吠叫了一声，它没想到的是：他，还有那疯子，他们会心地笑了，再跟着它一起，汪汪汪地叫了起来。就好像，他们全都做好了打算，打今天起，他们要跟它一样，忘掉孤寒，忘掉挨揍，忘掉那些时不时涌上心头的委屈之感，一门心思地吠叫，再一门心思地和自己的回声缠斗，直至精疲力竭，直至下一个夜晚来临。

选自《雨花》2021年第9期

评鉴与感悟

作者以小说笔法写散文，既拓展了散文的文体边界，又为固化的散文注入了异质性审美。更为难得的是作者始终关注弱势群体，试图借文字替笔下的小人物树碑立传。

记录者及其他

/筱敏

记录者

我同意这种说法，观念会过时，而事实不会。从前我以为事实是客观存在，其存在本身就足以证明一切，任何的误读、误解、扭曲……最终都会在它铁的质地下败退，所谓水落石出，事实的真相及各个剖面最终都会得以显现。后来发现这信念是天真得可以。事实固然是客观存在，但所谓的客观，岂不也是一种观念？

事实是需要观察者和记录者的，否则，它发生过了可以等于从未发生，存在也可以等于不存在。水落未必石出，假以时日，水也可以将石头磨圆，或者将石头切割，粉碎，冲走。而事实的面目如何，取决于观察者的观察角度和方式。现代艺术曾有照相写实主义一派，追求的是客观、逼真，不带个人立场和感情色彩，以为照相机算是大家共同的眼睛，可以代替艺术家来观察反映。但共同的眼睛大约类似于大同世界，是不易实行的。照相机毕竟由人掌控，它只是艺术家的工具，所照的固然是事实，其聚焦点却还是作者的选取，即便是随手拍，说是无心选取，或偶然选取，也还是有所选取。当然，只有御用艺术家掌握照相机的时代，和普罗大众人手一部照相机的时代，毕竟不一样了，众多的视角和众多的观念，有助于消解单一的御用的观念。

做一个观察者和记录者，是个人的权利。在庞然大物吞天吐日的隆隆声中，单个人虽然渺小又渺小，但只要可能，还是不要放弃。所谓的纯客观是不存在的，而众多的观察和记录叠加在一起，更可能逼近真实。

过往的历史由无数个事件构成，一个事件覆盖一个事件，新闻轻易掩埋旧闻。一个事件的大小，取决于人们对它的即时反应和事后追溯，取决于世人发出惊呼，还是冷眼旁观，或视而不见。时代的目光如同逝水，顺流而去，是多变换的，遇到某些特别的地貌，还会发生流向的改变。留在原地做一个挖掘者，甚或溯流而上寻找源头，是选择一种险恶的逆境。

更重要的是，我们当下的生活中，每天都有更多的事件在发生，这一切使从前的故事黯然失色。需要有当下的记录者，或如洪水中的漂木，或如风速计上的风杯，或如豆荚深秋爆裂，籽粒四散，等待芽苗重构自己的故事。

好的记录者是天然的，忠实于自己，不随群体流向，只是单个出现。单个的生命微小，脆弱，承受大海啸的历史，也承受蒺藜分割一滴泪的历史，他们自身携带一个世界，一部历史，无所谓中心，无所谓边缘。

从前的人类历史是部族的叙事，帝王的叙事，当个人的权利被认识以后，历史的叙事也将改变。

观察者

观察者必得需要一个站立的位置，这便是立场。立场对观察者自然有所限制，能看见什么，不能看见什么，什么因贴近而放大，什么因遥远而消失，不同位置的观察者，所见的世相多有不同。

尽职的观察者可以跑动，可以在观察对象后面追踪，也可以跃到前面，这需要观察者足够的专业训练和超常的体能，也需要个人意识决定取舍，当你跃到一面的时候，也就舍弃了其他数面。对于一个观察者来说，偏颇是自然常态，全面是无法企及的。

立场裹挟观察者，操纵观察者。观察者或可用倾听、推理、想象来弥补自己的缺失，这需要良好的教养、普世的常识、逻辑思维能力、对话的平台，这些都在人类文明进程中造就。假如居于文明进程之外，过于依赖特殊立场和特殊情感，是妨碍观察的。

现实生活给人的教训是，人很难抵抗立场，正如人很难质疑自身的存在方式，尤其是已然占据优越位置的人。坐在数十层高楼的窗边俯瞰街景，和奔走于街面的行人所见全然不同，同一条街的同一个时刻，他们同为在场者，然而由于空间分隔，他们所在的并非同一个场，即使双方互相张望，彼此也不易望见。

高层建筑构筑了另一种立场，观察距离变成陡峭的关系，两点之间倘若要逐渐靠近，或是在上者化身蜘蛛，悬一蛛丝向下垂落，或是在下者练就蜘蛛人的绝技，冒死向上攀缘。从前的人不曾在那样的空间立足，不易感受到如此这般的差异和隔膜，或许较容易发生共情，更相信公认的事实。而社会分化渐趋多元以后，事情亦渐趋复杂，共识也更易崩裂。同一块水泥板，某些人定义为地板，某些人定义为天花板。人们立足于不同的楼层，所得的气流和光照都大不一样。人的眼睛为人的精神驱使，偏向各自内心的希望，所见自然有所选取，有所遗漏，所谓不偏不倚的观察者，是不会有的。

旋转餐厅是凌空的造物，它悠然旋转360度，视域可谓辽阔、全面，没有什么阻挡。它并非用于观察，而是用于享受美食的同时享受风景，适合观赏城市的繁华、盛大，楼台错落、灯火璀璨，以及天际线和地平线。这样一个凌空的造物，已经成为现实主义的真实。立于此物之上的观察者，犹如立于世界的制高点上，容易相信自己通观全局，了然世间万象，以及高于万象的本质。人借助这样的造物，扩张自己，追求上帝的视域，但人毕竟是有限的，即使居于超然的高处，人的视域仍被许多事物阻挡。观赏寻求愉悦，愉悦是一个阻挡物，它滤掉不悦目的部分。灯火也是阻挡物，它遮蔽了暗影的部分。建筑物越是庞大，阻挡的视域也越大。在凌空的高处即便用力俯视，昏暗的街巷和逼仄的门洞大多是看不见的；街角那个人何以跌扑，街面那些人何以如蚁群惶乱，也是看不懂的。以通观全局的目光看去，这些次要的个别的部分都可以忽略，不纳入观察之中。

人的视域是被构造的，构造于个人的生理和心理，所浸濡的文化、历史、信息渠道。居于优越位置的人，更愿意相信社会的结构合理，并将其合理性放大；而居于不利位置的人则往往相反。事物的形貌取决于观察它的方法，以及人们讲述它的语言和呈现它的手段。有趣的是，没有谁愿意倾听街角流浪汉的讲述，而这些沙粒一样的小人物，却常常会望向街心矗立的大屏幕，由此望见旋转餐厅上拍摄的美景，视域被宏大的叙述充满。

世界的黑白两端之间，大部分是灰的。灰色是极为恢宏丰富的颜色，使事物呈现维度，具有质感。云影、树影、众生，以灰色摇曳移动。观察者基于自己的位置，执黑或者执白，因色差的敏感、视力的强弱，以及心境的变幻，对灰色的解析极为不同。

作为同时代人，所见可能差别很大，为各自的视域所限，感知、想象、判断可能截然不同，只有时间轴是相同的。甚至，当我们整理记忆的时候，为了理顺自己的意向，连时间轴也可能发生偏转，因果也可能重置。置身世界两端的同时代观察者，最可能成为对立的人。

在技术快进的时代，有了更多的工具扩张人的目力，视域的变化总会发生，人的变化也总会发生，难以猜测的是，人和人会彼此靠近，还是相去更远。

失明症

若泽·萨拉马戈的《失明症漫记》描写了一种时疫：失明症。

用失明描述这种病症其实不太准确，患者眼中失去的并非光明，而是阴暗。患者的视线被一片明亮的白光占满，白光吞没了所有颜色，致使分不出红绿灯；也吞没了所有阴影，致使辨不出物体的轮廓。白光吞没了一切辨识世界的参照物，患者被淹没在无边无岸的白光之中。

医生问诊：像灯光灭了一样吗？患者答：更像灯光亮了。

这种白色眼疾医学不曾知晓。书中的医生相当困惑：它不是心理失明，心理失明即失认症，虽然缺乏辨认所见之物的能力，但是能够看见物体。它也不是全盲，全盲即黑蒙，是完全的黑暗，除非存在一种白色黑蒙。

人的视觉借助于光，也借助于阴影。在全然无光的世界里，人是瞎的，这叫失明；在全然是光的世界里，人也是瞎的，这也许可以叫作失暗。与黑暗型失明症相对应的，是光明型失明症。相比起黑蒙，白光是更强横的东西，更具有侵略性。黑蒙多是渐渐入侵，白光却是闪电袭击。人陷入完全的黑蒙，会有恐惧，但黑是静的。而陷入完全的白光，人是躁狂的。似乎没有一个患者对眼前突现的一片光明感觉欣喜，他们都将此视为灾难，尽管有一些人随即利用灾难谋利。譬如，那个趁机偷汽车的人，那个纠集团伙欺负并奴役其他患者的人。

可怕的是，这是一种传染病，它的传染途径是目光对视。医生接诊了这样一双眼睛，医生也瞎了。没有多久，整个城市的人几乎都瞎了，连教堂里的圣像也瞎了，一双双眼睛蒙上白布，再也看不见人间的疾痛。整个城市一片光明，不可否认的光明，前所未有的光明，达至极端的耀眼，然而，城市并没有飞升向天堂，而是急速坠入地狱。光明的地狱并不比黑暗的地狱略微仁慈。

萨拉马戈写的是这一时疫所导致的灾难。人们一向以为坚不可摧的国家机器失灵了，社会系统失序了，原来这些东西都很脆弱，会在瞬息之间崩解，抛弃我们。人们以为自己牢牢把握了生活，行走在向上并且静好的路面上，突然生活却被摔碎了。即使人们不知道这一切的因由，也必得承担这一切的结果。小说呈现了人们的困惑、恐惧、溃败、抵抗、自救、重建社会正义和秩序的过程。

失明症会传染，恐惧会传染，溃败会传染，死亡会传染。与此同时，抵抗也会传染，文明和正义当然也会传染。

萨拉马戈在书的扉页写下一句箴言：如果你能看，就要看见，如果你能看见，就要仔细观察。

假如你拒绝去看，拒绝看见，失明症便蹲在路边等你。假如整个世界坠入地狱，你不可能关紧自己的门窗，独善其身。

选自"随笔1979"微信公众号

评鉴与感悟

文学性与思想性俱佳，充分体现了"随笔"的自由精神。从文中可以看出一个知识女性的良知和担当。

在湘西

/周实

> 半个世纪前,那时我十六岁,那时我在湘西修路,那天我在泉边喝水,我在那眼小小的泉里,看到的是整个天空。
>
> ——自题

混凝土

1970年,到湘西修路,先是进行人员分类。

有的人会破篾就成了篾匠,有的会用锯就成了木匠,我说我会写文章,分类的干部听了一笑:"年轻人,你的特长对你无用。这里不要写文章的,更不要你胡思乱想,而是要你听令行事,要你有体力。我再奉劝你一句吧,以后别再向人提起你会写什么文章了。这点,可要好好记住!"

这个提醒,非常及时,我这个人总不安分。我去那里,是干什么?是开山,是填壑,是打隧洞修铁路。工具就是一把镐头,要不就是一把铲子,还有就是一担筼箕,还有锤子,还有钢钎,还有抬那巨石的竹杠,再有就是一句话:是机器的补充劳力。

每当搅拌机轰隆转起来,我就拼命地刨卵石,铲沙子,背水泥。天晴也好,落雨也好,汗水浸透了衣背也好,两眼直冒金花也好,都没机会喘一口气。那时,我是多么希望搅拌机能停一下呀(哪怕就是坏了也行),可是，搅拌就是不停，仿佛还要永远下去。

直到下班爬到铺上，轰隆声还响在脑里，梦里也在轰隆作响，水泥灰也钻进耳里，甚至塞满两个鼻孔，人也成了混凝土，填进那个隧洞里。

档案

"那——是我的吗？"我惊讶地问，我看见了我的档案，竟有那么三指厚。

答却并非我的所问——"修完铁路可以考虑给你一个固定工作……"那时，我刚开始生活。

后来，就没再见过了，只是偶尔听说它："这事，我们要进档案……"

"这回，算了，就不进了……"

每次，言辞，都很闪烁。

后来，还有一位朋友，说他曾经……怎么说呢……每周都要详细写我……

"好在过去了，好在过去了……"他抱歉地抬起手来，轻轻拍拍我的肩膀，表示事情即使如此，他依旧是我的朋友。

它现在仍跟随着我，只是不知什么样了。

雨

那天，一大早，雨就下起来。

雨从南方来，南方的南方。

狂风暴雨席卷了整个湘黔地区的山沟。好多树都刮倒了，工棚的屋顶被吹到天上然后砸下来。

雷霆滚滚，闪电阵阵，一个没过去，一个又闪起。大雨就这样憋着一口气下了一个多小时，仿佛有人在空中下令，轰炸这片铁路工地。

电话线断了。公路也断了。后来，闪电终于停止，泥石流又冲了过来，桥也冲断了，层层的梯田也被毁坏了。过了四五个小时，乌云才散开，地面上升腾着蒙蒙的水雾。

瞬间，狗又叫了起来，还有鸡也叫了起来，还有人也叫着，拿的拿扁担，扛的扛锄头，要去清除那些淤泥。

没有挖土机，也无推土机。那时的人怎么会认定仅凭那点工具就能清掉那些淤泥？而且，真的就清掉了。

变

路上除了我，没有其他人。

正面，背面，左面，右面，四面八方都是雨，都有雨袭来，脚下滑得像踩在鱼背上，不敢再往前走了。

想要转过身，回到工棚去。

可是，刚一想到工棚，脑壳里又全是他，全是再也不在的他。

工棚里面还那样，气氛却已不一样。

床铺、桌椅，虽没朽，心却感到它在朽。

东西的位置没有变，东西的本身却在变，变得使人更忧伤，变得让那可怕的死神亲切地慢慢地在人身上扎下根。

面对死神，人天生的自卫能力与日俱减，生也像是苟且偷生。

而且一次又一次地看到生命在自己的心上、身上变蔫变皱。

所有的工具，在他离开前，都还显得那样有用，在他离开后，好像也变得生出好深好深的皱纹。

一切全因那次塌方，那次没有想到的塌方，而我却觉得应该预见的。

雪

雪花飘在脸上的感觉，这一辈子，忘不了。

一颗红心两只手，修了湘黔修支柳，睡的是茅草搭成的工棚。

工棚的屋顶是茅草盖的，墙壁也是茅草搭的，但只搭了三分之二，在屋檐和墙壁之间还有那么三分之一没搭茅草让它空着，那就是房子的"窗户"了。工棚里住的人太多，几十个人挤一屋，睡在两边的通铺上，若是全搭上，透气就不好。

那天，睡到天快亮时，脸上感到凉飕飕的，睁开眼，坐起来，一看被子的下半截，已是白茫茫的一片，盖了厚厚的一层雪。雪花是从屋檐下那片没搭茅草的"窗户"随着北风吹进来的。

伴着屋外的呼呼北风，工棚里仍是阵阵鼾声。

那天早晨，走出工棚，抬头看着停雪的天上，天好蓝，好安静，星星就像疯了似的，一颗，一颗，悬在空中，那么大，那么亮，紧紧挨着我的头顶，像要贴到我的脸上。

无奈

想起那些寒冷的夜，在山里，在修铁路的工地上，烤着火，烧着一个个烂筿箕。

火苗一上一下地跳着，闪着饱含同情的光。山风，一阵阵地刮来，将身上的热气带走。

火烤胸前暖，风吹背后寒，真是这样的，周围忽明忽暗的。

不知以后的日子怎样，既有希望，也有绝望。

终归，希望压过绝望，自然也就更希望了。

希望什么呢？希望成为正式职工，继续修路劈山架桥，结果却是不能实现。

于是，希望也就远去，那样无情，那样远去，只留下人被那火光勾勒出那可怜的身影，听着火苗自说自话，像个傻子喋喋不休，一阵火花四溅之后，还是无奈，沉默了。

朋友们在暗处蹲着，脸上泛着古铜的光亮，柔声低语，安慰、劝说，结果一句也没听清，即便过去这么久了，已是四十多年后了，那些声音还在响着，还是一句无法听清。

或者，听是听清楚了，只是现在还未想清，或者永远无法想清。

上天

下工了，我和他，在山溪里洗澡时，抓住了一条娃娃鱼。

我说："还是放了吧。"我从小对动物就有一种莫名的同情。

他，转过头，看看我，觉得我是认真的，也就说："那——好吧，那就让我们来看看它的命运如何吧！"

说着，他跨到溪水边，从那脱下的裤子里摸出了一枚小小的硬币，熟练地朝空中一抛："国徽——我们就放了它，粮食——那就对不起啦！"

落到地上的是国徽。

后来，过了好多年后，每当想起这个画面，我的心里就这样想：当年，上天，玉皇大帝，或者人所说的上帝，决定人类命运的时候，大概也是这样的吧。

林中

还记得，有一次，我和一些人，闯入了一片大森林。

森林里的那些树木全是很久以前的时代残存下来的高大乔木。

日光透过繁密的树叶飘下许多离奇的神意。

我抬起头，朝上望去，看着树干高耸入云，仿佛看见自古以来关于上升的象形文字。

大山的雾水滋养了这些绿色的森林实体，但也让我感觉到某个夜晚的雷霆闪电会让它们燃烧起来变成红色的熊熊烈火。

我的脚下，那些根须，那些十分敏感的根须，那些韧劲十足的根须，也在无限的黑暗之中，模仿着那空中的枝条，在地底下复制延伸。盖着地面的是厚厚的落叶，金黄的，铁灰的，每一片都闪耀着一种金属的光亮。

风摇动着头上的树梢让人感到自己的命运也同样地难以把定。

人在那片森林里会异样地觉得自己也是一种自由的野兽却又受到某种威胁。人还感到自己也像树木一样在天地之间保持着一种上下平衡。人还感到自己身上也压上了直到死亡才会消失的无形重负。

而死亡，在那时，对于我，那个十六岁的少年，已经不是个空泛的字眼。

绕圈

每次，我从黑暗的隧洞，一步一步地钻出来，我都觉得我自己今后还要钻，只要我活着。

后来，不修铁路了，不打隧洞了，有时间安静地读书了，我又觉得我读书，或者对于精神的探索，有点像我打隧洞，一段一段一段地推进。

再后来，我又想，这种类比不太合适，因为对于精神的探索不能简单地划分为阶段，甚至可说恰恰相反：各个阶段，互相穿插，反复再现，不断重复。

精神的探索是绕圈，不间断地重复绕圈。

从前修路时，在辰溪，在怀化，以及许多别的地方，我都有过相同的经历，经历过许多相同的夜晚。经验是逐渐积累的，是重复的一种结果。长年地行走，脚力能更稳。越是那种漆黑的地方，眼睛能够看得更远，因为精神能够把握某些情境相同的规律。比如你攀登，上山或下山，一般都在转弯的地方出现同样可怕的深渊，有时在左侧，有时在右侧。当你感到空气稀薄，或者相对更为稀薄，或者是在山峰的背后又看见了新的山峰，才能够断定，确实在上升。然而，即便就是如此，上升或下降，也是相对的。无论在山顶，还是在山脚，头上星星，照样闪烁。山峰不但延至天外，而且也在心目之中，一切似乎都发生在不断重复的曲线之中。

选自《随笔》2021年第5期

评鉴与感悟

"个人史"样本，每个片段都酷似一个历史镜头回放，而命运就在其中显影。不动声色的叙事之下，暗藏着一团猩红的火光。

蝴蝶效应

/羌人六

一

生活的栅栏之中，我不算愚钝，只是不善言辞，嘴上的表达跟不上内心的节奏，因而说话总是前言不搭后语，语无伦次。有时，又像急于归家的人，找不到回家的门，自相矛盾，牛头不对马嘴，说的话会把自己堵死。反射弧在交流中被拉长，脑袋显得不够用。感觉起来，从嘴里说出的话，像是拖着毛茸茸尾巴，一丝不挂走在大街上的原始人，滑稽可笑又伤自尊。偶尔，遇到开会发言、讨论，我总是恨不得用脚尖在地上划出一道缝，钻进去，把自己藏起来。

2016年腊月与我正式步入围城的鲁欢女士，作为跟我生活距离最近的人，曾用言之凿凿的语气告诉我："我发现，你每次说话只说半截，说话不是写诗，半截子话，别人怎么听得懂？"这样的话不听还好，听了难受，头顶仿佛亮着一盏超级聚光灯。"我发现……"，她就是这么说的，拖着某些"砖家"惯有的学术腔调，看似客观、克制、诚恳、小心翼翼，实则绵里藏针，无形之中，已在我说话方面的"缺陷"，在我咕嘟嘟流着血水的伤口上，撒了一把白花花的盐。把话说完整，仿佛会要了我的命。蛰伏在我身上的隐痛自打被另一半公开之后，我心里其实很不舒服，浑身上下的不舒服，被人在身上扔了一支火把火似的，烫得我手心出汗，面红耳赤。

2017年春节前夕，儿子出生，我当爸爸了。给儿子取的小名，叫"石头"。我成为父亲的时候，我的父亲，这个当年经常拿我的同龄人给我当镜子、浇冷水的硬汉，已经从我们的生活里消失。消失是表面的，并不意味着我已经失去父亲，在没有父亲的这部分时间，我仍是他的孩子，他只是过早地在我们生活里沉默，他只是再也爱不动我们。事实上，在我成为父亲以后，我比从前更加理解父亲了，母亲的爱具体、琐碎，父亲的爱隐晦、微弱，形如空气，形如鱼儿的呼吸。我曾误解父亲，因为他经常不在家。

　　"沉默让我们令人不快，说话让我们变得可笑。"几年前，读到赫塔·米勒这句话，激动万分。它像一面镜子，把我整个儿地擦亮，暴露在空气的皮肤上。我记住这句话，记住赫塔·米勒，我爱屋及乌，读过她全部的作品。

　　细细回想，在断裂带读初中那会儿，沉默已经在我身上端倪初露，露出冰山一角。2004年，初三毕业那年，我暗暗喜欢班里一个女孩。她家在清漪江上游一座山上，来自断裂带最偏远乡村，但她的衣着打扮甚至容貌没有丁点泥土气息，人很漂亮，活泼开朗，成绩好，爱笑，这些优点，以生命的形式集中一般，构成她的存在，让我惊艳。后来，读沈从文的小说，从那些乡下女子身上，我隐隐发现到她的影子。她的笑拥有一种魔力，能把我的魂从我的身体里扯出来。她笑，春天变得温暖，夏天多了凉爽，秋天充满希望，冬天也不冷了。

　　情窦初开的少年如同挂在树上的青梅果，在那些灿烂而又贫瘠的岁月，我从未想过表白，浪漫的念头缥缈而不切实际，尽管，梦里全是那种白头到老生死相依的唯美画面，我甚至期待过，如果到了世界末日，只剩下我们在这颗老星球上，也是不错的结局。然而，好景不长，伊甸园之梦被人打碎了。原因是，有天晚上，半夜，同班同寝室的刘金虎说了句梦话，那时，我们好几个同学尚未入睡，耳朵虽然醒着，但没人说话，寝室里静得像是一片声音的沙漠，在这样一种背景下，刘金虎说了句石破天惊的话，他说的是："ZJ，你往里边睡点嘛！"寝室里睡的是铁架子床，上下铺，一人一铺，刘金虎睡的是上床，里边是墙。并且又是男生宿舍，就算ZJ胆子再大，也不可能跑进男生宿舍，和刘金虎共度良宵。唯一的可能，就是刘金虎癞蛤蟆想吃天鹅肉，说的是梦话。空气瞬间凝固了几秒钟，然后，寝室有人笑出声来，撕破空气的笑声，是那些没有睡着的同学发出来的，紧接着，睡着的人几乎全吵醒，寝室里四五十个人，都跟着笑，这些肆无忌惮的笑把声音的沙漠变成了一小块欢乐的海洋。寝室里几乎所有人，都变成鲁迅小说笔下的看客和观众。大家都在笑，只有我的心在滴血，整个人四分五裂。刘金虎在梦里喊到的那个人，就是我的暗恋对象，刘金虎短短一句，就把他和我变成了情敌。第二天，刘金虎的梦话在班上传开了，人人都说刘金虎喜欢ZJ，置身于那些怪话中间，我成了怪物。这件事对我打击很大，我郁郁寡欢，只能沉默，在沉默中，消化着刘金虎留给我的那块痛。

"时间流逝。人间事往往如此，当时提起往往痛不欲生，几年之后，也不过是一场回忆而已。"法国小说家勒克莱齐奥在一篇小说结尾如此写道。2012年冬天，刚大学毕业不久的我在北川新县城一家旅游公司上班。说是工作，其实等于混日子，浑浑噩噩，正处于人生的迷惘阶段，没有希望，没有未来。那时，大学寝室要好的兄弟伙小涂刚出校门，家里就给掏钱买了一辆十多万块钱的车，而我，荷包里空得像是刚被人打劫过一样，穷得叮当响。就是在那样一种背景下，一个寒风呼呼作响的夜晚，我忽然接到一个电话。在电话里，她轻声告诉我她是ZJ，然后哭了起来。我说，听出来了。她说，我想给你做女朋友，你答应不，你现在就给我回答，行，还是不行，都给我一句话。我完全懵掉了，搞不清楚状况，可以肯定的是，我没有女朋友，但我优柔寡断，花了很长时间考虑……ZJ也在电话里等了很长时间，最后，我想清楚了，我叹了口气，告诉她，还是算了吧，还是算了吧。2012年冬天，不知是ZJ挂了我的电话，还是我挂了她的电话，我们没说再见，就挂了电话。那以后，我们再也没有联系，没有联系好像也是因为，我们没说再见。后来，我换了手机，换了电话号码。眼下，除了养家糊口，我已经没有精力"朝花夕拾"。当然，让我"安分守己"的不只是内心的责任，还因为一把剪刀。媳妇曾大义凛然地警示我："要是朝三暮四，我就拿剪刀给你咔嚓一下……"

"过去的一个个瞬间，如果我在当时就已参透，便不会鲜明而又焕然一新地穿过我的当下。或许当时我应该不断重复经历或者干脆避免让它们发生。每一个时间都会有一段空隙，这段空隙里我们绞尽脑汁思量，何时何地在谁面前说什么话，还是应该选择沉默。"重温过往，重温断裂带赋予我的悲欢冷暖，赫塔·米勒的话语会在我的脑海升起。

记忆和经历的构成，无非是一堆散乱不堪的细节，泡沫，碎片。我聚气凝神，试图用它们拼凑出一幅画面，一个意象。这是可能的。近来，一些个人经历或作为旁观者的所见所闻，让我意识到，在断裂带，在亲人们生老病死的这片土地上，每一件事都不是孤立的，每一件穿过当下的事实际上也与过往息息相关。即每一件事都有迹可循，并非空穴来风。于是，当我写下"蝴蝶效应"，这个近来一直在我心头神出鬼没的幻影，我知道，我迎来了契机，如同孤岛上的鲁滨孙和星期五终于等来一艘大船。我必须打破沉默，穿过它抵达词语内部，去看见，去仔细观察。疼痛、苦难和变迁，在时光封闭又敞开的空间闪烁着幽光。眼下，居于时间内部的我，仿佛置身于一场风暴之中，制造风暴的"蝴蝶"，在岁月深处，也在人心深处。

二

在断裂带，或者把范围再缩小一点，在我们那个村子，每年秋后核桃成熟，家家户户都要打核桃那段时间，父亲的名字、脸孔和遭遇就会混在那些核桃树灰绿色的枝叶中间，若隐若现。风一吹，核桃叶子便沙沙作响，核桃们则开始瑟瑟发抖，更加死死地紧抱着自己的命运，以免从树上落下去。可以肯定的是，在父亲没出事之前，断裂带的核桃不会如此小心翼翼，心惊胆战。

核桃仁补脑，人们喜欢吃核桃。

核桃皮上的汁液如果黏在手上，手就会显现出命运的本质，变成黑色，很难洗掉。

在断裂带，一个家庭有多少棵核桃树，一棵核桃树上有多少核桃？没人数过。很多时候，核桃以集体的方式，被装进蛇皮口袋，在秤杆和秤砣的配合下，论斤数买卖。在父亲出事以后，这种传统本质上没有发生任何变化。只是单个的核桃受到了比以往更多的敬畏。核桃的数量，能够统计出我父亲在人们脑中浮现的频率，这是因为，父亲和那些核桃是混在一起的，冥冥之中，他仿佛就是那些核桃的"另一种皮肤"。当然，核桃和核桃树是不一样的，在熟人们的印象中，核桃更能代表"当事人"，而核桃树，则被视作"罪魁祸首"，埋藏着某种祸端的源头。

很多核桃即便熟透，穿着的紧身衣不会因为死亡的膨胀一下子裂开，或者一下子掉在地上，不像活在岁月里的人，一旦停止心跳和呼吸，就会被及时地埋进土里。

落在地上的核桃往往会被摔得稀烂，有的仅仅是落了皮，有的则是壳也裂开了。露出核桃仁的那种，只能被当场吃掉，无法卖钱。无法卖钱的核桃也就失去了价值，只能被吃掉。

在我父亲没有因为核桃从树上摔下之前，核桃与核桃之间没有区别，没有人与人之间的那种世俗的眼光，和高低贵贱。核桃之间的绿皮、硬壳以及核桃仁，在核桃的世界是一样的，在家乡人的心目中，是一样的。核桃有着显赫的家庭地位，是因为，它们能给一个普通农民家庭带来一份实实在在的收入。

2012年8月出事当天，父亲早早起床，走到我们家下面转盘路的小卖部买了包烟，来回不到十分钟。那些年，为供我和弟弟读书，父亲总是抽经济烟，断裂带人把最便宜的烟叫经济烟。我曾亲眼所见，父亲兜里平时都揣着两种烟，一种经济烟，一种好烟。这两种烟某种程度上显示了父亲的敏感和自尊。经济烟是他留给自己抽的，好烟则是用来散的，散给熟人和帮忙的人。父亲是热心肠，优点很多，缺点也不少，比如烟瘾大，也好喝酒。有些人喝点酒软得就像是身体被抽掉了骨头，父亲正好相反，酒是他的加油站，会把他变成大力士，我曾见过他喝酒之后，扛着一块足足两百斤重的木头，健步如飞。

"那包烟他给别人散了一支，自己站在树底下抽了一支，就开始上树打核桃，天刚亮，树上还有露水，滑得很，一下子就落下去了，梭溜溜板一样……"母亲谈及这场意外，目光总是落在家门前枝繁叶茂的核桃树上，耿耿于怀。

家门前的核桃树就在水泥院子边缘，和父亲一样，它正值盛年，"丫"字形的树干挺拔茁壮，墨绿色的树冠远远望去像一朵等待腾空而起的云。水泥院子下面，是一道将近二十米的堡坎，倾斜的堡坎下面，是硬邦邦的水泥路，水泥路下，清澈见底的河流昼夜不息歌唱。那天，父亲就是从这棵核桃树上摔下去的，先是跌在堡坎上滑行了一小段距离，然后重重摔在公路的水泥地上。脑袋重重磕在水泥地上，挤出血的语言。瘫在水泥地上的父亲，再也没能睁开眼睛。

母亲说，你父亲当时只是"哎哟"了一声。就这两个字。"哎哟"和"一生"之间，等号和句号之间，再也没有差别。在那一声"哎哟"后面，父亲被送至江油九〇三医院ICU抢救整整一周时间，最终，医生建议我们放弃，父亲的脑袋摔碎了。那时，我们别无选择的另一个重要原因，就是没钱，2008年地震，家里房子没了，修新房已经欠了一屁股债，抢救花了很多钱，我们走投无路了……最终，我们采纳了医生的建议，同意放弃治疗。挂着氧气袋的父亲被救护车送回家里，把奄奄一息的父亲送回家里是为了让他在属于他的这一小块天空下，跟尘世做最后了断。到家时，鼓鼓的氧气袋已经瘪了，父亲的生命，进入倒计时……临别之际，弟弟和母亲陪伴着父亲，乡亲父老们也来了很多人。一直昏迷不醒的父亲落气之前，似乎也意识到了什么，眼角湿湿的，他已经没有力气流下眼泪……我看不下去，转身钻进卧室。知道父亲走的那一刻，我没有掉泪，磕了三个重重的响头，磕响头的时候，我想到了落在地上的核桃。生命如此脆弱……

这些年，无人的时候，偶尔想到父亲，我会不由自主地冲着空气喊几声"爸"，仿佛他就在我的生命附近；我会在我的想象里用超过闪电的速度狂奔，然后伸出自己结实有力的胳膊，做好一切准备，我百分之百相信，父亲还在空中，如果他掉下来，我会不计一切代价稳稳地接住他，抱紧他，不让他掉在地上。

赫塔·米勒在一篇散文中讲述过这样一个故事："它在河水的涟漪中，把一个孩子从身上甩下，然后用自己的蹄子把孩子踏死了。闻讯而来的孩子父亲操起斧子便向马脑袋上砍。马倒地之后，孩子的父亲仍旧不停地砍，直到马脑袋崩开。斧子每砍一下，人们就能看得更清楚，马头是由什么构成的。他通过乱砍宣泄内心的震惊，此后而来的悲痛才让他住了手。"这匹二战时期的战马，并非死于战争，而是死于复仇，死于怒火。

和这匹战马不同的是，我们家的核桃树没有受到惩罚。父亲下葬后那几天，从部队请假归来的弟弟，数次想提着斧子砍掉那棵核桃树，为父亲复仇。母亲既不支持，也不反对，父亲的死亡似乎跟核桃树直接挂钩，但她显然弄错了，她没有意识到，核桃树并非故意或者说恰好站在那个地方，恰好属于我们家。最终，我拦住了弟弟，掐灭了他内心的怒火，这样做没有任何意义。死亡是唯一的，逝去的时光不会变成生命，父亲不会因为一棵核桃树的死亡回到我们身边。

假如弟弟砍掉了那棵核桃树，我们会看清一棵核桃树的构成，会看到那些涟漪一样层层散开的不规则的年轮，看到它走过的春夏秋冬和历经的风风雨雨。当然，我们也可以看到，核桃树即使被砍掉了，离开了它站在的那个地方，它依然是存在的，它不可能连根都不剩下地离开，它会留下一截树桩，如同一块永久的伤疤。

为核桃付出生命代价的父亲，成了前车之鉴，父亲去世的第五个年头，也是打核桃那段日子，村里代叔叔的媳妇，我不知道她真实的名字，平时碰面也就是下意识点点头，算是打过招呼。当人们一次再次说起，这个女人背着背篓独自出门打核桃，实际上，已经有了某种暗示。那天，她大清早出门打核桃，傍晚不见人归家。代叔叔在自家地里找到人的时候，她已经在树下趴了大半天，眼泪汪汪，说不出一个字，也动弹不得，她从核桃树上摔下来了，那块地比较偏僻，人迹罕至，叫天天不应叫地地不灵，那些蚂蚁、昆虫、蚊子陪着她，在剧烈的疼痛、孤独和煎熬中，她等了大半天时间。送往医院，命是保住了，却落下残疾，身体再也没法恢复到从前的样子，余生只能在轮椅上度过。

父亲的遭遇，代叔叔媳妇的遭遇，在断裂带带起一股冷风，吹遍角角落落。村里的核桃受到了冷落，很多人家宁愿核桃烂在树上，愿意出门打工挣钱，也不愿再打核桃了。这几年，果梅经济收益快，形势大好，断裂带许多人家把地里的核桃树都砍掉了，种上梅树。我们家的那棵核桃树依然果实累累，提起核桃，母亲总是眉头一皱，说："真是倒了八辈子霉！"

核桃，我最不愿意触碰的，核桃。我吃很多东西，但我已经很久不吃核桃，我再也不吃，我坚决不吃。不是我讨厌核桃，我只是害怕想起父亲，想起那个坐在轮椅上下身瘫痪的女人，想起断裂带上那些核桃般摇摇欲坠的生活和命运。

三

一个国家，一个地方，消失一个人，就如同在我家门前的河流里取走一滴水，我能想到的与之并列的三个成语是：毫发未损，微不足道，不值一提。消失，是一种撤退，本身意味着离去，清空，无关，不在场。在断裂带，对一个普通家庭而言，一个人消失又是另一回事，不再是数量上的可有可无或无足轻重，消失的那个人通常会变得格外醒目，也加倍清晰。

消失仿佛是一面放大镜：一个人消失以后，他的脸孔、语言、行为、思想的确不在了，但是他作为记忆中的个体，存在感是不会"人间蒸发"的，人们用自己的方式纪念他。纪念不是中性词，既有升华，也有沉沦。一个人消失之后，得到的，会比没有消失之前更多。

父亲走后，我们一家四口变成一家三口，因为父亲带走了一个家的四分之一，我们剩下的四分之三，虽说依然保持着数量上的优势，但在气势上已经完全输掉了，输给了父亲，他一个人就把我们的四个人的完整打败了。

那几年，家里人就母亲、弟弟和我。当然，我要是跟外人这样说，母亲会不高兴的，因为她不喜欢我们把父亲说漏，虽然，对父亲的"抛妻弃子"她一直耿耿于怀。

我一直都有这种印象，在母亲那儿，在这个断裂带其貌不扬的乡下女人身上，我消失的父亲就像一朵云，一直没有离开过母亲的天空，没有离开过我们家。日常生活中涌现的种种迹象似乎都在表明，父亲一直都在，父亲没有从我们的生活里消失。有一次，到街上移动营业厅去给母亲充话费，营业员问我，你妈名字是不是叫"刘金成"？营业员忽然说出我父亲的名字，让我心头微微一震，这个消失的人，似乎就在身边。那时，我才发现，母亲用的电话号码，其实是父亲原来用的那个，母亲原来是有自己的手机的，她自己的号码没用，她用的是父亲的电话号码。父亲已经不在了，母亲却在用另一种方式表达她的立场，她不允许父亲"消失"，不允许他"停机""欠费"。这样的事虽不难理解，后来，我还是没心没肺地几次建议母亲把这个号码注销，母亲没同意，瞪着我，有些愤怒，从她的目光，我看到一匹"白眼狼"，长着我的模样。

那几年，逢年过节，是家里最冷清的时候，通常只有我和母亲围着桌子吃饭，弟弟那时在部队服役，也很少回家，母亲却不甘寂寞似的，每次，都要在桌子上搁四副碗筷，多余的两副碗筷是留给弟弟和父亲的。我们一边吃，她一边给那两副盛着白米饭的瓷碗夹菜……

母亲从来没有忘记父亲，父亲也从来没有在她的生活里消失。在她卧室里，一直搁着一个相框，里面有父亲去世那年，专门洗出来的照片。父亲在相框里微微笑着。无论春夏秋冬，无论天晴下雨，父亲都是那样，微微笑着，在母亲的卧室里，在她身边。

我和弟弟很少在家，也很少回家，平时，母亲独自一人守在家里，忙里忙外。母亲不容易，我父亲不在了，生活仍然是从前的生活，负担也依然是负担，家里没了可以依靠的肩膀，母亲的肩膀就重了，里里外外的事情又不可能因为一个人消失打折。坚韧的母亲，一个人挑着一个家的担子在岁月里走。

我的作家朋友阿贝尔曾经跟我说："你母亲那么年轻，可以再找一个。"是啊，母亲那时不到五十岁，不算老，我和弟弟也不是"想不开、看不开"的人，母亲愿意再找一个的话，我们绝不拿出反对票，有个伴，嘘寒问暖，比一个人强多了。但是，我告诉阿贝尔："她不情愿。"其实，私下里，我已经试探过，跟她说过这事，母亲满脸通红，然后，几乎尖叫着说："你要把你妈羞死啊！"嫁鸡随鸡，嫁狗随狗，母亲是铁心守着这套老规矩，也不愿改嫁了。

母亲身体里的蝴蝶，是只枯叶蝶。一天，母亲跟我闲聊到一个亲戚。亲戚跟我母亲说了一番话，母亲把话又转到我的耳朵里："勤姐嘞，我不像你，没个男人哪里能行嘛?！"亲戚刚刚失去丈夫不到一个月，就给自己找了一个伴。其实，她自杀身亡、留下谜团的丈夫消失速度并不算快，在速度的心脏里，似乎秘密隐藏着一只花蝴蝶，花蝴蝶把风吹向死亡，然后这风就继续吹，在村子里吹，在断裂带的耳朵和眼睛里吹，直到她的脸也被风吹得模糊不清。

现在，我们家算是人丁兴旺。母亲，弟弟，弟媳妇，我，我媳妇，弟弟两个女儿，我一个儿子，一大家人加起来，七个人，算上父亲，就是八个人。如同"七上八下"这个词，冥冥之中，似有宿命。以前只有两个儿子，现在生活里多了两个女儿，三个孙子，儿孙满堂，母亲更忙了。我们在家，是母亲最忙的时候，我们的嘴和胃，需要她从冰箱里取出各种肉解冻，需要她洗菜生火烧水做饭。很多事需要母亲操心，母亲常常忙得分身乏术，仿佛她是这个家唯一的主人，即便如此，母亲也不许我们参与其中，她说的是："莫给我添乱！"

为了不给母亲添乱，我们只好和孩子们玩。刘子涵，我大侄女，小小年纪，不满三岁，已在语言方面显示出惊人的实力，她满口流利的普通话，是从动画片《熊出没》里学来的。她没有属于自己的声音，她的声音更像是熊大、熊二和光头强的"合体"。

那天，我钻进卧室，打开衣柜里的抽屉，取出那本薄薄的相册，随意翻看。相册里住着我们一家人过去的时光。大侄女忽然摇摇晃晃来到身边，用瓮声瓮气的普通话问我："亲爱的大爸，你在干什么？"

我指着二姨的照片问她："跟大爸说，这是谁呀？"

刘子涵回答："大爸，这是我的二婆。"

说完，大侄女拍拍胸口，告诉我："大爸，我好想好想我的二婆哦！"

于是，我又指着我的照片问。刘子涵无比肯定地回答："大爸，这是我的大爸。"说完，她再次拍拍胸口，告诉我："大爸，我好想好想我的大爸哦！"

我差点笑出眼泪来，说："大爸就在这里啊！"

刘子涵说："可是，我还是好想好想我的大爸！"

人都要化了。我又指着我父亲的照片问她："这是谁？"

照片上的父亲穿着军装，背靠着一辆吉普车，意气风发。大侄女肯定不认识她爷爷。她看了看，说："嘻嘻，这是鬼子！"

我听了，赶忙告诉她："这是你爷爷，不许乱说。"

大侄女高高兴兴叫了一声"爷爷"，就不说话了。我又指着我弟弟的照片。这张照片，弟弟也是穿着军装。大侄女从未见过她爸穿军装的样子，因此，她又认错了："大爸，这是鬼子，嘻嘻！"

我只好告诉她："这是刘军！"

大侄女的眼睛一下子亮了起来，欢天喜地地说："哦，刘军，大爸，刘军是我爸爸，大爸，我好想好想我爸爸哦！"

大侄女的"普通话"给我留下的印象太深刻了，多可爱的童心！另一方面，我不得不为此深思：一部分记忆消失，一部分记忆生长。在从小就开始说普通话的侄女身上，我观察到一种跟我们儿时截然不同的表达方式。这不是个案，更像是"大势所趋"，普通话作为一种交流方式，已经如同雨后春笋，在断裂带的"下一代"普遍盛行，人人都说普通话，而方言，则变成了"枯叶蝶"。我无力判断，从小就说普通话，好还是不好，谁知道呢？我只是有点遗憾，方言这只蝴蝶早晚会在语言的丛林飞走，或许，只是因为一部没什么营养的动画片。

四

醉倒在幺爸家门前边沟里的大伯如同一截枯枝，在初夏的树梢上嘎嘎作响，在这个喧哗又饥饿的深夜里嘎嘎作响。

"一截枯枝嘎嘎作响"，印象里，这是一个希腊诗人的诗歌标题。对大伯而言，这却是他难以逃避的"现实"。在春天的时候，人们提到大伯，总是说，春天长不了了，现在是夏天，我们又开始担心，夏天长不了了。当然，这样说，绝不是出于诅咒或者恶毒，而是基于某种了解。

大伯是父亲的大哥，一个嗜酒如命的人，一个病入膏肓的人，一个眼下的可怜人，一个曾经的恶人。

"在幺爸家门前的边沟里，大伯差点就摔成父亲那个样子。人当场就昏过去了，脑袋上摔出一条柞长的口子，淌了好多血，送到九〇三医院，缝了好几多针，又醒了过来，就送回去了。"

坐在小区楼下闹哄哄的烧烤店里，弟弟面对着一碗蛋炒饭、几十串烧烤，和一瓶百事可乐，一边吃喝，一边不咸不淡地跟我说起白天的事。和弟弟一起来的还有舅舅，和我一起来的有我那不想在家带娃的媳妇。

弟弟打来电话那会儿，我正在家里看书，对大伯的事一无所知。听弟弟说着大伯的事，我想起我的白天，是白的。

这次到绵阳，弟弟当然不是为了来跟我说"大伯的事"，他是到绵阳审车的。断裂带在修绵阳到九寨沟的高速公路，弟弟退伍后买了一辆大车，在一个隧道工地上拉碎石。弟弟说还没有吃饭。我们已经吃过。便约好小区门口汇合，在楼下随便吃点。

已是深夜了，似乎，听到的事，也有深夜的含义。弟弟忽然说起了大伯。

赫塔·米勒："去听和阅读自己认识的人和故事，会让人感到额头发痛。头脑中会组合成一幅由在场和不在场组成的画面。这是一种中间有林间通道穿行的亲近。"

亲人们，总是带来断裂带的风吹草动。

前些日子，母亲带侄女到绵阳玩，也说到过大伯，母亲告诉我："现在你大伯没事就到我们屋头串门，但我们都不想理他！"

听说大伯到我家串门，我不由得想到一句话：不是坏人变好了，而是坏人变老了！大伯以前是从来不会串门的，母亲说大伯到我们家串门，我只有一种感觉：大伯是真的老了，又老又可怜。但就是这样一种人，也害怕孤独。

在我看来，大伯今天的"悲催"，其实是他过去造成的。当我试着组织语言，把关于大伯的事梳理一番，脑子里却一团混乱，仿佛过去的时光颠倒了一切，让人不知身在何处，也不知从何说起。我记住的，只是一些浮光掠影：

一、大伯性格暴戾，动不动就用"打"来解决问题。为了点芝麻小事，无理取闹，年轻时敢撕破脸皮动手打亲生爹娘，六亲不认。父亲当年本来是可以留在部队的，正是为了照顾父母，保护他们不受欺负，父亲毅然退伍还乡。

二、大伯有小偷小摸的习惯。

三、在散文作品《食鼠之家》，我记录过一次"打赌"：我和弟弟在大伯家跟堂哥玩，堂哥赌我弟弟不敢把嘴张到他的××下面，后来，堂哥故意把尿直接撒进弟弟嘴里。当时，大伯在场，正是大伯的怂恿，堂哥才跟弟弟开出了这样恶毒的玩笑，大伯不但没有阻拦，还在一旁哈哈大笑。我那时年纪也小，不敢伸张正义，害怕大伯打我们。

四、父亲下葬当天，喝了点酒的大伯不顾逝者情面，跟为父亲丧事忙前忙后的五爸大吵大闹，想动手打五爸，被大家拦住。

五、大伯酗酒，有家暴情结，印象最深的有两次，一次是伯娘有次挨了打，跑到河边"跳河"，未遂，但我从大伯那里，学到了一句话，叫"大河没盖盖子"；一次是有年春节不知大伯家发生了什么矛盾，堂哥打电话报警，恳求警察把大伯抓去坐牢。

六、上梁不正下梁歪……

今年春节，曾经人见人怕的大伯，被在上海工作归来的堂哥、女儿，还有伯娘，结盟按在地上揍得鼻青脸肿。人心齐泰山移，大伯虽有余威，但终究寡不敌众，吃了亏。打完，"扬眉吐气"的堂哥就带着伯娘远走高飞，到上海生活去了。大伯的女儿艳，则抱着二婚刚生下的孩子，也在断裂带消失了。自此，大伯成为孤家寡人，一个人成了一家人。可以相信的是，只要大伯还在，伯娘也不可能回到他身边了。

大伯春节挨打的时候，我在媳妇娘家过年，其实，在断裂带也无济于事，毕竟是人家的家事。我也没办法说清，一个父亲恶到什么地步，儿女心肠硬到什么地步，才会发生这样的事？虽说可怜之人必有可恨之处，但是，打自己的父亲，怎么说也是不应该的。对于远走他乡的堂哥，我深深记得一件小时候的事，有次河里涨洪水，我们一院子小孩在河边钓鱼，那天，我们钓了很多鱼，唯有堂哥运气差，一条都没有钓到。大伯来了，大伯看见我们钓了很多鱼，堂哥却一无所获。大伯，作为一个父亲，不知出于什么心理，居然铁青着脸走到堂哥身边，抬腿照着堂哥就是一阵猛踢，瘦弱不堪的堂哥就这样莫名其妙地挨了一顿打，跌倒在地上的堂哥委屈得泪花闪闪，大伯，把我们吓得不清，都不敢继续钓鱼了。我还记得，当时年纪稍大的波哥，在大伯走后，伸手去拉堂哥时跟他说了句："莫理那个神经病！"所以今年春节，听说大伯被打的事，我首先想起的，就是当年大伯对堂哥那一阵莫名其妙的猛踢……

我相信，再多细节都无法呈现大伯的"别样人生"。因为酗酒，不到六十岁的大伯已经进了好几次医院，下巴上忽然冒起拳头大的肿瘤，迅速走向衰竭的肠胃，醉酒后摔得鼻青脸肿……都挡不住大伯喝酒的那份执着与激情。写到这里，我不由得想起江油诗人蒋雪峰的一句诗："李白的战士最听酒的话。"所以，在春天的时候，人们提到大伯，总是说，春天长不了了，现在是夏天，我们又开始担心，夏天长不了了。

我问弟弟："那给堂哥和伯娘打电话了没有？"

"打了。人家说的是，不管！"

弟弟说完，又继续补充："还说，死了算了！"

在我们说话的间隙，面色疲惫、有些邋遢的舅舅坐在一边，一声不吭，安静地吃着一串烧烤。舅舅老了，脸上皱纹纵横交错。舅舅不缺钱，缺的是一个贤内助。逢年过节，一大家人聚在一起，说得最多的，就是"身在曹营心在汉"的舅妈，不安生过日子的舅妈，把村里条件最好的日子过成了生活质量最差的舅妈。母亲的话再次在耳畔响起："你当初就不该把那台电脑卖给你舅妈。"这句话是去年舅舅家房子被大火烧得精光，母亲背地里亲口跟我说的，她是在责备我。2020年我卖给舅妈的那台台式电脑，为她缺氧的精神生活打开了一扇窗子。我明白母亲的意思，舅妈的不三不四的网友，沉迷唱歌、跳舞、白日梦，不安心持家，仿佛，都是因为那台电脑。这几年，沉迷在网络的舅妈没少闹腾，动不动就跟舅舅闹离婚。如果没有那台电脑，舅妈兴许不会有那些"爱好"。去年冬天，家里房子失火，就是因为舅妈开车出门到山脚下的转盘路跳舞去了……损失惨重。外婆搁在铁盒的几万块钱也成了灰烬，吓得缩成一堆的灰烬，还没有我家石头的拳头大。

　　吃饱喝足，话也拉拉杂杂说了一堆。迎着不知从哪儿吹来的风，穿过沉默的街道，我们缓缓走向家门。路灯在深夜里发呆，眼神疲惫、朦胧，一些幻影在周围悲伤地浮动，翩翩起舞。

　　在深夜，有时能够看见蝴蝶。

选自《红岩》2021年第3期

评鉴与感悟

从个人经验切入，勾连血脉亲情，驳杂世象，从而呈示出生存的酸楚和艰辛，温暖和光亮，作者以大胆的探索实践着一种"写作理想"。

对 岸

/孙莳麦

一

我说不清这一切是怎样发生的。前一秒还笑着,后一秒就哭起来了。她蜷缩在沙发的角落,抽噎着,面前堆满狼藉的杯盘。她必定同我一样想不明白,自己做错了什么,母女之间的关系又何以变成了这样。似乎先是在饭桌上,好好的,我提起了喜欢的男生,用小女孩般娇嗔的口气:"他怎么还不来找我说话呀?他要再不来找我,那我也不喜欢他了。"本是个玩笑,谁知母亲却当了真,正色起来:"人家男孩儿要不喜欢你,你也别赶着去追,世界上好男孩那么多,哪里就缺他一个了。"

当然也是句善意的提醒。我的犟脾气却偏偏在这时候上来了,笑容僵在脸上,嘴边的空气开始冷却。一边怪她玩笑话何必那么认真,更多的还是埋怨她扫了自己的兴。于是抓住那些话里的细枝末节不放——有时越得不到什么越想要证明什么的——"他怎么就不喜欢我了?不知道情况就别乱讲。"过了一会儿觉得不解气,又追加道:"好好地说一件事,你老拿莫须有的事情泼人冷水,有意思吗?"遂搁下碗筷不吃了。

她必然没料到自己一句话能激起这么大的波澜,先是错愕,继而疑惑自己是不是说错了什么,接着几种复杂的情绪混杂在一起,在胸腔里酝酿出巨大的委屈——临到嘴边又失了火力,嗫嚅道:"我不过是提个醒,让你给自己留条后路。还不是怕你受伤,要不是你妈谁在意你怎么想?"

话单拿出来自是句句在理,无懈可击。却偏偏触到了我的"着火点":"为你好""留退路""我是你妈"。每一句都足以让我爆炸。要知道有时候爆发的缘由并不在眼前的一事,而是几件事,乃至长久以来的情绪和生活共同作用的结果。于她如此,于我亦如此。先是一双袜子,再是一对没擦干净便穿出门去的鞋。从口红颜色到恋爱、学业,从不经意的提醒到拌嘴再到夺门而出,一团乱麻层层抽开,偃旗息鼓之时我们都忘了出发点是什么。

印象中上一次跟她吵架,是为着这个男人走入我的生活,她埋怨我不跟她说。我说,不是不说,而是觉得不是时候,时候到了我自然会说。

后来不知怎的吵了起来:

"和你有什么关系?是我结婚又不是你结婚!"

"好啊,你现在长本事了,妈妈管不了你了,你想和谁结婚就和谁结婚,不用跟我汇报!"

"跟你汇报?不是你先来问我的吗?谁愿意给你说?"

"好,说了你不听,吃了亏别回来找我!"

"不找就不找!咱俩各过各!"

……

事情早在情绪的推动下变了样子,说出口的话好像射出去就再难回头的箭。她像被布头塞住了嘴巴,半晌说不出一句话,扭头走进了屋里。我说不好她是不是哭了,她的眼眶是不是红了。她的嗓门大得好像能掀掉屋顶,哭起来却总是无声的。

这次还是一样。同在一个屋檐下二十二年,我早已熟练掌握此类场景的应对方法:沉默。

房间里突然响起我弹钢琴的声音。

——那是很久以前我拍成视频发给她的。

二

正月里的一天早晨,妈冲进房间,问我:"昨晚你梦到你爸了吗?"

我说:"没啊,怎么了?"

她显出有点儿着急的样子:"坏了,这两天我连着几晚梦到你爸。以前你一回来我们就去看他,这回没去,你爸肯定急了,催我呢。"

于是,虽然嘴上说着"哪有那么玄乎",我们还是在当天上午就去了墓地。许是来过许多次的缘故,路盲的我终于也能够轻车熟路地来到这里,像受着某种神秘的指引。

墓地坐落在离家很远的一座荒山上,我们只得驱车前往。一条几近枯竭的小河擦着公路溜过,过了桥便是山。山很大,很秃,直挺挺地立在路边。走近一看,树种了不老少,却生气全无,胡乱地堆在坡上,灰蒙蒙地覆着一层。远远地望见一座座枯冢,倒显得有些人气似的。也无妨,墓地这种地方,总归是不能太热闹的。

心头掠过一丝诡异的熟悉。我想起几年前,也正是路过离这儿不远的高速路口,父亲开车,接我回家。

拨开树丛,没两步就看见了父亲的名字。是从哪儿开始的,鲜活的脸孔突然变成了石碑上的几个字?僵硬,冰冷,覆着灰尘。

用抹布拭净石碑。慈父,孝女,血红的大字。是高速路口的风将我们刮散了吗?还是说父亲的家原本在这里?如今,也轮到我送他回家了。

摆上鲜花。买花的时候母亲笑说:"要买的,你爸爱浪漫。"

父亲活得讲究,闲暇时爱侍弄些花草,养些小动物,爱在自己搭的"小花园"里读书饮茶。他曾幻想过退休之后回乡下,回到他出生的地方去,过闲云野鹤的生活。

他也有过另外的打算:"麦麦,以后你留北京吧。你妈给你做饭带娃,我就每天开车接外孙上下学,偶尔吃吃庆丰包子。"

我笑说:"想得倒长远。"

也许世事就是一场猜不对结局的游戏,费尽心机追求的梦想常不得兑现,偶然的谶语却总是一语中的。

后来,在他坐过的地方,母亲摆满了花。

点火,上香。一切进行得有条不紊。二月的寒风像一张隐形的大口,三番两次地吹灭烛火——像两年前那场席卷而来的大病,有预谋地带走父亲摇摇欲坠的生命。

从两年前那个寒冷的冬夜听到电话里父亲异常苍老的声音开始,我便开始着手准备面对他的死亡。于母亲或许更早：接二连三的应酬与晚归，疲惫的身躯与来不及脱下就散落在地的皮鞋，还有出现在寂静的夜里，那个清晰可辨的电梯开门声——"咔哒"。

自我记事起的无数个日夜，我都能看到等待的母亲。母亲像灰姑娘一样等待着午夜十二点，等待着南瓜马车，等待着父亲，等待着那声象征父亲回家的"咔哒"。

那个声音现在是不会再有了。

出于一种直觉，两年前的那个电话，我几乎是在一瞬间嗅出了父亲声音中的枯朽与衰败，问他怎么了。他当然不是告诉我病情，而是通知我手术成功的消息（若非如此，他甚至准备瞒我至死）：

"麦麦，悬在爸爸头顶的那把剑没啦！"

那时他还欣喜地将希望寄托在那次移植手术上，殊不知未清理干净的癌细胞已在他体内悄悄作祟。后来的日子里我总算渐渐搞明白了，任何事都绝非一朝一夕促成的。也许中途存在些许波动让你错觉事情有了转机，但只消把目光拉长一些就会发现，那不过是人生长河中一些微小的波流。命运还是会带着你浩浩荡荡地冲向终点，仿佛你之前所做的全部努力不过是为了最后能够坦然地赴死。

手术成功——那是一个顶点，接着事态以不可控制的速度走下坡路：我回家，去了医院，见到了一夜老去的父亲。病房的环境让我感到陌生，但父亲在那里却显得毫不违和。

他和病房一样让我陌生了。

穿过狭窄的过道，撞进眼中的是一张带轮子的病床。床的两侧卡着吃饭专用的便携式小桌，床下是拖鞋、尿壶，还有印着"囍"字的脸盆。两张病床之间夹着个矮柜，放有水壶和一台不知名的仪器。床头挂有空白号牌，再往上可以看到高耸的天花板，拐角处已变了色。

消毒水的气味和仪器一样艰涩而疏离，父亲身处其中，自然如一个摆件。

一切仿佛生来就是为他准备好的：那高高的天花板是让他一天天看的，那空白的号码牌将写上他的名字，那矮柜上的仪器将和他的身体相连，后来一台不够又多了几台。床头柜被一样样东西挤满，不过他也渐渐学会了怎样把它们拾掇整齐，在满满当当的柜台上再见缝插针地放一本书。那狭窄的过道刚好可以容纳一位护士和一台装有各种药品及针管的小推车。护士和小推车一天来无数次，他和护士都烦了。而其他的时候，过道里刚好可以摆一把椅子，那是为母亲准备的。

　　某个夜晚，我突然看到了父亲的背影。坐在母亲身边，瘦弱如少年。他的双手直直地扳住床沿，颤巍巍地撑起上半身。病号服薄薄地覆在身上，清晰地勾勒出他背脊的轮廓。这件棉质的条纹衫变成了他最常穿的衣服，以往的西装已在他身上显出不合时宜的滑稽来，使他看起来像个偷穿了大人衣服的孩子。我时常感到恍惚，仿佛想让他由内而外融入这个环境似的，每日以"治疗"之名插入他身体的那根巨大的针管，一天天抽走我记忆里那个高大的父亲。而眼前这个轻飘飘的、小小的父亲，仿佛连跟他讲话，都要小声一些。

　　烧纸。花式各一、面额巨大的纸钱，一沓沓地丢进桶里。纸钱触到火苗迅速化为灰烬，像面对某种不可抗拒的命运。一天天过去，生命力从父亲身体里加速撤离，而我一无所知。

　　父亲临走前的最后一晚，我在病房陪他。他斜倚着枕头坐着，跷着脚。呼吸罩像矿工帽一样箍在头上，露出高高的、光秃秃的发际线。眼袋重重地从下眼睑拖拽下来，长长地耷拉在脸上。

　　我终于也有机会照顾他了。此前尚有丁点自理能力的时候，他都不许我动手，说医院的东西，脏。

　　癌细胞最终还是击垮了他作为父亲最后一点别扭的尊严。

　　听老人说，人临死前身体是会自我清洁的。凌晨时他开始拉稀，每隔十几分钟就要清理一次。我一手抬起他的屁股，一手迅速把尿不湿塞在他的腰下。在我生命的起点，那块曾经茂密的丛林不知什么时候脱落成了一块不毛之地，他的脸上闪过了一丝不易察觉的尴尬。我装作不经意地拿了张抽纸盖在上面，再替他掖好被子。他叹了口气，像是为了掩饰尴尬似的笑了笑，又好像仅仅因为满足。

　　一时间我差点掉下泪来。父亲是那样注重仪表的一个人，以往出门时，衬衫要扣好，西装要熨平，皮鞋要锃亮。如果还有能力，他是不会允许自己这么狼狈的。

第二天一早,我听见他叫我的名字。冲过去一看,他挺着身子,双手抓着床栏杆,大口地抽气。我赶紧叫大夫过来。大夫过来后,没有抢救的意思,只是扒开了他的眼皮,用手电照他的瞳孔。一共照了两次。第一次大夫说他的瞳孔扩散了,我还不信。第二次大夫说瞳孔又扩大了一些。父亲已说不出话,嘴大张着,呜呜哇哇地发出声音,只有出气没有进气了。

病房里骚乱起来。我怀着必死的决心,和置之死地而后生的侥幸,平静又不知所措地坐在床边,一边看着心电仪,一边看着父亲。

我问医生:"我爸能不能挺过今天?"大夫摇了摇头说:"这就是最后的样子了。"

我感到奇怪,又毫无情绪。我本能地继续低下头看着父亲,仿佛所有的困惑都只是针对医生口中这个怪异的词语——"最后"?什么最后?"最后的样子"是什么样子?我不明白。

父亲还是老样子,大口大口地抽气,仿佛毫无目的地重复一项单调的运动。他紧抓着栏杆的手好像没了力气,跌落在被单上。我握起他的手,慢慢地,机械地抚摸着。他的手很凉,苍白,肿得像个包子。因为待在病房,太久不见阳光,他的皮肤变得非常细嫩。但每天的输液却让他的手背没有一块好皮,他的血管太细,有时候一针扎不进去要扎好几针。我记得摩擦生热,我想把他的手搓热。我把他的手握在我的手心,朝他手上哈气,想让他逐渐冰冷的身体暖和过来。

可是无济于事。他瞪大了眼睛,盯着天花板。我想让他看看我,就欠起身,把脸凑到他的面前,用手在他眼前挥了挥。可他的目光并没有聚焦在我的脸上,仍然死死地盯着刚才那个位置。突然他一皱眉,使劲闭上了眼睛,然后咕咚一声咽了口气。我心里一沉,心想结束了。没想到他很快长长地倒抽了一口气,又睁开了眼睛,弱弱地喘着气。我更紧地握住了他的手,像要抓住什么似的。

病床边渐渐聚集起了人。医生、护士。有准备帮父亲清理、换寿衣的,还有帮忙料理丧事的。各司其职。他们都在床边站着,不说话,只看着父亲。似乎万事俱备,只等着他的死亡。

心率43。

他缓缓地呼出一口气,又长长地倒抽一口气,如此循环。他的眼睛变得焦黄而浑浊，一滴浓稠的眼泪堆积在他的眼角，但没有落下来。

血压30。

太低了。但我好像听谁说只要有压差就是好的。我安慰自己，有压差的有压差的，父亲还活着。

血氧26。

长时间的抽气运动让父亲的嘴歪在一边，接着一串一串的白沫源源不断地从他嘴里流出来。我赶紧抽出一张纸把流出呼吸罩的白沫擦掉。我不敢拔掉呼吸罩，罩里聚集起一团一团的白沫。

心率22，35，28，19……

我看一眼心电仪，再看一眼父亲。电波在一条直线上偶尔起伏，他在缓慢地死着。

慢慢地，他原本瞪大的眼睛有点睁不开了。我想他也许是累了。除了心电仪上的几个数字，没有什么能说明他还活着。丧事师傅显得有点不耐烦了，就冲床边的护士挥了挥手，说了句"走了走了，轻轻地走了"，示意可以拔管子了。护士站在仪器后面不敢轻举妄动，征求意见似的看着我。

我说："不，仪器上还有数值，波浪还会起伏的。我爸的心还在跳。你等它跳完，你等它跳完。"

"我跟你说，一会儿事情还多着呢。尸体硬了衣服都穿不上了。"师傅放大了嗓门对我说："唉？你看看你看看，没数值了。"

我扭头一看，心率变成了两道短杠，呼吸15。

跳动的火焰渐渐熄了下去，消失在一层厚厚灰烬里。

父亲终于还是没能说出一句话。他对我说的最后一句话，是我的名字。

三

"孙莳麦"。父亲在给我起名字前，曾目睹一位男性给女孩饮料里下安眠药，为了达到某种不正当的目的。然后有了这个名字。莳，种植；麦，小麦。种小麦。即便种小麦也不要依靠男性生活的意思。

但他一定忘了，一朵温室里成长起来的花，可能幸福却不独立，或者独立却不幸福。在父亲离开后的那些时日里，我时常做一些无用的假设：

如果父亲还在呢？如果我做一个"好女儿"，能不能换回他哪怕只有一天的活着？如果他还活着，我又能否做一个"好女儿"？为他做点什么，一些适时的关心，一些不停留在口头上的挂念，一些不从自己出发的考虑，少些任性的讲话以及无谓地索取，或者再退一步，至少是，自己的事情自己来。

他常说他什么都不要："我只要我姑娘开心就好。"我也总是相信。当然这不过是个自私的借口，我长期沉溺于一种慵懒而温暖的快乐中，懒得问这一切背后的原因。直到他离开后我才开始考量我们之前的关系，我对父亲的感情，到底是"需要"，还是"爱"？

按道理我应该是爱他的，哪有女儿不爱自己父亲的呢？只是这爱总要有付出，至少是不单单地索取，我在自己身上可一点儿也没看到。我对外人慷慨大度，对父母却自私，以自我为中心。每年他过生日，我问他想要什么礼物。他总是说："你把自己照顾好，别让我们操心就是最好的礼物了。"于是我知道了，这是一种不费吹灰之力就可以获得的高纯度的爱，而真诚地耍嘴皮子是应对他最好的办法。细数我以往送给爸妈的生日礼物，竟然都是"××大赛获奖""被老师夸奖""身体好多了"这类只和自己有关的名义上的"礼物"。而当收到这类礼物时，他总是比我还高兴，喜滋滋地拿出去炫耀，仿佛有了这女儿便别无他求。

一个笑话是这样讲的：一位妈妈想让女儿夸夸自己，女儿说："妈妈，你的女儿可真漂亮啊！"这般笑料在我身上真实上演而我却以为理所当然，浑然不觉。也许是依赖之深蒙蔽了爱，也许是爱根本就不存在，总而言之一直到了今天，当一双无形的大手从我身后抽掉父亲这个靠山之后，我才真正感受到了一种难以遏制的落寞和虚空。而这虚空，到底是因为需要而不得，还是因为爱而不能，还是两者兼而有之，依旧是不得而知。

唯一能够确定的是，我感受到的所有情绪：痛苦、想念、后悔，以及更多时候萦绕在心头的难以名状的落寞都是真实的。即便知道无用，有时我仍然希望能给爸做顿饭，和爸逛菜市场的时候主动提菜，在他很累还强撑着教我完成作业的时候告诉他："爸，你去休息吧，自己的事情我自己来。"

"后悔药"一词的存在，从来不是为了治愈和得救，它只是更加深刻地反映了挽回既定现实之不可能，是使后悔情绪更加刻骨铭心、使人一步步堕入深渊的毒药。

有时我仔细忖度，真正让人感到痛苦的，究竟是"最后一次"的事实，还是有关"最后一次"的意识？诚然，我们生活的每分每秒都充斥着"最后一次"：你保不准这是不是你最后一次踏进这家牛肉面馆，是不是你最后一次与家门口的擦鞋匠擦肩而过，是不是你最后一次走进银行，还清了最后一份信用卡账单。但我们并不因此感到难过，一方面是因为这些事在我们的生活中并不必要，另一方面也更重要的是，我们深谙生活之道：运动是物质的本质，正如变化是生活的本质。正是由于变化无时无刻不在发生，每一个"第一次"都有可能是"最后一次"，所以"最后一次"并不使我们感到痛苦。

那么，引起日后连绵不绝痛苦的到底是什么？那绝不该是痛苦的事物本身，而是有关"痛苦"的意识。也就是说，当我们切实经历某件事时不会感到痛苦，只是因为我们并不知道它即将是"最后一次"。这也是为什么人们总说死亡是病人"歇了地上的劳苦"的原因。说实在的，死亡对被病痛折磨的病人来说并非不公平，甚至可以说是贴心到家。病人一旦撒手西去，尘世间的一切从此都与他无关。若一定要说痛苦，那恐怕是行将就木想活而不得活时最痛苦，是活下来独自面对往后日复一日熬煎的那位最痛苦。

总有这样的心理测试：如果人生只剩三天，你最想做什么？还有一些鸡汤："把每一天当成人生的最后一天来过。"一群人持着生命终结的危机感玩得不亦乐乎，甚至感激涕零，但仔细想想，这类"如果有机会，我一定会……"的假设在逻辑上就不成立。有些事就是这样奇怪的，距离产生美感，亲近生出厌倦。有了陪伴就不会想念，产生想念是因为没了陪伴，想念和陪伴不可兼得，彻悟永远滞后于当下。

这必定是生活同我开的一个玩笑：一个赋予我名字"自力更生"含义的男人，却只有用自己的离开，才能换取我瓜熟蒂落的成熟。在二十岁的当口，我恍若一个一无所知的婴儿，父亲连同我过去二十年的人生一起带走了。

一起带走的还有母亲接下来几十年的人生。

四

人们用刻度将表盘划分为十二个部分,企图以空间来捉住时间。但实际上时间是一种流体,与感觉相连。时间从一个人流向另一个人,总量无增无减。这是我后来才发现的:父亲死于五十二岁,之后,他被掠走的那部分生命似乎以补偿的方式加在了我和母亲的生命里。从此日子被拉长,除了正常的工作和学习,每一个漫长的白日都被母女俩用来做同一件事:怀念那个逝去的人。

说不上为什么,对那个磕绊远多于恩爱的人,母亲如今的想念,却要更多一些。

夏季的一个傍晚,吃完饭,我和她出门散步。天已经完全黑下来,我们沿着一个土坡上了马路,深一脚浅一脚地走。身侧一丛灌木刺拉拉地长下去,最底下是火车轨道。火车驶过的时候一阵风刮过,她说:"你爸要是在就好了。"

近两年她常说这话,吃饭的时候、打扫房间的时候。有回我忘了行李箱密码,待在家中手足无措。她下班回到家,一进门就嚷嚷着,听说你行李箱坏了,我以为你爸又闹着玩儿,赶紧回来念叨念叨让你爸给你开锁。接着,她又提起父亲走后一些亲戚不敢来家里住,坐在沙发上,绘声绘色地模仿人家的神态。

"我也不怪他们。我不怕,你爸对你那么好,不护着你还能害你咋地?"

我笑说:"是,不做亏心事不怕鬼敲门。"

她又想起什么似的:"你爸对我不好吗?"

我说:"也好也好,爸不会吓唬咱娘俩的。"

她半晌不语,又说:"你爸要是在就好了。"

"你爸要是在就好了。"我一边走,一手拨拉着围栏,说了声嗯。察觉到气氛有点尴尬,她又嘿嘿了两声。不声不响地走进西北民大校园,融进黑暗走进人群,绕着操场,她又一圈圈翻来覆去地讲曾讲过无数遍的,爸从生病到离开那段日子里的事。说到动情处,我听到她急促的呼吸声,以及喉头呼之欲出的哽咽,像被人扼住了脖子。群山寂静,我分不清灯火和星星。天空没有边界,夜色大到好像可以容纳所有的心事。

她说:"你爸走的时候,来了几百号人,殡仪馆小厅装不下,我包了中厅。"

她说:"你爸也就是走了。但如果他还活着,再照顾多久我也能坚持。"

她说:"你妈不是不行。"

我说:"是,那时爸也说过。"她忙问:"你爸说了什么?"为了避免尴尬,我推说忘了:"就说你行呗。"她显得有点失望,但话题一转,也就自顾自地忘了。

我没对她说的是,在医院的某个我和她剑拔弩张的时刻,她夺门而出。父亲走了出来,让我别跟她吵。

"今天你妈被大夫骂哭了。"

"我准备做检查,排了一上午队,拖着这俩管子,站都站不稳了。你妈有点着急,就找了大夫,让给催催。是个小大夫,估计人多挺不耐烦的,让她边儿上候着去。你妈一急,就哭了。"

"搁过去我能让人这样欺负你妈?可现在这样,唉。"

"你妈脾气是急了点儿,但能这样不离不弃地照顾一个人,除了你,我想谁也做不到。"

最后他说:"你妈是个伟大的女人。"

但,女人还是女人。

终归不是男人。

五

一个男人在女人生活中所占的分量到底是多少呢?

我并非独身主义者,我需要丈夫,也需要父亲。但是,如果作一假设,假设一个女人的生命里一辈子都不会出现一个男人,健身、读书、旅行……她选择了一切丰富自己生活的方式却独独绕开了爱情,那么她的生活,是否会被视为残缺的,甚至不正常的?

答案多半是会。"老处女"之类的词语已屡见不鲜。然而"正常"又是什么呢?在同等情况下,对一个除了配偶拥有一切的男性的称呼则体面许多:"黄金单身汉"。而有关其私人生活的联想也要乐观得多:他可以拥有很多,暂时没有只是因为他不想。男性永远拥有更多选择权,而一个没有男性依靠的成年女性则常被认为是弱势的、不完整的、值得同情的,甚至,若日后该女性身上表现出来异乎常人的特征，无论事实是否如此，都恰恰可以成为"缺乏男人而造成的生活失常"的证明。主动选择的结果尚且如此，更何况，被"抛下"的两个女人。

以关爱为由施加于人的同情仿佛温柔陷阱——这甚至更加残忍，因为它将你的生活状态固定在了关爱者的臆想里，根本不给你翻身的机会。从那之后，有真心的亲人和朋友，也有这样的一群人，他们站在你面前，代你设想了日后的生活场景，播撒下高高在上的爱，动情之处还不忘洒下几滴热泪。一番自我感动的表演过后，满意地咂咂舌，拍拍屁股，走了。除了这个节点，你之前和之后的生活都与他们无关。

而用来形容母女俩的，是那个温情却刺耳的前缀：相依为命。

六

后来，另一个男人走入了我的生活。

研究生录取结果出来，未来三年的生活尘埃落定。无所事事的春天，我整日在校园里游荡，心情像柳絮般飘忽不定。然后他出现了。一个小说中的漂亮男孩，会弹吉他，在足球场上驰骋的样子像匹健康的小马。说话像唱歌一样温柔动听，会看着你的眼睛，为你唱自己谱写的歌曲。

没有人会拒绝这样的一个男孩，遑论一个几无恋爱经验的女孩子。

谁又能将爱情说得清楚呢？当我们谈及"爱"，有多少指的是爱的对象，有多少指的是产生于特定情境的特殊情绪，而这"爱的对象"中，又有多少是真实的他本身？一段靠网络维系的恋爱关系，我像建筑师般从手机屏幕上撷取字句，又在脑海里为它们加上温柔的语气。我孜孜不倦地构建着，用想象勾画出未来的形状。真诚、善良、爱干净、有礼貌……我将自己认为的所有美好品质都投射到他的身上，然后无法自拔地爱上了那个脑海中的幻象。

于是当知道了他对我所说的所有言语都在和另外一位女孩分享后，我几近崩溃。一段靠言语搭建的"爱"，言语的崩塌就意味着"爱"的崩塌。最最致命的是，我竟然把这份自以为是的"爱"当作信仰。所以，当过往的词句碎片一样从屏幕上脱落，他从社交网络上消失，我无法忘记也无法理解的还是那句："我会保护你。"

我曾在一篇文章中这样写过:"后来的这几天,这对母女始终保持着心照不宣的默契:她们谁也没哭,甚至经常开玩笑。她们的心脏在一次次希望与失望的拉扯中变得越来越硬,也越来越脆弱。借用个她刚学来的词:纤维化。在这长达半年的心理战中,她和母亲的心都纤维化了:就像放了很久失去了水分的柚子,外表看起来和正常柚子毫无二致,但谁吃谁明白——只消一碰,柚子瓣就会碎成一粒一粒干瘪的颗粒。她们像柚子一样干瘪了,这对柚子母女再也流不出一滴眼泪,取而代之的是扑面而来的虚空和荒芜。"

多年过去,我和母亲已经可以笑着谈及父亲。

有天闲聊时母亲突然说:"你爸要再活五年也好啊。"

我说:"有些东西是没办法的事。这样说起来,等五年过后又想再活五年,到时候可怎么办呢?"

"好歹那会儿你工作了。"

我说:"没事的,我也不指望我爸帮我安排工作啊。"想了想又补充:"不是不用找工作就可以让我爸去死的意思。"

母亲大笑,顿了顿又说:"有些东西的确是没办法的事。"

大抵是终于明白了许多事是"没办法也只好……",所以只好转向自身、建立,以便承受这重击。忘了从什么时候起,我们都坦然接受了这个事实,那个曾以为要用一辈子消化的事件似乎也变得举重若轻。开始的一段时间倒总是逞强,表演出强硬的样子以隔绝那无用的关心,甚或无谓的同情,仿佛无论何时,"坚强"总是个值得赞扬的美德。

但我了解自己,也了解我的母亲——我们都不是那么坚不可摧的人。

我开始意识到无论如何我的人生都需要一个支点。父亲去世后这种感觉变得尤为明显,从那以后,我清晰地感知到我身体的某个部分正在悄无声息地下陷。就像沙漏,又像我之前在父亲的悼文里曾写过的——"说不清具体哪里,到底怎样,我只是感到突然地手足无措,突然地茫然无助,像抽掉自己的两根肋骨,冷风嗖嗖地刮进来,心里有一个地方忽然觉得空。"那时我无意识地写下这句话,时至今日我才知道这句话有多么准确。只是空。两年了这个洞不仅没能修补,我反而愈来愈清晰地认识到它的存在——就在那儿,不可转移、不可改变、不可掩埋。

而这时候他出现了，告诉我："我会保护你。"

一个女人想要的究竟是什么呢？所谓"女性主义""女权主义"，我是不懂的。我从不排斥生育，不畏惧生育的苦痛，甚至向往一种传统意义上安稳和乐的家庭生活。一个未曾生育、没有过性经验，甚至与男性都接触甚少的女孩，"男性"对我则意味着，一个像父亲一样的人，一根顶梁柱、一把保护伞。

过去二十年里，"保护"于我，是男性存在的意义。我渴望建立一段相互交托的关系，试图找到一双手，在我坠落的时候，托住我。创口自愈是需要时间的，在那之前，我们下意识会先找创可贴。如果创可贴的出现，能够让生活一如既往地进行下去，创口的自愈还是否如之前那样重要而紧迫呢？

其实哪有那么多需要捍卫的东西，说要捍卫什么，也不过是让自己开心而已。

分手之后，我像发了疯似的寻找那片"创可贴"。在与另一个女孩的对比中，一种强烈的不被选择的焦虑攫住了我。不被选择，进而是不配被爱，由此引发的价值恐慌将我不断拖入自我否定的泥沼里：到底是哪里出了错，是我错了还是爱本身错了，如果我有错你告诉我我可以改，如果爱本身错了那我之前感受到的又是什么……我每日周旋在此类毫无意义的问题中，无暇顾及选择权凭什么可以被交到那个事先背离这段关系的人手里。

我试图找到能使破镜重圆的方法。

自我欺骗。承认自己是个普通人，于是一切懦弱与卑劣都有了前提。承认一切情绪存在的合理性，以及在不理智的情况下做出的不理智决定：包括为对方开脱和无底线的谅解。

迎合"标准"。高考作文的规则是，总分结构，虎头豹尾，语言流畅，论据充分。一种只看标准不看头脑的考试机制，纵使再才华横溢，因离题万里而被判死刑的试卷也不在少数。温良贤淑，知书达礼，端庄大方，女人的标准。我笨手笨脚地拿那套子套在自己身上，以期获得高分（谁又是裁判呢？）——我哪里做得不好你告诉我我可以学。你忘了，我最擅长做好学生了。

甚至做自己。是的，是那个早已不鲜见的口号"女人要活出自我"。较之"迎合标准"更为体面的手段,然而它的动机却很可疑。当"女人味"不再被狭隘地定义为"温柔、端庄、莲步轻移的大家闺秀","做回自己"因其内含的自信、洒脱意味被大量营销号推崇为主流价值的一种,而那之前往往要再加上一句,"男人喜欢的是你本来的样子"——重点不在于"你本来的样子",而在于"男人喜欢"。

其实哪有那么多需要捍卫的东西,说要捍卫什么,也不过是让自己开心而已。

"自我",一种更为隐晦的迎合。一场以男性审美为标杆、以占有为目的的自我塑造,最终却造成了自我的陷落。

七

我时常回望自己的童年,企图按图索骥,找到这一切究竟是因为什么。小书包、马尾辫,家与学校两点一线,填塞着数学题、钢琴课与母亲严肃的脸。我看到自己像株温室里的树苗,在悉心的照料下抽了穗拔了节,又在一脚踏进二十岁的门槛时忽地失去了父亲。

很长一段时间,我反思自己过去的人生如何活过,以及未来的人生要如何去活,惊恐地发现自己脱离了父母几乎是个一无是处的废物,甚至打理不好基本的个人生活。父母全权安排下的前二十年人生,我由一系列标签组成:乖巧、懂事、成绩好。——典型的"别人家的孩子"。除此之外并没有一个真实的"我"存在在那儿——像被套上了一个漂亮壳子,然而生硬、死板、毫无弹性和蔓延。

"失去"或"未得到"是质疑存在的前提,否则不是不识好歹,便是无病呻吟。许多事情都是如此。当你深谙应试教育之道,在标准之中游刃有余,成为被标准规训的范本——甚至成为标准本身,又有谁会去质疑"标准"存在的必要,有谁会在意"标准"本身的对错呢?

只是,过去成就我的如今也能击溃我。

好女儿、好学生、好女友。我人生的前二十年里,所有"好孩子"的标准构成了我,我的价值,以及价值实现的满足感全部来源于一张张试卷上的分数、各项考试的排名以及老师、家长的夸赞。在我不断从别人口中获得肯定评价的同时,这评价也塑造了我:这是对的,事情原本就应该是这样的。我长期沉溺于死水一般的满足和快乐中,看不到世界原本的样子。

或许我也从不曾在意答案究竟是什么,从不曾在一段感情中思索自己即时的感受,以及感受出现的原因。我想要的唯安定而已,像期末试卷顶端耀眼的分数,和家长会上被大声念出的名字。只是后来站在路的尽头,我却忍不住回头看,自尊、冲动、说不清道不明的喜欢、安全感,到底是哪里出了差错,让我明明白白感受到的"爱"变得面目全非?我总以为所有事只要努力就有回报,我总以为所有事像考试一样都可纠偏。我甚至试图想找到一样东西,证明并不是自己的"信仰"崩塌,而是另有原因。

"我哪里做得不好你告诉我,我可以学。你忘了,我最擅长做好学生了。"

跌跌撞撞、恍恍惚惚我才算搞明白了,成年男女的世界里,不是所有事都可以用成绩证明的。

"我不过是提个醒,让你给自己留条后路。还不是怕你受伤,要不是你妈谁在意你怎么想?"

我只是不明白,从什么时候起,女性开始不自觉地将评判自我价值的权利交到男性手里,使用一系列标准界定自己的价值,通过与这些刻板而生硬的标准的比照,确认自己被爱的权利?又到底是哪里出了问题,让女性勇敢求爱本身,都成为一种错误?

仿佛生来就要接受的一场考试。

我与母亲的矛盾,或许永远也无法达成完全的和解。我试图建立那根让我成为"我"的柱子且永远不会为此妥协,但母亲的那根柱子却是我。我终于意识到我们是不一样的了。我尚处在人生的前半段,注定是要有新生活的。我仍然可以信心十足地想象,描画出未来的形状。我可以十分有底气地说:"我可以有……"而她却只能不断回头看,然后说"我姑娘怎样怎样",以及那句,"你爸要是在就好了。"

八

"你为什么总想管着我呢?生活是我自己的,提意见可以,但决定我要自己来做。"

"你现在翅膀硬了,有自己的主意了,你想怎么着就怎么着,吃亏了别说,生病了也休想让我给你寄药!爱咋地咋地!"

"你要不天天问我愿意跟你说?药是我让你寄的?"

"好!以后再别让我管你了!"

"莫名其妙,我让你管了?"

"你瞎操的什么心,没有自己的生活吗?"

……

正月十五的月夜,在返校的列车上,我反复循环寺尾纱穗的《狂女》,想到了独守空房的母亲。火车疾驰着驶过平坦的原野,故乡逐渐远去,消失在我视线的末端。

我再也看不见她的背影。

父亲的离去死死地缚住了她的双脚,让她再也无法过到对岸去。

她停留在岸的这头张望我,而我只是海上漂浮的船。

选自《天涯》2021年第2期

评鉴与感悟

作者处女作。才情斐然,质朴中见性情。对生命的体察和对生存的体悟都较为深刻,人的困境昭然若揭。

剔骨刀

/刘星元

见证过剔骨刀刀锋的人，再遇见余下的光芒，都不值得一提了。一把剔骨刀握在手中，连神鬼都会心惊胆战、毛骨悚然。

紧握剔骨刀的人，是我们乡最好的屠夫。我从未见过他杀猪宰羊的风姿，但削骨剜肉的本事，却天天在肉案上上演。屠夫低矮黑壮的妻子将一扇巨大的猪身摆放在案上，用那时候我还不能领会的温顺的目光，抚摸着她更为黑壮的丈夫。她的丈夫正靠在肉案斜后方的老榆树上，闭着眼抽烟，烟头一明一灭，众人的目光也跟随着一明一灭。面对围在四周等待买肉的人，屠夫的妻子一点儿都不着急，就任他们那样等着。多少年了，她已经习惯了他们的等待，也习惯了自己的等待。她极愿意众人在等待中将她的丈夫拱成明月。

屠夫掐灭了手中的烟，站了起来。等待的人从等待中醒来，目光随着屠夫的脚步，极速转移到肉案之上。屠夫顺手抄过案架下的剔骨刀，提着气将刀锋指向骨和肉，骨肉逢光立散，散落如泥。这时候，我们所谓的骨肉相连、密不可分之词，俨然成了一种悖论。

一根根被剔骨刀洗净，比白瓷还要白的骨骼，像从水中抽出来，洁净光滑，每抽一根出来，我们的脊背就跟着一紧，再接着一松。似乎那被剔出的骨骼，不是来自案上的猪羊，而是案前的我们。每当此时，我们对屠夫就有了敬服和畏怕：我们既沉迷于他精彩绝伦的技艺，又害怕他忽然将刀尖指向我们。每一个站在四周的人都如一尊雕像，但每一尊雕像的身体里都有二百○六根骨头在碰撞，它们因恐惧而尖叫。

你永远都分不清这个时候的屠夫是魔鬼还是神灵。作为魔鬼，他具有神灵的本事；作为神灵，他拥有魔鬼的面目。他剔骨削肉之时，像是在进行一种神秘肃穆的宗教仪式，而他就是祭师，并且是独一无二的祭师、绝无仅有的祭师。只有等到他将最后一根骨头抽出来，呼出憋在肺里的一股气，他才恢复到平常人。屠夫用挂在案头边腥气逼人的旧抹布抹了抹剔骨刀，重又将刀放置到案下，用泛着油光的手举起妻子准备好的水杯，一饮而尽，然后踱步走到老槐树下，靠住，闭上眼养神。

那时我虽然尚在年少，但已偷偷摸摸席卷了数十部英雄气短、儿女情长的武侠小说。而在现实生活里，我唯一倾心佩服的"英雄"，便是屠夫。每次剔骨已毕，我总感觉那屠夫就是一位刀法精湛、武艺高强的刀客，在一场独对数十位武林高手的恶战中，笑到了最后，事毕之后，他笑着舔了舔刀锋上沾染的血迹，收刀入鞘，隐藏到江湖之外。

屠夫闭目良久，众人这才回过神来，一拥而上，用手指点着想要购买的猪羊的部位。余下的事情，就是屠夫妻子的了。她气力很足，板刀砍在枣木肉案上，震得地面嗡嗡响。屠夫听着刀板相交、众人嘈杂的喧哗声，竟然渐渐睡着了。

你知道，我们这种小地方，日子是波澜不惊的，一个人乏善可陈的一生，在还未降生之前往往就已命中注定。一旦有点儿超出命中注定之外的风吹草动，全乡都会被惊动起来。

我在本乡就读的那些年，发生的最大的事情，就是屠夫儿子的走失了。

屠夫的儿子叫小扣，之所以叫这个名字，据说是因为屠夫的妻子生他前肚胀难耐，屠夫就把妻子穿的每一件上衣最下方的那枚扣子揪掉了。揪掉扣子的衣服穿起来，果然宽松了许多。屠夫妻子于是说，就给孩子起名叫小扣吧，他在我肚子里的位置，恰好是肚皮外揪掉扣子的位置。乡人们后来都说，坏就坏在这名字上，孩子以揪掉的扣子为名，孩子就是扣子，扣子掉了，孩子怎么能不丢呢。我乡信奉鬼神之谈，一个人这么说，其他人听着有道理，也就这么传下来了。从此之后，乡人为孩子起名都格外小心，生怕名字里有冲，改变了孩子的命运。当然，怕改变的只是不好的命运。

小扣是我的小学同班同学。到了初中，我们同校，只是不同班。他走失的事情，我是从他班同学口中得知的，那时候，这件事早已在我乡闹得沸沸扬扬。在关于小扣走失的传言中有两个版本，一个说小扣被前些日子来到我乡收购古旧器物的文物贩子带走了，文物贩子只是个名头，他实际是买卖人体器官的恶人，他盯上了一个人放学回家的小扣，用迷药将他迷倒，带到某个地方杀害了，然后取走了他的器官。那时候，买卖人体器官的传闻颇多，恰好又遇到小扣失踪这件事，传言听起来合情合理。无论相信还是不信，那段时间，各家的确都把孩子看得极紧。另一个传言是，情窦初开的小扣爱上了前几天在庙会上表演杂技的那群女孩中的一个，他生性木讷，不善表达，未曾想却一声不响地跟着漂泊不定的杂技团走了。

这两个传言我都不信。但至于小扣究竟是怎么走失的，我却没有更好的答案。谁都知道，此刻无论什么传言都不重要了，重要的是，屠夫的儿子小扣，他确实是走失了，像一朵云、一阵风、一粒尘一样，走失得无声无息，无影无踪。

屠夫和他的妻子关了肉铺，开始走上寻找儿子的路途。他们出去寻找，一找就是几个月，只要听到一丁点儿捕风捉影的消息，就像抓住了最后的救命稻草，立马就动身出发。找儿子成了他们余生最重要的事情，也是唯一的事情。没有人知道他们去过哪里，但每一次回来，人就瘦了一大圈，原本黑壮的身体，就只剩下黑了。我还记得有一年春天的黄昏，本地的油菜花开得满地金黄，屠夫背着妻子从远处走来，他们背后的金黄色幕布不动声色地看着他们，我站在屋顶上也不动声色地看着他们。虽然很残忍，我还是不得不说，那是我至此为止看到的最美的景象。两个如蝼蚁一般渺小的人，陷在无边无际的油菜花里，就算走起来、跑起来、飞起来也丝毫不会被人发现，真像一幅静止的风景画。

屠夫的妻子已经奄奄一息。屠夫穿过三三两两的人，穿过那些悲悯的目光，依然像神一样向前走去。这尊神的脸上蒙着一副努力掩饰却依然未能克制住的悲伤，仿佛他每走一步，都是末日。还未走到家门口，他妻子的手就从他的脖颈间滑了下来，像那把剔骨刀，在他的骨骼与血肉之间，轻描淡写地擦过。他因骨肉分离的疼痛，先是小声悲泣，继而又忍不住号啕痛哭。

屠夫将妻子埋在油菜花的根下，就像我们这里所有的人一样，怎么来就怎么回。妻子终于回家了，而他还将继续离家。越远越好，多少年了，他能感受到的儿子的气息越来越弱，他猜想儿子必然离我们这个地方的距离越来越远了，而他只有走得越远，才能捕捉到儿子的一丝气息。

屠夫已经收拾好了。其实也没有什么可收拾的，他早已经把肉铺卖给了别人，而那几间曾是我们这最豪华的屋子，已经如老式贵族一般没落了，没有了亲人，哪还有家呢？他现在是孤家寡人，孑然一身。他把妻子的镶框照片藏在包里，再把儿子的照片背在背上，走了。对他而言，这样反而才是最好的生活：一家三口，在他一个人的身上，以不断寻找的方式团聚。

再回来时，他的头发已乱如鸟窝，黑已经钻进了皱纹里，衣裳也已经破旧不堪，我们都没有认出他，以为是乞讨的南方乞丐。直到他走向早已收割的油菜花地里，走到妻子的坟前。他的儿子小扣依然没有回来，但他的背包上却坠了那么多条宗教里的念珠。从这些念珠上，我们能猜到他更多的经历。

在寻找的路途中，他一定是偶然间听到了古寺的钟声，遇见了殿里端坐的神佛菩萨。他向着古寺，向着佛祖，向着经文，向着得道的老僧，跪了下来。那一刻，真的如佛教故事里所说，他在心中放下了屠刀，放下了那让他为神为魔的剔骨刀，放下了那让骨肉分离的剔骨刀。放下屠刀，他当然不是想立地成佛，也无意建造七层浮屠塔。他或许只是觉得万物皆灵，他曾让万物失去的，万物也必然会让他失去。譬如说，他用一把寒气逼人、吹毛立断的剔骨刀，让世间的牲畜骨肉分离。那些断送在剔骨刀下的世间的牲畜六道轮回，冥冥之中也在用一把看不见的剔骨刀让他骨肉分离。至于哪把剔骨刀更为锋利，哪种骨肉分离更为疼痛，作为局外人，我们无从插嘴，但我想，承受刀锋的他们和它们自己一定知道。

我们乡已很经多年没有看到屠夫回来了。他就像一枚雪花，在世界上凭空消失，谁也不知道他现在身在何方，遇到了什么。人们说，真是父子相随，我们这小地方，百年来相继走失的，也就这父子俩了。人们说完就完了，屠夫和他儿子的故事，也开始渐渐在我们这里凭空消失了。唯有屠夫的那几间朽掉的房子还卧在这里，等着风吹；唯有屠夫的妻子还躺在这里，等着油菜花开。

对了，还有那把剔骨刀。

最后一次见到那把剔骨刀，是我在本乡中学毕业的那年。我拖着初中三年的各类课本和资料，走到学校后面的垃圾收购站去卖，在收购站低矮的屋棚里，收废品的老人正用什么划断长长的尼龙绳，用来捆绑学生变卖的书籍。定睛一看，竟是那把曾经寒光四射的剔骨刀。只是，它现在被握在另一个人的手里，钝成一块废铁。

是的，那只是一块废铁。没有屠夫的剔骨刀，已经不再是剔骨刀。

选自《花城》2020年第4期

评鉴与感悟

文章借刀入题，引出对屠夫生存状态的揭露和忧思。文字也如刀，刀刀见血，刀刀见肉，刀刀见骨。每一刀，都似在替这个时代刮骨疗伤。

旷野笔记

/张二棍

飞翔

他一直在飞。独自飞着。

没有家园和巢穴,没有亲人和族类。但他的飞,是世上最用心、最快乐,也最简单的。如果他愿意,他能模仿出无数种飞翔的姿态。我想,他的前世一定属于天空,他一定在悬崖上试过翅膀,在一棵参天的榕树上假寐过片刻,在一朵朵白云间流连驻足……他一定是鹰隼、鸽子、海鸥的集合体,也许他早已把自己从我们中割裂出来,分离出来。他早已厌倦了像我们一样,一生匍匐在大地上,他用迥异的行动,摆脱了巨大的地心引力,以及人世间生老爱恨的束缚。

我在人群中见过他天赋般地翱翔。那天,大概他足够开心,所以他变着法子飞着。他的嘴里,一阵接一阵发出含混的声响,那声音时而粗犷时而尖利,时而像多情的云雀,时而如离群的孤雁。在那个叫塌窑村的街头,他上蹿下跳,左奔右突,扇动着两只瘦麻秆似的胳膊,大汗淋漓,整整飞了一个下午。

直到街头人迹全无了,他还在黑灯瞎火中,孤傲地飞着,夜枭一样鸣叫着……这一夜,整个村庄的人都听见他呼啸的声音,直到曙光微露,他的鸣叫才渐渐消停。天亮后,他消失了,仿佛从未出现过,从未飞翔过一样……再也没有在这个生他养他的村庄里出现过。

一个喜欢张开双臂，沉溺于飞翔的疯子消失了，是那种尸骨无存，形神俱灭的消失。仿佛他的一生，都做着飞翔前的助跑和尝试，而这一次才是干净彻底的飞。

这世上有成千上万的傻子、疯子、憨子，也就有了无数种痴傻癫狂的样子，让人恐惧、任人摆布、默不作声、呼天喊地、瑟瑟发抖、狼奔豕突……他们有着太多的忤逆了。他们每个人，都穷尽着这世界的一个个极端，也不停地反驳和推翻着那一个个反复无常的自己。上一秒，他还是呼风唤雨、横行无忌的君王，下一秒就成为羸弱无助、哭天喊地的孤儿。昨天，她还在满头乱发中插着一枝摇曳的小花像要出嫁，今天就赤脚光膊，披着一匹肮脏的白布，仿佛顶着重孝的寡妇……他们太多变了。但不变的，就是那目空一切的眼神、让人琢磨不透的表情、飘忽不定的形迹。

我还认识一个疯子，也或者是个傻子，却以一种与诸疯子诸傻子截然不同的形态，在这世上行走着、蜗居着。他擅长伪装，精于苟且，看上去比你我还要清醒，他的穿着比我们更加整洁，他谨言慎行，从不暴露自己癫狂和痴傻的一面。直到某一天，我不小心看见了他独处的样子……

像那个一直在飞翔的疯子一样，他甚至有着更加不可思议的一面。恕我无法描述了，他还需要衣冠整洁地生活在我们身边，他还需要痛苦地假装无比正常，假装比我们更加热爱这井然有序的日子，假装自己每一天都活色生香，每一天都心无旁骛。

可事实远非如此，你看，许多人独处时的样子，仿佛已经疯了很多年……我也曾一次次目睹过自己的疯痴癫傻，仿佛彼时的自己，只是借宿在身体里的一个个陌生而短暂的房客。

每一个疯子，正是无数个碎片无序的集合。其实，自诩为正常人的我们，也是这样混乱的集结体。只不过，我们都有一个一眼望上去非常完整的壳，将那具凌乱的自己，轻轻地包裹着、隐藏着、遮蔽着、呵护着……

这壳，也渐渐生出让人担忧的裂纹，也会在某一刻拥有破碎的冲动。我们的一生，只是用尽气力，让一个自己看上去完整、光滑、圆润。我们的一生，都在与身体里的那一个个古怪、狂野、忍无可忍的自己，彼此消耗着、压制着、搏杀着。我们穷尽了自己，只为泯然众人，只为了不那么让人费解，不那么让人触目惊心。

我们咬住牙关，终于置身在正常的秩序之间。我们什么都做过了，才成为最后那个百无一用的人，拖着自己细瘦的影子，一步步低着头走过灰茫茫的人群……

失踪

这无边的大地上，每时每刻都有像疯子那样莫名其妙失踪的人。刚刚失踪的那段时光，也许他们的亲人还会满大街心急火燎地张贴着寻人启事，还会逢人就哭泣着描述他的样子，打听他的下落，会有故人一遍遍念叨着他们曾有过的那些点滴情谊与无绪旧事……

然而在时光漫长的掩埋与缓慢的侵蚀下，所有失踪者的名字，终究会成为一座座无人问津的废墟，也或者成为亲人们讳莫如深的一片禁地。他们用过的旧物被搁置、抛弃，他们的照片被藏起来，直至丢失，他们住过的房舍被拆除，被贱卖。他们留在世上的亲人越来越少，也越来越健忘，越来顾左右而言他……偶尔也会有人不动声色地提起他，像提起一个年代久远已不太确凿的传说。

那些杳无音讯的人，都将背负着一个不可知的未来，躲避或遗忘掉个人史与家族史，孤舟般在一条没有源头没有终点没有灯火的汤汤大河上，无涯无际漂流着。也肯定有人一直走啊走，五十里一百里一千里，一路上风餐露宿，渐渐遗忘了自己的姓氏与名号，竭力隐藏起自己的过往与荣辱，终于在精疲力竭中抵达了他理想中的无人之处。

在那里，他终于把自己变成了一个迥异于我们的陌生人。他不再是某某，不再是某某人的某某某，再也不用承担那些或庞杂或琐碎的世俗，再也不用被一件件不相干的日常纠缠不休。现在，他想要什么就独霸什么，他说出什么都是说出一个真理，指向什么都是一次精准的命名。他迷信什么，什么就是神灵，他抚摸什么，什么就是爱人和孩子……他每一分每一秒都在开辟，都在独创，都在修改着世界的模样。

也许，其中的一个失踪者，已经秘密地返回了某个他梦寐以求的朝代，学会了一种与鸟兽花草无碍谈心的语言，发明了一种无须学习一看便懂的文字。也许另一个失踪者，找到了新的计时法，不再有晨昏四季，不再日出而作日入而息，不再受难于时光的流逝。甚至一些司空见惯的事物，在一个失踪者游走统辖的疆域里，都被赋予了新的使命和涵义。比如他用汹涌和伟大，来形容蚂蚁；他将无边的落叶比喻成钱币，以此兑换一个个好心情。也有一个失踪者，沉浸在浩瀚连绵的无数梦境中，并把这梦境当成对自己生命的无穷尽指引和提示、犒赏与惩罚。

他赢了。再强悍的时光，也无力把一个失踪者，折磨成凛冽的白骨与尘土。他抛弃了我们，孤身成立了一个崭新的人世间或者天堂。他让我们成为他脑后无数的弃儿、遗物、影子。

一将功成万骨枯，一个失踪者就是一位顶天立地的将军，不征讨不杀伐不嗜血，却携带着冷冰冰的敌意，将我们幻化成他那个崭新世界里的失踪者。被他遗弃的我们，依然过着他熟知又厌倦的生活。我们活着的意义，早已被一个遁走天涯的人洞穿了。他必然知道我们活在人群中所经受的劳役，也知道我们想要的一切，终究不过是一群蚁蝼的痴心而已。

我们不得不悲哀地承认，消失也许是另一种存在、另一种永恒，另一次重生。让我们试着从一个失踪者的角度去理解，而消失才可能是一个人最正确的存在方式。唯有彻底从人群中消失，才能让一个羸弱的个体从无穷尽的时光中突围出来，漫溯在天地之间，动静自宜，生死无羁。

古往今来不计其数的失踪者们，像一只只明明灭灭的萤火虫般，一定还聚散在世上的某处角落或无数角落，不过是为了拥有另一种不为人知也不被人打扰的生活。也许茹毛饮血，啸聚山林，也许结草为庐，养虎为奴，也许拜山为师，与鹤歃血……

也许，他们在某一刻离开我们的视野，就开启了无数的可能。余生，他将用数不胜数的谜团，为自己的生命加冕。

祝福他们。

节选自《山西文学》2021年第5期

评鉴与感悟

是散文,也是散文诗,这是诗人作文的特点。但再诗意的文字,也难掩其中的那种疼痛。唯有对存在认识深刻的人,方能写出深具洞见之文。

过双马杆

/王单单

一

　　山间有流岚，淡而轻薄地悬在低空。零星几户人家，偶尔在朦胧中浅露半角屋檐，村庄修到山势起坡的地方，便停留在大片的苜蓿中。羊肠小道从村里蹿出去，起伏在满山的灌木丛里，引领着我们去往山的高处。山顶上有片原始森林，名叫双马杆，我们此行，就是要穿越它。数十人沿着小路，不可并肩，只能络绎而行，往往是领头者已经抵达山腰，后面的人还在山脚下虫子般蠕行。暮色四合，还要赶很远的路，有人在山腰上大喊，"跟紧啦"，声音在半空中回荡着，间或被风刮去周围的林中。也不知道走了多久，天黑得越来越稠，路也没那么陡峭了，想必是已经到了山脊上，大家的身影隐没在黑暗中，只能看见手电筒的光束在枝叶间晃动。我们要赶到护林站露宿，它在森林的深处。

　　也许森林里根本就没有路，如果真有，也是在带路者的心中，这些常年在山中生活的人，有着野兽般的记忆，摸黑前行也能知道护林站大体的位置。层林密集，枝丫交错，脚下软绵绵的——有的是地衣，有的是长年累月的腐叶，每一脚踩下去，都能感觉到身体在缓慢地陷落。我们时而低头，时而弯腰，似乎这丛林中，有一条荆棘编织的通道，它的尽头是草木遍地的人间，这里的成员是奇花异木、参天古树，沉默是它们的语言，青苔仅只是它们对时间的挑衅。树顶上偶尔会滴下一滴水，不偏不倚地掉进谁的后颈窝里，凉意顿时会从脖子里贯穿全身，有人因此尖叫起来，吓得几只鸱鸮拍打着飞出丛林。空气中突然弥漫着警觉的气息，可能在森林深处，或者某棵大树背后，各种动物正在侧着耳朵，捕捉我们的蛮音。这原本的清幽之地，寂静被打破了，有人边走边唱，歌声就像森林里从未有过的植物，它朝着寂静的裂口生长，就像有的植物喜光，有的植物善于攀附。

  即便看不远，也能感受到逼仄的空间敞开了，周围的树木撤退到突如其来的开阔之外，我与先头的几位提前抵达了地势平缓的山坡上。走出森林，关掉手电，世界沉浸在一片死寂中。稍微多站一会儿，你会发现，在原本浑浊的夜空下，事物慢慢呈现，夜晚并没有那么漆黑，树影、山脊线、泛着灰白的天空依稀可见。而在我们的右前方，硕大的黑影盘踞在缓坡上，它的内部不时晃荡着一丝金色的火焰，那就是护林站。

二

  哐当，我推开护林站的门。那门似乎很少被推开，或者关上，它在门框里待久了，暗中长大了点，推起来有些生涩。在长久的寂静中，"哐当"之声已如天塌般的巨响，突然将一张蓬头垢面的脸从幽暗中震出来，那是一个中年男子。他从板凳上蹭起，或许是受了点惊吓，看清楚推门的是个人后，又缓缓坐下，沉默着没有搭理我。他面前的炉心里，燃烧着碗口那么粗的一截木桩。火焰抱着木桩，从炉子里怒冲冲地往外蹿，不时还发出噼里啪啦的声响，每一次声响，都会有几粒火星子从炉心腾空而起，被火气冲到火光之外，飞着飞着就熄灭了，化作尘埃在黑暗中静静飘落。炉盘上摆着一把锡壶，被烟熏得魆黑，我掂了一下，有些沉，问道："酒吗？"这山顶上人影儿都见不着，喝点酒可以消磨时光。他也不叫我喝，半晌后，才说了个"茶"字，那声音就像从喉咙深处刮出来的，低沉而又沙哑，他仍然深陷在暗淡的火光里，有时候风从门缝里吹进来，把火苗压向他那边，他会侧一下身子，伸手去拨弄炉火中的木柴，木柴塞进炉火后，又溅起大量的火星子。偌大的森林中，只有他一人，除了去森林里面巡查外，或许更多的时间，他就坐在那角落里，任眼前的柴火永无止境地烧下去。突然他往地上吐了口痰，抬高嗓音，似在自言自语，又似在和我说话："这山上很久没人来了,哪来啥子烧酒。"人的语言功能长期不使用,慢慢地是会退化的,见我对这山上的生活很好奇,他也就打开了锈迹斑斑的话匣子,和我有一搭没一搭地聊起来。我递给他一支烟,问道:"平时怎么吃饭啊?"他似乎很久没有抽过纸烟了,叼着从柴火上点燃,头发被火苗烧卷了一撮也不当回事,只顾深深地吸了一口,烟雾憋在嘴里,半晌才吐出,刚从嘴里吐出来,又用鼻子吸了进去,"有人上山来,每次会带几十斤大米。""肉呢?""下面沟头有鱼,林子头也有很多竹鼠,抓来煮了就吃。"我故意逗他,"山上有没有女人上来过?"他嘿嘿地咧着嘴笑,那笑里藏着些许羞涩,"母野猪倒是多。"说完后又忍不住笑起来,带着几声强烈的咳嗽,身体痉挛了好久。待稍微平静后,他主动给我讲起:"女人嘛,前几年我在广东也睡过几个。"我佯装羡慕,他还想接着往下说,这时有人"咣当"一声又推门而进,从背上放下来一桶酒。本次活动是县里林业局组织的,请了山下的村民背了三十斤酒,一路上跟着我们走。一看有酒喝了,他便迅速站起来,窸窸窣窣从窗台上摸出一只脏兮兮的土碗,满满地倒上,搁在炉盘边,不一会儿碗口上就飘了一层灰尘,他端起深深喝了一口,用袖子擦了碗沿,龇着牙递给我,我也啜了一口,擦了碗又递给他。也不知往复多少次,夜空中有人喊我,我才去了楼上,把他独自撂在那角落里,继续醉生梦死。直到最后我也不知道这人的名字,第二天也没有再见着他,无缘之人,即便相见,也只能是在黑夜中。但也正是这样的夜晚,让我窥探到一个护林员内心的孤独,那里生长着一片原始森林,阳光,永远也照不进去。

  那晚夜雾大,屋外潮湿。几十个人挤在护林站的楼上,就地铺着睡袋打起呼噜来。我辗转反侧,总是难以入睡,隔着夜色也能感觉得到这房子的破旧,几间屋子,均没有门窗,但不会担心有野兽闯进来,我曾听老年人说过,有人居住的房子,即便门开着,动物也是不会轻易进去的。早些年读《山海经》,知道每座山都有属于自己的神灵,如果双马杆上也有的话,此时它一定化身为草木,或者叶尖上的清露,正在高处的丛林中观察着我们,在神灵看来,我们所有的努力都是如此徒劳,这些横七竖八地躺着的人类,在森林中,像一丛被时间与宿命的疾风折断的荒草。半夜时分,寒意从身体下浮起,我将整个身体缩进睡袋里,那睡袋就像蚕茧,将我全部裹住,我在里面静思,劝自己睡去,等待天亮后被孵出。

三

翌日醒来，天已大亮，站在护林站的楼上，可以看到郁郁葱葱的森林从眼前绵延到天边，像无数高举的手，将一轮红日抬出山头。"蝉噪林愈静，鸟鸣山更幽"，世界耽美于道法自然之中，人反而显得多余。昨晚带路的人反复交代了，山中没有手机信号，不能单独出行，若遇到野猪或者老黑皮（熊），不要挑衅，通常情况下它们是不会主动攻击人的，尤其是野猪，性子太烈，一旦被激怒，会对人紧追不舍，即使你爬树了，它也会想办法啃烂或拱翻树根。我们七八个结成一群，到处去山中游荡，所到之处，多是人迹罕至之地。在众多树木间，我老远就认出了珙桐，那是国家一级保护植物，被誉为"中国的鸽子树"，那棵珙桐开着白色的花，瀑布般从树冠上铺下来，实在壮观。还有一丛丛罗汉竹，密集地生长在沟边，鲜嫩的竹笋刚破土不久，指尖轻触，就能掰在手里，我们把衣服脱下来，在腰间扎了个兜，里面装满了鲜笋。仲尼在《论语》中说过，"多识于草木鸟兽之名"，或许他早已知晓，与人类相比，它们更懂得诗意地栖居，更接近"诗"的本质吧。可面对这浩浩荡荡的森林，我的认知实在狭隘得令人羞愧，能叫出名字的仅有云杉、红豆杉、梧桐、蕨类、飞蓬、青蒿等，还有若干植物，我叫不出它们的名字，又或者它们根本就没有名字，它们只是默默地生长着，在这人间领受属于自己的那份蓬勃与委顿。

中午的阳光过于强烈，人们三五一群，七零八落地躺在林荫下歇凉，平时忙得晕头转向的人，想要获得片刻的安宁，只能来到这边远的林中，出窍的灵魂才会返回身体，人因此而获得了一种慵懒与松弛，反而呈现出难得一见的自然。远处的山坳里，电锯的声音一直在轰鸣，那是临县管辖的林区，盗木贼正在贪婪地伐木，一棵棵大树就这样应声倒下，运走，剖开，刨光，被欲望改装成顶梁柱、飞椽、檩木、连檐等，换一种方式，继续承接经年的风雨，承接另一种烟熏火燎的命运。盗木贼几乎到了明目张胆的地步了，原因是这森林太大，护林员又少，即便听到有人在伐木，等你追到那儿，人早已逃离。何况这森林中的声音，往往是不具体的，你听着它是从东面传来，而事实上很有可能那只是另一个方向传来的回声，有时觉得那声音就在眼前某片林子里，但真要走起来，还不知在多少公里外呢。

　　太阳又要落山了，宁静的黄昏中，人们披着暮色，纷纷诉说着森林不为人知的秘密，陆续从四野返回护林站。护林站前面宽敞的坝子里，已经架起了篝火堆，不远处的地埂上，土灶烧得正旺，一锅羊肉早已炖熟，风卷着它的香味，到处飘荡。——想起来了，早上出门的时候，我看见一只羊被拴在草丛中，还以为是护林员养来做伴的。而事实上，为了解决我们此行的伙食，这羊昨晚才跟随我们翻山越岭，从山脚来到了这儿，它可能都没有想到，它来到了自己的刑场，魂飞魄散在我们的身体里。感谢羊啊，赐予我们能量，让我们继续穿行在林中，穿行在人世，我们每个人终将长成你的模样，也会去到自己的刑场，借你的命，终将归还给你！

　　晚饭是从黄昏时候开始的，羊肉煮青笋，这应该是世界上最鲜美的汤了。每人盛上一碗，热气氤氲，先别忙着喝，得让它在晚风中凉会儿，端到鼻尖下嗅嗅，陶醉一番后再仰脖子喝下。这羊汤进入身体后，感觉每根血管里都有朵奔跑的小火焰，刹那间就能逼走山中渐起的寒意。这时大家才端起酒，站在林间空地上，推杯换盏。篝火也燃起来了，人们围着载歌载舞。这篝火燃烧的形状，像一座火焰做的塔，而这塔中所供奉的烈火，正是所有森林的魂魄。这边彝族小伙才唱完，那边苗族姑娘又起舞，我们几个没有才艺的粗人，在酒劲的怂恿下，也不甘示弱，扯着破锣嗓子唱起镇雄山歌，"咏歌之不足，不知手之舞之，足之蹈之也"。其间，每见篝火阴下去，我便往柴堆上泼酒，每泼一次，那火焰就会飚到一人多高，火光将黑夜揭开，露出一张张红彤彤的脸。我向来不胜酒力，但喜豪饮，酩酊之际，跟跟跄跄地冲进人群中，东施效颦般乱舞起来，朋友们调侃我跳得像招魂的仪式，像祭祀的现场——好吧，魂归来兮，被砍到的树，被宰的羊……几个小时的欢歌热舞后，篝火熄灭，森林寂静，许多人被酒精发酵在草地上，黑夜挪了过来，将他们一一盖上。那晚我也不知道是如何睡去的，第二天被鸟鸣惊醒后，发现自己竟然躺在帐篷中，惊悸之余，赶忙拉开帐篷，紧接着便被眼前的景色所感动：大地端来一座山谷，在里面满满地注入洁白而又柔软的雾霭，就像有人端着杯牛奶，为了等你醒来，一直候在帐外。

四

第三天早上，我们继续穿越在漫无边际的森林中。几个村民已在前面开道了，他们是此行最辛苦的人，每个都负重近百斤，有的背着炊具，有的背着食物，有的背着液化灶，有的背着燃气桶，为了提前到达目的地做饭等我们，他们几乎是在森林中奔跑着，像几个慌不择路的逃亡者。我们沿着他们路过的地方走，杂草倒伏，露水抖落其间，偶尔还能看见某个山坳或者沟边，有简陋的窝棚，这说明有人曾经来过，真是不可思议啊，若非走投无路，谁会来到这种人迹罕至的地方呢？他（们）到底是谁？为何来此？林业部门的人给了我答案：这地方交通闭塞，偏僻落后，森林周围都是一些穷苦的人，每年春天，竹笋破土后，他们就会携妻带子，摸进森林里来掰笋子，以便拿到乡镇集市上去卖，这是他们一年中唯一的经济收入。为了掰到更多的笋子，他们要提前几天进入森林，守着竹笋拔节，不然就有可能被别人掰走，或者长成竹子。我无法想象他们在此中生活的情景，尤其是在夜间，要忍受寒潮侵袭，还要担心野兽的威胁，更要命的是，那些明月高悬的夜晚，这比森林还要宽阔的孤独，需要他们一分一秒地熬过去。不过，或许是我矫情了，很多时候，我们认为无法承受的瞬间，其实，那是别人的生活。

草木皆是兵，拦在跟前，有些叶片上，布满锋利的锯齿，稍有不慎，就会在裸露的肌肤上划出一道道的血槽。我们背着行李，左避右绕，在枝叶交织而成的穹顶下穿行。天空在叶片的间隙中，被撕成碎片，正随着透进来的光束在森林的植被上形成斑驳的光影。多人才能合抱的大树上长满厚厚的青苔，常年的尘埃堆积在某个树杈或者皲裂的树皮中，给了风雨中飞翔的种子扎根的机会，树上长树，一种生命寄身于另一种生命中。地上盘根错节，一棵老树倒下了，千千万万的幼树站起来。也有的大树横亘在地上，也不知经历了多少年的风雨侵蚀，仍然还保持着树的模样，腐朽与溃烂隐蔽在时间中，不动声色。但只要谁一脚踩上去，就会在那树干上踏出个大窟窿，成千上万的白蚁还在里面做着千秋大梦，殊不知"屋顶"就这样被掀开了，突然暴露在阳光下的它们，乱作一团，惊慌失措，冲冲撞撞，四处逃窜。这些隐秘的生命，活在阳光的背面，靠啃食黑暗过日子，竟然也被养得白白胖胖的。大家走了几个小时后，汗水把衣服湿透了，身上似乎快要长出新的嫩芽来，森林中到处都是生长的欲望，无论任何东西，只要在它特有的温度和湿度中经过，生命的力量就能被催生，自己在自己的身体上破壳而出，并在瞬间就能葳蕤起来。

　　原本觉得能够通行的地方，大地绵延到自己的边上，突然陷落，亮出数丈高的山崖，等我们通过。人的一生，要经历多少悬崖，才能走到平坦的路上？面对森林给予的考验，没有人退缩，大家互相搀扶着，拉紧悬挂在崖面上千丝万缕般的蔓藤，荡着越过悬崖，下面是山谷，河流安静地流淌着，谷内多是落叶、断枝、长满青苔的石头，有些地方，淤泥掩埋着各种各样的木头，假若给它们足够的时间，也许就能变成阴沉木。穿过山谷，沿着陡峭的山沟，我们在晌午之后登上又一座山顶，那是开阔的地方，也是森林和村庄的分界。往左眺望，可以看见许多枯树——它们太安静了，以至于死在自己的身体里仍浑然不知——矗立在山崖上，形成一片巨大的死亡森林，触目惊心，有的似乎呈现出莫可名状的痛苦，光溜溜的虬干扭曲在空中，枯死之前，好像经历过长久的折磨。向右眺望，人间烟火飘荡，尘世在那儿等着我们，那是另一片森林，我们一生都在穿越，却从来没有抵达过它的尽头。

选自《边疆文学》2021年第5期

评鉴与感悟

文字空灵、飘逸，却弥漫着人间烟火气。是见闻，也是感受，更是活着的一种历险。

矿工的妻子

/刘云芳

一

她端坐在对面，全然不像原来那般琐碎。那些鸡毛蒜皮的小事，与邻居之间的不睦、女儿们的近况都没有提及。她不住地讲起如何养生，如何按摩穴位以及各种所谓的健康常识。那些知识庞杂，各种名词在舌尖上"乱炖"，听起来很能唬人。某一刻，我怀疑自己不是来看望表姐，而是在观看某个保健节目。但上次来，她还是个病恹恹的村妇，农忙时回山村耕种庄稼，平时租住在这小镇上，吃完饭，放下筷子，便上了炕，去梦里游荡。

我侧过脸，看见旁边的高低柜里放满了大大小小的药瓶，一年前我来时，那里装的是碗筷和一些乱七八糟的调料。而且，一聊天，她总是不停地讲梦，像一遍遍往墙上糊纸似的。她说，梦里的炕很大，很温暖。父母躺在她的两侧，都在酣睡。她大约只有十岁，或者更小，就那样躺着，一动都不敢动，生怕惊动了时间，一不小心就长大了。她也总叹着气说，一次也没梦见过我们那个村子。我想，她或许想说的不是我们那个叫罗家圪垛的村子，而是她的先夫福七。接着，她说，她也没梦见过再嫁之后的生活。好像这之后的日子是从另一个人的命运里嫁接而来的。

表姐二十岁那年就嫁到了我们村。她的先夫福七除了种地之外，还牧放着一群羊,后来矿石沟红火了,挣钱多,他便随了大流,去挖矿。而她也随之变成了一名矿工的妻子。福七在矿石沟遇难之后,她才改嫁到河那边的山村里。自此,我们隔得远了。但每年回乡,我还是会去看看她。父亲开着机动三轮车,下山、过河,再翻山,这一路要走上两三个小时。车身颠簸着,山石起伏,顶着枚太阳,像是这座山在颠乒乓球。

前几年,表姐还住在山区,后来,那村子空了,他们便搬到山下的小镇。现在这套老三居是租来的。她说,那些药真是神了,吃完后,把她的困乏全部赶走,身体竟然跟打了气似的,越来越有劲儿,甚至还胖了好些斤。说着,她去扯肚子上的赘肉。而半年前,她在微信里用同样的口气向我推荐过一款洗脚盆,说双脚伸进去,人能舒服得飞上天。关键是,盆里的水渐渐就变成了黑色,那是体内的毒素排出来了。她说得玄乎,又说很多像我母亲一样得了脑出血半身不遂的人都治好了,没事还能去镇上赶赶集。我知道这盆子是假的,便劝她别上当,可她却并不理会。

没过多久,母亲忽然打来电话,说多年没回过村子的表姐竟然去看她了。想到表姐回村后,原本被淹没掉的一切记忆又扑面而来,她必定是要难过一场的吧。而母亲接下来却说,表姐给她推荐一种椅子,光是坐坐便能打通筋脉,让母亲沉睡多年的半边身体苏醒过来。母亲转述表姐向她推荐椅子的话语,跟曾经向我推销盆子的套路如出一辙,依旧是包治百病。她建议母亲买一把,虽然要上万元,但通过她依旧可以得到很大优惠。她说她自己就买了一把,给改嫁后的丈夫治好了腰疼。她甚至给母亲出主意,让我和弟弟一起出钱买这椅子,她愿意分担三千块。她的这次回村和慷慨让母亲感动,因此才特意打来电话。就在母亲激动的声音里,弟弟发来了跟表姐聊天的截屏。弟弟向表姐提出借她买的那把椅子一用,如果有效,愿意给她三倍的价钱。结果表姐当即就翻了脸,并且说,这椅子是自己买的,为的是家人的健康,与别人无关。我看到"别人"这个词,感觉格外扎心。想起当年母亲为她以及她的孩子付出的种种,真不是滋味。

但这次回乡之后,我看到那套唯一属于她的房子像时间标本一样,停泊在我家房顶的斜上方。清晨,我倒垃圾回来,能看到它。晚上,我从厕所回来,满天星斗闪烁,周围的树木在风里摇晃着,让我觉得这房子是一艘神秘的时间之船。我还是忍不住让父亲带我去看她。可怎么也想不到,她竟然摇身一变，成了个"大夫"。她往上推推那副新配的眼镜，背后两幅"医德高超""妙手回春"的匾红得刺眼。她说，那是患者亲自送的，他们有的肾阴虚，有的湿气重，在她的调理之下，都好了。她反复说着百会、太阳等穴位，又说着那些保健品如何好。这两者之间似乎没什么关系，后来，我终于明白，她是花几万块钱代理了一家人参保健品，在手机上的照片里，我看见她跟那些同行们一起互动的场面，几十个男男女女团在一起，做着某个网络上流行的花朵的造型，她在他们中间是那样羞涩，她像说神仙一样，说着这家企业的创始人，目光里流露出崇拜来。沙发旁的桌子上放着一个笔记本，那里记着她歪歪扭扭写下的字。她原本没怎么上过学，因而从这字体里便能想象到她书写它们时是如何艰难。但她心里的"神仙"是别人不能说的，一旦谁说这是骗局，她当即就翻出那个公司的公众号给你看。在她眼里，网络上是没有虚假的。假的怎么能放到网上呢？她总这样说。

这一天，无论我聊哪个家常话题，都会被她调整方向，然后扯到医疗保健上来。

二

表姐掀开门帘要去屋里拿一个什么东西，在我的意识里，这一掀就掀到了二十多年前。也是一个红色的门帘，从一旁的缝隙里总是忽然就伸进一张黑长的骡子脸来。它一边往里看，一边不住喷鼻子，接着，扫视一圈，又跟我对视片刻，大概觉得无趣，不一会儿，便把脸收了回去。那间屋子很小，一套皮沙发就已经摆满了，门后放着洗脸盆架。一套当时时兴的组合柜挤在沙发后边，想要开柜子下端的门，得把笨重的沙发搬开。两个刷了白漆的木柜就只能并排放到炕上了。

我环顾她现在租住的这三间老屋，其实也不比当年好多少，只是堂屋里没有牲口罢了。即便原来那样养着骡子的房子，后来也不属于他们了。有段时间，婆婆隔三岔五来找，让他们搬出去。福七一共兄弟八个，而这间房子不过是兄弟们轮流娶妻的住所，从老大到老七都是这么过来的，下一个要结婚，上一个就得赶紧搬出去。可是，能搬哪儿呢？福七头疼得很，几乎就要去南坡老院里挖窑洞了。最后划拉来算计去，一拍大腿，学校旁边不是有间空房子吗!

房子的主人进城工作后就没再回来。福七托了好多人才跟人家联系上。对方捎来话儿说,钥匙早丢了,你自己撬了门,住进去就行。表姐那时刚生下二女儿,身材干瘦,也没有多少奶水。福七只好买来只奶羊,拴在香椿树下,远远看去,像在树上拴了一大朵白棉花。

多年不住人的房子到处都是蚂蚁洞,一下雨,炕上、地上就摆满了大盆小盆。许多个雨夜,我们都会忽然听到一阵急切的敲门声。表姐和福七带着一身雨气就进了门,把两个孩子放到炕上,奶羊的绳子交到我父母手里,便赶紧走了,生怕粮食、被褥都让雨水给泡了。在多个连雨天的浸泡之下,盖房子的梦想与粮食一起发芽了。表姐一闲下来就想,要是能有一套属于自己的房子那多好啊。福七当然也想。他从一出生就挤在满是人的炕上,做梦都想住得宽敞。

福七决定去挖矿。比起村里人其他行当的收入,挖矿来钱太快了,到了矿石沟,在哪个犄角旮旯挖几铲子下去,都能冒出红色或者黄色的矿渣,再往下挖,便是矿石了。拉到山下,立马就能换成现钱。他们家的日子很快有了起色,买了电视,又买了三轮车。男人们去挖矿,女人们多在家里做饭,照顾老人、孩子。谁也想不到瘦弱的表姐会出现在矿石沟。她要剔除泥沙,从大山的"肉身"里挖出矿石这硬骨头来,但她的力气太小了,无论如何也撼动不了它们。她能做的只有往外运矿,使劲往前拉,但那筐却怎么也拉不动。福七说,你放下,快回去吧。她却摇头,说,我能干。福七一点点从筐里搬出矿石,直到筐下边的轱辘动起来。她用尽全身力气往前拉,每一次,都像是驮着盖房子的愿望前行,这愿望太沉重了。

后来,表姐竟然学会了开三轮。在盘山道上开车,步步都是悬崖,但她硬是敢开着三轮车上下山。村里的女人们都嬉笑着说,这哪里还是个女人!

他们努力了几年,才准备盖房子。可是,钱依旧不够。又是凑又是借,终于竣了工。房子盖好都是先要放一放,通一通风的,他们倒好,潮气还没散尽,就急匆匆搬了进去。那时,我已经住校,星期天回村之后去新房里看他们。锅里冒出的水蒸气与屋里未装修的墙上的灰融为一体。他们一家人的欢笑,从这团灰里冒出来。福七边往嘴里扒拉面,边说,先挣一年钱，把欠别人的钱还上，再挣钱装修房子……后来，我随表姐去客厅看，才发现，地上完全没有处理过，还是泥土地呢。我们开玩笑，你们干脆就别铺地砖，直接种菜得了。结果，福七真就在客厅地里种了辣椒。表姐看见，笑坏了，说你咋不挖鱼塘呢。福七说，挖啥鱼塘？给你挖个游泳池，那才阔气呢。

福七学着别人在三轮车的左侧焊了工具箱，表姐用布头拼了个布垫，又缝上两根细绳，绑在工具箱上，便成了她的专座。他俩总是一前一后坐着，顺着盘山道一路向下，去往镇上。到了山下，道路紧贴着河岸，河谷里的大风把他们的头发吹向脑后，两张笑脸完整地露出来。那个时期的表姐是我们村最受苦的女人，但又是我们村最幸福的女人。人们第一次看见，苦和甜在一个人的身上联系得如此紧密。改嫁后，我再也没见她那么辛劳过，但，再也没见她那样笑过。

三

那天一早，表姐就来敲我家的门，说福七一晚上没回，让我父亲赶紧去矿石沟看看。父亲钻进那低矮的矿洞里，他手里的矿灯几乎要被熄灭，一股异样的气息围着灯纠缠，父亲顿时觉得阴冷。接着，在宽阔处，他看到有人躺在那里，先喊了几声，没有人应，这才拎起灯照了照，正是福七，早已经没了鼻息。而前边躺着另一个，是跟他一起挖矿的搭档。

两个年轻人丧命，好像一下子打掉了村庄的两颗门牙，那些日子，整个村庄都提不起精神来。

表姐在村口的麦地里哭了又哭，直到被人硬架着回了家。院子里摆了福七的照片，是从结婚证上翻拍下来的，那照片多么刺眼，扎得每个人都眼睛发酸。照片前供着各种吃食，两个孩子披麻戴孝，依次跪下去。表姐不知道别人是如何把福七装进棺材，又如何扬起一锨锨土将他掩埋的，以至于此后的每一次，她一看见小土包，就觉得胸口闷得慌。

好多天之后，母亲进了他们的院子，门是虚掩着的，屋里却没人，又跑去厕所看，也没有。等她重新回到屋子，忽然听到一旁的水缸里有动静。母亲掀开水缸上的盖子，缸里一片黑色的头发在水面浮起，像一朵黑色的花，母亲从缸里把她拉起来，猛烈地拍她的后背，等她大口大口吐完水，忽然一巴掌甩了过去。接着，便大哭起来。

母亲命我陪她，其实也是看着她，怕她做傻事。

我跟她去地里摘豆角，一旁响起三轮车的声响，她忽然就跑了，一直跑到了地垄上。自言自语，去挖矿了，他们又去挖矿了。

是啊，人们用差不多一个月的时间来消化两个青年死于矿石沟的事实。这一个月的时间里，男人女人们谈论的都是生命与生活的抵抗，孰重孰轻，讨论来讨论去也没有结果。但日子是要继续的，有的人去找别的活干，或者去好几座山那边的国营煤窑。可是没几天，便不再去了，光在路上就得耽误好几个小时。而且挣的那点钱，完全满足不了他们已经被矿石撑大的胃口。

表姐跑到地垄边，便直接跳了下去。她疯了一般追着三轮车奔跑。我紧跟着，都来不及拎上菜篮子。她要去矿石沟。

我之前是去过矿石沟的，很小的时候，我跟着母亲在这里放过牛。那时，矿石沟偶然裸露在外的红色、黑褐色的矿渣与绿色的植物融为一体，是一种独特的风景。可是没几年的时间，这里被人们私自开采，处处都是矿洞，从悬崖上往下看，红色的残渣一直向下，像一道血色的瀑布。

表姐站在大石堆那里就愣住了。烟头、脚印和一些垃圾在这里显得拥挤而杂乱，往昔的记忆一点点泛上来。旁边插着的高香正燃着，人们祈求神灵的愿望好像还没有飘远，微风把准备上升的青烟渐渐吹散了。那是矿工们在开工之前敬了山神。山坡上，村里有个放羊人在唱歌，那歌声悠扬、宁静，好像是从天上流下来的。表姐忽然坐在石头上哭起来。

后来，表姐哭也哭不出来了。

小院里，喇叭花爬满了她家的墙头，似乎也想探听一个新晋寡妇的消息。她懊恼不已地凑到我眼前，问，你快看看，我的眼睛是不是变成两口枯井了？我闻见一股来自口腔的难闻的气味。还没等我回答，她就转身去忙别的事情了。她喂牛，喂猪，喂鸡。在一个破门板上用力剁野菜，好像剁什么看不见的仇敌似的，从头到脚发着狠。最终，她头发松乱，浑身颤抖，喘着粗气，败下阵来。

她会把后门打开。春天，我离开村庄时，那棵捧着大片白花的树，秋天归来时已经戴了满头的梨子。这一开一合之间，仿佛是在一瞬间完成的。

她时常忽然站起，嘴里说，福七快从矿上回来了。然后匆匆忙忙跑去做饭。不一会儿，一碗冒着热气的手擀面就做好了，她一脸喜悦地端过来，却发现沙发上坐的是我。她先是愣一下，然后说，你……吃吧！

最难的是有人来要账。她从柜子里拿出过两次钱，那是福七下葬那天别人随的礼。再来人，她便什么也拿不出了。人们一开始还好言追问，到后来说的话就越来越难听，你才二十八，哪里守得住？过几天你改嫁了，我们上哪儿找人去？

表姐一开始还解释，还保证。到后来，一句话也不说了。她坐在后院的梨树下紧闭嘴巴。那时，树叶开始被秋风染红，叶子一片片掉到她脚边，头上。后院的鸡咕咕叫着，猪哼哼着。人们在屋子里拥挤着嚷嚷，你一句我一句。似乎生活的全部就是这一场场的催逼。

我把父母叫来，两个孩子也跟了来。母亲本意是想，这些原本是亲戚朋友的人能看在幼小的孩子面儿上，说，缓一缓。但人一多，你一句，我一句，孩子们的声音便被淹没了。他们猜测着我表姐后半辈子的各种命运。他们都见多识广，看到过别的村子里，男人死在煤窑上的媳妇当时也要死要活，可过不久都一个个嫁人了。何况那些女人还有煤窑上的抚恤金，而福七是私自开矿没的，没人给表姐半分钱，不改嫁，怎么养活几个娃？况且这山沟里，井在半山腰，土地都是梯田。家里没有个男人，吃什么？喝什么？

表姐瘦小的身子缩成一团，忽然，她从这一团里爆发出来，站起身，顺手从身后的鸡舍旁拎了根大棍子，冲到门口，大喊一声，都别嚷了！可是，人们都深陷进自己的想象和言说里，根本没人理会她。

后来，表姐给他们写了欠条，他们拿着欠条，表情却还是不信任的。表姐说，等卖了玉米，我亲自给你们把钱送去。她甚至想把房子抵出去，换几个钱。那可是新房子。可是村里没人愿意要。传说得也很邪气。说这房子风水不好，说之前这地基下边是座坟，一般人根本镇不住它。好像，他们都是风水先生，都看透了某种隐秘的命运。

到了收玉米的时节，母亲不止一次告诉她，我们跟你一起收，你先别急。可她听也不听，就走了。收完以后，玉米在院子里堆成了一座山，她躺在玉米堆里，耳朵贴着它们，好像要倾听春天播种时散落在地里的欢笑声。

时不时有人在远处望，等收玉米的人吆喝着进了院子，催债的人便跟着来了，装袋的装袋，装车的装车，算账的算账。不用表姐说话，他们便商量着怎么分钱。表姐坐在门口纳着鞋底，她说，福七只喜欢穿手工做的布鞋，买的鞋穿到脚上就像受刑一般。玉米不值几个钱，分完以后大家也没好再说什么。只给表姐报了个价便走了。

四

晚上，常常是我已一觉醒来，她还在翻来覆去。有一次，我隐约看见她伏在炕上，嘴里轻声念叨着，不管有何方神圣，如果您在，请把福七给我带来，让我见一见他。她一字一顿地说话，像是用慢刀在谁心上割肉。我听着都难受。

她一直等不到他来，连梦里都没有。

那时，村里还没有通自来水，人们每隔几天便要去半山腰的井边拉一次水。表姐不想再碰福七那辆三轮车，她自己挑水，挑到半山腰，太沉了，刚想停下来休息一下，桶没放稳，一不小心便倒了，骨碌碌顺着山坡往下滚。她追了一段，怎么也追不上，一屁股坐在地上，看着它们欢实地连蹦带跳，直到被沟里那一片高大的灌木丛拦住。洒了的水在山坡上画出一串形状模糊的图案来，不知道是不是想让她从那图案里找出某种来自命运的暗示。

母亲那时就劝她，在这山里一个人撑不下去，你还是得找个人。其实福七去世没几天，就有人上我家来提亲，我们这才发现，方圆百里竟然有那么多未婚的小伙子，他们表现出想娶妻的那种迫切感，着实让我吃了一惊。后来，她告诉我，媒人讲的话，她一句也没听进去，她之所以选那人做她的丈夫，只是因为看见他脸上跟福七长着一样的痣。

到了那年春节，我第一次看见这个叫连顺的男人。他坐在我家沙发里，像小孩见了老师一样，双腿并拢，后背挺直。这个比表姐还小三岁的男人，在事情讲定后的第二天，便背着一套铺盖从山的那头来了。表姐做贼一般，不愿意跟这个男人一起走路，也不想看着他吃饭。

连顺在煤窑上班，每天回来，都会去村里转悠，他的目光粘在别人挖矿的打着厚补丁的衣服上，粘在那些铁镐和三轮车的矿渣上。他对矿石沟充满了好奇，总想探听那里的秘密。多日后的一天，他早早回来，手里竟然拎着挖矿的工具。表姐疯了一般告诉连顺，那是吃人的山。可连顺说，我命大着呢，别人不都没事吗？我们看着表姐抱着他的腿哭，表姐挽留他的样子让我们震惊，后来，我发现，那一刻，她不只是在挽留连顺，也是在挽留记忆里的福七，假如，她能回到过去的话，她一定会这样拦福七，死活不让他去挖矿。

可连顺也像着了魔似的，一大早就偷偷去了。好像矿石沟的风一遍遍向他吹过来，催他去似的。他根本管不住自己的双脚。

人们在矿石沟见过表姐如何跟连顺拉扯，最后，她坐在一片红色的矿渣上，说，你挖矿可以，先去跟我离了婚。原来还固执的连顺一下子就被震住了。那天，村里的男人们都早早回了家。他们似乎从表姐这个矿工的遗孀身上，看到了自己的妻子可能会有的一种命运。之后没多久，当矿管所的人来宣传"禁止私自开采矿石"的时候，人们的心很快就松动了。

几个月后，我再回家，发现门锁着，便去了表姐家。等爬上那道短坡，却看见原来的房子变成了一堵墙，门窗竟然都被砌上了。如果不是母亲在山梁上那块地里喊我，我几乎就以为自己走入了另一个空间。

母亲回来说，表姐跟着连顺搬走了，再在这房子里住下去，她就要疯了。连顺也说，表姐总在梦里哭，总是说胡话。

想到这些，我更加觉得眼前的表姐是如此陌生。表姐说，这一年来，她总算是挣到钱了，这是她这辈子第一次挣到钱。她诉说着挣到钱的满足感。我没有接话，只时不时礼节性地哼一下，脑子里却回放着她二十多年前的辛苦，她竟然未把那些付出与经济价值联系在一起，她去山里拉矿，或许不过是对福七的陪伴罢了。

上一年清明节，她的两个女儿回村里上坟，说想去找一找老照片，看看父亲的样子。我陪她们回到那个院子里。杂草丛生，我们从蒿草中间挤过去，将与门框齐高的砖墙一点点拆下。一把钥匙扔在最底层的砖下边。它多像一颗被深埋的种子。打开锁，推开门，几缕光迫不及待地射进去，一些尘土在空中跳跃起来。这房子里的摆设如旧，它们像一座被封死的时间博物馆，在这里等待着被开启、被参观。墙体上斑驳的雨痕形成了一幅幅具有神秘感的图案。

孩子们在组合柜里找到了照片，那是他们一家人的合影。照片是我当年拍下的。福七去世那年的正月，学校给我们布置了一个寒假作业，让拍一组与幸福有关的照片。福七在我的指挥下，搂着表姐的肩膀，他俩一脸羞涩。前边两个女儿都在眉心点了圆圆的红印，乖乖坐着，笑得很甜。

在她们欣赏照片的时候，我转身从侧边的小门进入客厅，那土泥地里竟然长着野草，我不知道它们是否也经历着季节轮回，还是一直疯长。这些年，它们看到的光都是从砖石缝隙之间透出来的，那仅有的几缕细光，是它们活下去并且长高的全部理由吗？

一旁，有几件农具，上边还带着十几年前田地里的土。客厅旁边是黑漆漆的厨房，一口锅停放在炉子上。那扇后门，正对着一棵梨树的后门，已经被堵死。就在这时，我的眼泪忽然奔涌而下。而门的那边，大约是一树梨花迎着春风在颤抖吧。

我从不敢告诉表姐，我经常在梦里看到福七，梦里，他们这套房子的地下有一个秘密通道，福七就是从这条秘密通道走了的。通道的门埋在客厅的土泥地下边，一直往前走，那里堆放着很多挖矿的工具，大块的矿石镶嵌在这通道的墙壁。接着，便听到了歌声和鸟鸣。福七躺在一个软椅上晒太阳。他一脸幸福的样子，让我不知道说什么好。看到表姐现在热心于推销保健药，我更不想说这些了。但她却忽然念叨着，现在多好啊，你看看，我都可以挣钱。以前……以前怎么就光知道挖矿，不知道干点别的呢，要是知道干别的事情也能活得很好，我……她没有说下去，我便什么都明白了。

临别时，我已经上了三轮车，她忽然把父亲叫进屋子。我心里猜想，她准是要给父亲推荐那些华而不实的保健品。现在，对于她来说，没有什么比卖保健品更重要的事情了吧。回家的路上，父亲却告诉我，表姐想让他帮着打听，看哪里有不幸去世的未婚少女，她想给福七结一门阴亲。在我们这里，改嫁的女人，死后也是要回到先夫那里，跟他同穴而眠的。我不知道她为什么忽然会想给福七再找另外一个人，而且是未婚的少女。

路过山下一个村庄时，有女人老远就跟父亲打招呼，我还记得她，她的先夫便是与福七一起丢了命的搭档，丈夫去世之后，她带着一儿一女改嫁到这里，听说性格开朗的她一直过得很好。但每次看到村里的人路过，她的目光都会追随很久，好像要一下子追到二十多年前似的。

在河谷里，三轮车的声音阻断了其他所有的声响，想起当年人们挖矿的那种热闹场面，几十年的时间相互交织、撞击，奔涌着……抬头往山上看，那里除了石头崖壁便是成片的密林，而矿石沟多像隐在这大山发丝间的伤疤。我见过人们为了生活在大山里"挖血挖肉"的场面，也见识了大山不动声色"吃人"后留下的恐怖。那些矿工的妻子们，她们散落在各处，一生都在消化这恐怖留下的伤痛。而作为亲人，大家总是需要从那场灾难里分泌出新的慈悲，来谅解她现在那些看起来荒唐的行为。

那天，三轮车一路颠簸着，把我的思绪颠成了细沙。再抬头，月亮已经端坐在山顶，我看它时，似乎整个世界都在颤抖。

选自《长城》2021年第4期

评鉴与感悟

世事多艰，文章写矿工的妻子，写她们的坎坷和挣扎，顽强和坚韧，每个人都在负重前行，都在用血泪清洗自身的伤口。正如作者所言："她们散落在各处，一生都在消化这恐怖留下的伤痛。"

身体里的花朵

/欧阳国

一

一棵棵硕大的枫树围绕着空旷的操场，树冠敞开，树枝向天空延伸。燃烧的枫叶在轻轻飘落，它们色泽绚丽，像一朵朵通红的花朵。火红的枫树林映射着我懵懂的束发之年，它们绰绰约约的影子经常出现在我的梦境。

清晨，天蒙蒙亮，操场朦胧的灯光笼罩在一片浓雾之中，透过渐渐明亮的天色，可看见草地和矮小的灌木上覆盖着一层层洁白的薄霜。我们排成两列纵队绕着操场的枫树晨跑，沉静的富川河从操场西侧缓缓流过，河面泛起雾霭，晦暗中一片白茫茫的景象。

浓雾像河水一样覆盖着校园，始终萦绕我生命之河，甚至改变了它的流向。那一年，我十三岁，身体消瘦矮小，比同龄人明显矮了一大截。早自习结束的铃声响起，我们像一群脱缰的野马飞速奔向食堂，掠过操场的枫树林，跳跃在麻石堆砌的台阶。不料，我的左脚被台阶绊住，左小腿压在锋利的麻石边沿。我跪倒在台阶上，剧烈的疼痛从小腿弥散开来，眼前一片眩晕，只见地面一双双敏捷的腿往食堂方向跑去。

不远处的食堂是老旧的土屋，屋顶的瓦片漆黑，烟囱冒出浓郁的白色。食堂地面泥泞、湿滑。争前恐后的学生手持饭票和各式各样的饭碗，拥挤在打饭窗口。我隐忍着剧痛，一瘸一拐地缓慢走向食堂，挤入窗口，费了好大劲才打到米饭，却又在泥泞的地面摔了一跤，雪白的米饭散落在地面黄泥巴上，像铺上了一层白色的颗粒食盐。我捡起空空的饭碗朝教室走去，途经教师宿舍时，被班主任叫住。他严厉地质问我，你学费到底什么时候凑齐？空气像凝固了一样，我像犯了错误似的羞涩地低着头，始终一声不吭。同学们纷纷从我身旁经过，我的眼睛死死地盯着地面，但分明感觉到一双双眼睛都朝向我，我感到狼狈不堪，恨不得找一个地缝钻进去。

弥漫校园的雾气慢慢散去，可山区的天色依旧阴沉。急促的上课铃声响起，同学们纷纷走进教室，整个操场瞬间又空荡荡的，只剩一片孤寂的枫树林。琅琅书声从教室传出，冬日的校园显得更加荒芜。我依然站立在教师宿舍前，像一棵伤痕累累的枫树耸立于寒风中。远处吹来一阵湿漉漉的冷风，我不禁浑身哆嗦。风吹得枫树哗哗作响，一些暗黄的叶子随风飘落。

我竭力让自己稳立在寒风中，身体稍微放松就可能倒下。疼痛在我的小腿撕开了一道口子，我听到肌肤撕裂的声音，鲜血潺潺涌动的响声。疼痛的小腿，麻木而湿漉。我小心翼翼提起裤脚，发现自己的小腿布满鲜血，它们犹如泉水一样从伤口涌出，像一朵绚丽的花儿生长在我肌肤，花瓣肆意攀延，仿若刺眼的红玫瑰。这朵鲜艳的花朵，让冰冷的空气更加冰冷。我蜷缩在地面，全身颤抖，像一只受伤的瑟瑟发抖的小动物。一名路过的老师看到我，叫我回教室去。初中毕业后，我再也没有见过他。这辈子，我永远也见不到他。他在一场车祸中不幸离开了。

我并没有去理会伤口。血，最终没有再流了。夜色如凉，而我的身体却滚烫如火。黑暗中，我满头大汗，全身湿透。我将手掌紧贴额头，发现自己发烧了。第二天清晨，我在疼痛中醒来，试图拉开裤腿看看受伤的小腿，发现裤子和伤口紧紧地粘连在一块，我使劲拉扯才分开。我的左腿肿得特别厉害，我想着地站起来，可是失败了。

同学把我背到学校附近的小诊室。我拉起裤腿，第一次看清了左腿的伤口。这是一道圆形的伤口，颜色暗黑，像一朵溃烂的红色花朵，由怒放走向凋零，像枫树林飘零落地的腐烂的叶子，像一座残垣断壁的废墟，无比苍凉与落寞。

医生用银白色的钳子掀开我的伤口，反复用生理盐水和双氧水清洗，然后用碘酒消毒，他往伤口撒上黄色的药粉。粉末落在肌肤上就像往伤口撒食盐，它们缓慢融化的声音，静悄悄的，但疼痛却随之而来，像成千上万只蚂蚁撕咬伤口。清洗消毒后，医生用纱布对伤口进行包扎。

伤口，让我们的身体疼痛、出血、红肿、感染、残疾，甚至会致命。我左腿的伤口因没及时处理，造成严重感染。伤口反复出现发热、红肿和溃烂。一个铜钱般大小的洞穴在小腿越来越深，伤口颜色深黑，深至皮下组织甚至腐烂到了骨头。每次换药，掀开纱布，散发出一股浓郁的药水味和恶臭。

母亲从村庄急匆匆赶来，她学会清洗、换药和包扎，背着我回家。从乡镇到村庄有十多公里，母亲背着我穿过苍凉的田间小道，攀爬陡峭蜿蜒的山路，行走茂密悠长的羊肠小道。一路上，母亲累得气喘吁吁，她走一段，歇一阵。我和母亲坐在路边的石头上，周围是密密麻麻的松树，地面布满暗红的松枝，还零零星星有些松球，它们像一层层盛开的花朵，美丽而精致。母亲背着我继续往前走，悠长的沙子路一直向上延伸……山路沉静，唯有母亲沉重的脚步声和喘气声。

天色暗淡下来，母亲背我穿过一片茂密的树林。几年前，这里放置过一个黑色的棺材，死者是一个难产的孕妇，她没来得及到医院就死了。阴森的丛林发出呼啦啦的响声，像产妇分娩时在号啕大哭，像婴儿出生后不停哭啼。母亲没有作声，我感受到她的身体在微微颤抖，心跳加速。她加快了脚步，最后甚至小跑了起来。

母亲一辈子背过我无数次，但我从来没有背过她。唯一一次，我是抱着母亲的骨灰盒送到墓地。

那年，母亲为我的伤口着急上火，常常在夜里暗自哭泣，生怕我落下残疾。寒风凛冽，她蹲在田埂上挖草药，她奔走乡间，四处寻找伤口愈合的秘方。每天，母亲为我的伤口清洗、消毒、换药和包扎，她总是小心翼翼，动作娴熟和专业，不亚于一名医生和护士。慢性伤口愈合是一个复杂而漫长的过程，它从黑期到黄期，再从红期到粉期，颜色由深变浅；通过反复换药和包扎，促进毛细血管再生，创面愈合，生长出新的肌肤。最终，伤口在身体留下一道疤痕。身体的伤口随着时间流逝可以愈合，而生长在我们心间的伤口呢？

二十年后，年仅五十三岁的母亲猝然离世，成为我此生最痛的悔恨。我心里划开了一道深深的伤口，它隐藏在我身体深处，阴暗潮湿，没有阳光照射，没有氧气滋养。时光沉淀的污渍加速伤口的腐烂。那些生长在我们心间的裂痕永远无法愈合，将越来越深，越来越宽，伴随疼痛的余生，与我们身体一起归于尘土。

一个伤疤就是一朵灿烂的花儿，生长在我们肌肤表层，有的含苞待放，有的心花怒放，有的像一朵羞涩内敛的含笑花，有的像一朵娇美鲜艳的红玫瑰。尼采在《偶像的黄昏》中说："那些能将我杀死的事物，会使我变得更加有力。"身体的伤口带给我们剧烈的疼痛，更给予无穷的力量。

伤疤，是印刻在我们身体的勋章。身体开满繁花的人，必定是一个饱经沧桑的有故事的人，必定是一个由血气方刚蜕变为内敛深沉的人，必定是一个外表温柔内心却刚毅的人。

生活，让我们遍体鳞伤，让我们千疮百孔。我们每一次受伤，就会有伤口。有伤口，就会留下不同程度的伤疤。

我们的身体是一片肥沃的土地，每一个伤口都将化作美丽的花朵，生长出我们继续活着的诗意和希望。

二

富川河水温存，河床清澈，河岸碧绿。寒冬过后是初春，万物复苏，春暖花开。校园天色变得开阔和明朗，树叶变绿，枝头纷纷吐出嫩绿的新芽，处处是含苞待放的花蕾。

我站在操场凝望静静流淌的富川河，聆听校园广播传出的贝多芬《命运交响曲》。当年，我穿着一双破旧的解放鞋，上衣是母亲编织的毛线衣，嘴里咬嚼着米饭和酸干菜。音乐把我带入无止境的精神世界，心脏伴随音符不停地跳跃，冲突与斗争、胜利与喜悦，像一朵绚丽的花儿绽放在我心间。

我小腿的伤口已经完全愈合，只留下一道伤疤。我重返校园后，班主任换成了刚毕业的师范生。他本是一名音乐老师，却被安排教语文。他个子不高，脸颊消瘦，每天都穿着同样一条长长的牛仔喇叭裤，白色的T恤，留着一头乌黑的长发。他眼神忧伤，像浪迹天涯的歌手，像多愁善感的诗人。

班主任有一把黄色的吉他，他经常一边弹吉他，一边唱歌。每天傍晚，他反复弹唱任贤齐的《对面的女孩看过来》，通红的夕阳停落在他长发和吉他上，金黄色的吉他弦在余晖的照射下闪闪发亮，他纤细的手指轻轻地拨弄着琴弦。夜色很快淹没空旷的校园，沙哑的歌声也在茫茫黑暗中销声匿迹。他对面的那个女孩会是谁呢？

从县城来的还有三名年轻教师。一名是英语老师，她个子不高，戴着一副圆形的金丝边框眼镜。她长着满脸青春痘，像一朵朵含苞待放的花蕾雨后春笋般滋生在她的额头、脸蛋和下巴。她习惯用手去挤压青春痘，把脸蛋整得坑坑洼洼，血迹斑斑。还有一名数学老师，他身材魁梧，剪的是平头，脸蛋方方正正。他讲课时总是露出一口洁白的牙齿。也许，不是他牙齿有多么白，而是他皮肤太黑了。还有一名微机老师，她个子高挑，皮肤洁白，化淡妆、喷香水。我们都盼着上微机课，她来到我们身边示范操作，纤细柔和的手指好像在键盘上跳舞。她身上总是散发出淡淡的香水味，这股味道氤氲着我懵懂的少年时光。

那年，我十四岁，喉咙处凸现喉结，说话声变得低沉而沙哑，嘴角莫名长出一些毛茸茸的胡须。我旷了三个月课，为了跟上学习步伐，我经常到教师宿舍补习。

学校有一栋五层的教师宿舍，旁边还有一排一层高的平房。新老师安排住平房，四个房间紧挨一起。我小心翼翼靠近这栋平房，揭开它神秘的面纱。我看见，他们脸上荡漾的微笑宛如一朵鲜花，他们内心似乎也隐藏着一朵朵花儿。

夜色温柔，皎洁的月光流泻在宁静的校园，像一层层白色薄纱从天而降。我在月光下行走，穿过树影斑驳的操场，来到平房的教师宿舍。透过昏黄的玻璃窗户，我看到两个紧紧相拥的影子正在尽情地亲吻。透明的玻璃点缀着密密麻麻的桃花，花朵肆意开放，在朦胧的花瓣下，屋内的影子显得更加朦胧和隐约。我屏住呼吸站在窗前。世界一片安静，屋内是安静的，校园是安静的，月光也是安静的……

我的心却按捺不住剧烈地跳动，像一只活蹦乱跳的野兽在身体里横冲直撞，像一股滔滔洪流在身体激烈地涌动。我迅速逃离教师宿舍，奋力奔跑在校园的操场上，温柔的月光变成了汹涌的洪流，它们淹没校园的屋顶，覆盖校园的每一个角落。我被急促的洪流彻底淹没，并在洪水席卷的焦灼和恐惧中慢慢入睡。

朦胧的影子闯进我的梦境。睡梦中，我隐约感觉到一条河流在身体流淌，它从涓涓泉流，到小桥流水，再到奔腾洪流。在激荡的浪涛之间，我不停地挣扎，拼命地呐喊。洪水突然冲出我的身体，我全身涌来前所未有的美妙。我触摸身体，一片潮湿而黏稠。

后来，英语老师调回了县城，微机老师也嫁人了。爱弹吉他的班主任似乎变得更加忧伤，他依然每天傍晚寂寞地弹吉他，低头歌唱。不过，他再也没有弹唱《对面的女孩看过来》，他爱上了朴树的《那些花儿》。他的长发落在吉他的琴弦上，掩饰了他消瘦的脸庞，以至于我无法看清他唱歌时的表情。他的声音无比柔软，像他的长发一样柔软，像余晖一样柔软，像流逝的时光一样柔软。

如今，四名年轻教师都过了不惑之年。他们在哪里？他们还好吧！我们都不再青春，绚丽的花儿早已凋零。幸运的是，我们身体深处都曾怒放了花朵。

束发之年，一朵美丽的花儿盛开在我心间。它是含蓄的，也是奔放的；它是孤寂的，也是热闹的。那一年，我莫名地喜欢上了隔壁班级一个漂亮的女孩。

她像一只疯狂奔跑的野鹿，毫无征兆地闯进我的身体，让我躁动不安。这只活蹦乱跳的野鹿带我穿梭无际的旷野，奔跑在田野、森林、高山、河流、沙漠……我迷失了方向，也迷失了自我。她更像一朵纯洁的花朵，悄无声息地生长在我心间，温暖的阳光照射明媚的青春，这朵花儿由含苞待放，到肆意怒放，它向上盛开的姿势充满无限力量，这种巨大的力量甚至完全可以托举炽热的太阳。

这是温暖的阳春三月，绿油油的富川河河岸桃花红李花白，微风轻轻地吹拂，花瓣悄然洒满校园广阔的操场。课间操铃声响起，我们迅速排成纵横交错的队伍，动作整齐地做第七套广播体操。她身穿白色校服，长发乌黑，头顶戴着粉红的蝴蝶结。她身体柔软纤细，姿态优美，每一个动作都美丽到了极致。柔和的阳光洒满校园，布满花瓣的操场就像一座五彩缤纷的舞台，她仿若芭蕾舞剧《天鹅湖》里美丽的公主翩翩起舞，洁白的校服像美丽的舞裙，飘逸的长发、轻盈的舞姿、动人的音乐，这一切无疑让我迷醉。

当我与她在校园擦肩而过时，我的心脏几乎快要从身体里蹦了出来。我努力克制自己，但却是徒劳的，就像我无法阻止一朵鲜花肆意怒放。课间休息，我总是喜欢在她教室附近游荡，假装若无其事地东张西望。她总是在埋头写作业，偶尔抬头望一望窗外。当我和她的目光对视时，仿佛十里春风吹拂。那时候，我以为她就是我一辈子的春天。

这就是懵懂的初恋，甜蜜又苦涩。即便是在寒冬腊月，我的身体也像燃烧着一团熊熊的烈火。雪花像下雨一样，从天而降，洁白、晶莹，它们纷纷扬扬落在操场上，落在树枝上，落在怒放的梅花上，把校园装扮得白茫茫的。

有一天，她突然从校园消失了，冰冷空旷的操场上留下一串串厚厚的脚印。我站在雨雪中，望着远去的脚印，心中无限惆怅。她消失了，整个校园对我而言只剩陌生。

一年以后，她从南方工厂回来，出现在我就读的高中校园。她乌黑的头发变得金黄，脸蛋涂抹浓妆，身上散发着一股浓郁的香水味。看到她，我不由得想到初中微机老师。我靠近她，看到她湿润而红艳的嘴唇就像红玫瑰的花瓣，一股洪流在我身体深处激烈地涌动着。

炎炎夏日，我们从学校走到县城。我为她撑伞，我们肩并肩缓慢地走着，两个影子落在地上。黄昏，暮色降临，我们轻轻地拥抱在一起。我全身不停地哆嗦，心脏扑通扑通地跳动。我搂住她的脖子，下巴紧贴在她的肩膀上，透过昏黄的灯光，我看到她的后背有一朵红玫瑰状的文身。即便是在晦暗的夜晚，我依然看见这朵红玫瑰的文身开得娇美鲜丽，它完全和她的肌肤融为一体，仿若开放在明媚的春天，芬芳幽香。

这是一朵带刺的玫瑰，我的身体像被针扎了一样，猛然间迅速把她放开。我从县城拼命往学校跑，累得满头大汗，气喘吁吁。我一边奔跑，脑海一边浮现她曾经做广播体操的样子，像芭蕾舞剧《天鹅湖》里美丽的公主翩翩起舞，纯净洁白。一尘不染的洁白被黑夜无情地吞噬和淹没，在炎热的夏日夜晚，我分明感到一股无限的寒意。这朵生长在她身体里的带刺的红玫瑰让我感觉冰冷，变幻莫测的世界让我感觉冰冷。

这场朦胧的初恋，最终因一朵带刺的玫瑰无疾而终。

再次见到她，是在她的婚礼上。冬日暖阳，接亲的队伍串联成一条红色的长龙，锣鼓喧嚣，鞭炮齐鸣，场面异常热闹。她从大红的花轿款款走下，一身彤红的装扮，一朵朵艳丽的花儿和图案绽放在她华丽的婚服上面。她就像一朵娇美的花儿盛开在暖冬。我希望，大红盖头下掩饰着灿烂的笑容。

我站在古老的祠堂外，屋内一对新人正在举行热闹的婚礼仪式。我望着祠堂门口通红的对联，横批为"宜其室家"。我默念着《诗经·周南·桃夭》，偷偷地离开了祠堂，穿过晌午温暖的阳光，朝更加光明处走去。婚礼的喧嚣从我耳畔消逝，我似乎听到花开的声音，又听到花落的声音……

青春的荷尔蒙就像一朵闪耀的玫瑰，温柔、美丽、多情，在我们身体里自由地绽放，让我们忘乎所以，让我们无法自拔，让我们迷失方向。叔本华说："人的欲望是一切痛苦的根源。"人类在欲望中向上，更在欲望中沉沦。一朵美丽的鲜花由绽放至凋谢的过程，就是欲望的洪流在我们身体从上涨到消退的过程，来时无比喧嚣，去时异常宁静。

汹涌的潮水终将退去，美丽的花儿终将凋谢，我们的身体终将衰老。滋生在我们身体的荷尔蒙，以及所有的欲望将伴随疼痛的岁月慢慢消逝。世间一切都将变得平淡和明朗。

我们身体的花朵，终将因为疾病和衰老走向枯萎。

三

我懵懂的初中生涯从一朵花儿开始，又从一朵花儿结束。那年春夏，一场突如其来的非典型性肺炎疫情席卷华夏大地。

2003年宁静的夏天，校园郁郁葱葱，蝉鸣此起彼伏。这是我初中最后一个学期，我个子依然比班上其他同学矮小。上体育课，老师组织跳麻石台阶，同学们站成一排，随着清脆的哨子声不停地跳跃，大家像一只只麻雀体态轻巧，身轻如燕。因为对台阶充满恐惧，我站在原地一动不动。我正在为中考的体育发愁时，却被通知因"非典"取消体育考试项目。

考场外，操场空荡荡的，太阳穿过树叶的缝隙落在地面，变成了眼花缭乱的光影。我提前答完试卷，百般无聊地望着窗外的树林、河流和蓝天。

毕业时，我们站在操场的枫树林下拍毕业照，忧伤的班主任勉强露出了一丝笑容。不远处的教师宿舍进了相框，它在照片一角显得十分突兀。

我对2003年的"非典"没有太多的记忆，只记得大家都在疯狂地抢购板蓝根和白醋。那是因为我们都害怕病毒，害怕病毒带来的疾病、疼痛，甚至是死亡。

病毒，让我们恐慌、焦虑、痛苦、挣扎……它来自幽深的天空，还是黑色深渊？它是生长在我们身体的恶之花，它是绽开在地狱边缘的恶之花。

人人身上都潜伏着无数的病毒，它们在我们身体里疯狂增殖、复制、遗传、变异和进化。病毒单独存在时本是非生物体，当它们遇到宿主细胞才有了生命的绽放，它们穿透宿主细胞，以出芽的方式获得能量，像植物生长在肥沃的土壤，遇见明媚的阳光和充足的养分，开花结果。可怕的是，美国科学家劳斯提出，癌肿瘤是病毒所致。比如，肝炎病毒没有得到积极抗病毒治疗，将演变为肝硬化，最终发展为肝癌。一个肝炎患者每天要依靠药物阻止病毒的复制、增殖，白色的颗粒，形如葵花子。疾病缠身的我们不是在吃药，而是在吃"定心丸"。一颗小小的药物，遏制了病毒的繁殖，让我们在死亡的道路上走得慢些，再慢一些。重要的是，药物可以减轻对疾病和死亡恐惧的心理。美国作家苏珊·桑塔格在《疾病的隐喻》中说："心态导致疾病，而意志力量可以治疗疾病。"不过，病毒最终将摧残我们的身体，毁灭我们的意志。

病毒，是凶残的魔鬼，是有毒的鲜花，它默默地开在我们身体的阴暗处。它们像死神一样强大，一点一滴将我们身体埋葬。呼吸道病毒、肠道病毒、疱疹病毒、狂犬病毒、肝炎病毒、艾滋病病毒、登革热病毒、埃博拉病毒、冠状病毒、新型冠状病毒……可怕的病毒，让人类谈虎色变的病毒，它是藏匿在我们身体的黑色幽灵，是埋在我们身体的一个定时炸弹。

新型冠状病毒就像是花冠一样美丽的恶之花。透过电子显微镜，我们可以看到它外膜上有明显的棒状粒子突起，其形态看上去像中世纪欧洲帝王的皇冠。

庚子年春节开始，这朵形如皇冠的恶之花肆虐在人世间。这场旷日持久的疫情影响和改变了无数人的命运，还有很多人不幸离开了。我母亲也在疫情期间走了。

我的母亲像一朵花儿一样慢慢走向凋零，她失去了阳光，离开了土壤，没有了养分。我目睹骨瘦如柴的母亲，就像面对一朵枯萎的花朵，束手无策。经过长达半年的马拉松式救治，我含泪带母亲回故乡。我死死地将母亲抱在疼痛的胸口，小心翼翼穿过村庄的田间小道，脚下是一片火红的彼岸花。它们如火如血，铺就一条赤红的地毯。这条平坦的地毯通往黑暗的幽灵，这是我们每一个人的归路。

一岁一枯荣，一花一世界。一朵花就是一个奇迹。它从分泌出嫩绿的花芽，到抽出生机勃勃的花骨朵，在土壤、阳光、氧气的滋养下，花朵缓缓开放，绚丽绽放。但世间万物都逃脱不了盛衰与生灭，多绚丽的花朵最终都将归于尘埃。

我们都无比恐惧疾病，人人都想逃避疾病。在疫情面前，我们都学会了保护自己，出门戴口罩、勤洗手、早休息。我们生怕自己感冒、咳嗽和发烧，一有症状要做核酸检测。

在疼痛的疾病面前，我们卑微得犹如寒风中柔弱而孤独的稻草，所有欲望都烟消云散，所有希望都虚无缥缈，一切爱和恨都变得释然。我们害怕老去，但我们都将老去。正如加缪在《局外人》中所说，真正的病是衰老，而衰老是治不好的。一朵美丽的花，它的归宿是枯萎，凋谢，消逝。

夏尔·波德莱尔在《恶之花》中告诉我们，死亡是一切的终结，但也是新的开始。死亡是唯一的归宿，唯一的慰藉。尘土，终究复归于尘土。我们每一个人都终将化为灰烬，与大地融为一体。我们唯有怀着"向死而生"的态度坚强地活着，在绝望中寻找希望。

母亲出殡前一晚，漆黑的夜晚被彤红的火焰点燃，我们围着火堆跪着，火越燃越烈，火焰腾空而起，哭声像激烈的潮水般淹没寂静的村庄。燃烧的火焰像肆意绽放的花，盛开在我心间，不停地吞噬着我的身体。火花像凶猛的洪流一样向我气势汹汹涌来，我不停地挪动膝盖将身体往后移。火星从火堆中涌起，紧接着像雪花纷纷扬扬从天而降，它们掉落在我皮肤上，烫出一个个水泡，在我身体上留下伤疤，最终变成一朵朵永不凋谢的花儿，伴随我疼痛的余生。

清晨，我把母亲的骨灰盒紧紧地揣在怀里，带她一步步走向墓地。我的身后是一条洁白的送葬长龙，一路锣鼓喧嚣，鞭炮齐鸣，在弥散着一片烟雾的山间，一簇簇花圈正在缓慢前行……

选自《青年文学》2021年第10期

评鉴与感悟

青春记忆，却插满了芒刺。人人都希望自己的成长之路遍植鲜花，然而，命运不可选择，我们要做的是坦然接受它所馈赠的一切，包括那些带血的印痕、无由来的恐慌和抹不掉的悲伤。

母思阿巴

/王爱

古道溪人相信，假如没有这场大雨，天地之间没有任何力量能带走母思阿巴。

牧羊人母思阿巴站在对面的山崖上，容色平静，没有悲喜；形单影只，与牛羊为伴。他挥舞着长长的牧羊鞭，为了管束不听话乱跑或者偷吃庄稼的羊群，会扬鞭大喝一声。古道溪人听到后，抬眼望望，照旧坐在门槛上抽烟歇息，或者低下头来喝碗中飘香的洋芋汤。直到有一天母思阿巴不在了，他们仍然会时不时听到山里传来一声大喝，仿佛母思阿巴还在那里放牧他的羊群。

谁在守羊啊，母思阿巴不是失踪了吗？是嘎惹。有人快速答道。嘎惹是个被阿妈收养的孤儿，没有读过书。他喜欢跟着母思阿巴去牧羊，或听白先生讲一些命运纠葛的故事。母思阿巴不见后，嘎惹接过他的羊群，把他的工作当成自己的事情去做。嘎惹性情快活，少有忧虑，他从母思阿巴那里学会了牧羊，也学会了唱山歌，他唱得一点儿也不忧伤。

母思阿巴不是殁于前夜，而是逝于黎明。那是一场没有预报的大雨，突如其来。在黄昏时降落，使黑夜变得如此漫长。雨水如注如倒，从两边的高山上以雷霆万钧之势，异常凶狠地扑向古道溪，灌满整个河道。洪水在狭窄的空间里左奔右袭、咆哮怒吼。犹如困兽，为挣脱禁锢之地，整整折腾一个晚上，直到带走人命才偃旗息鼓。

这场悲剧似乎早有预兆，洞山菩萨通过嘎惹来展示给众人。

独居的白先生一大早就已知晓，河流正在绞杀他的邻居。他站在堂屋前湿漉漉的青石台阶上，盯着对面的青峰白壁发愣。那山崖被水洗了一夜，青的地方更加青，白的地方愈加白。过路的人取笑他，白先生，雨中参禅啊。白先生眉头皱起，嘴巴抿紧，呈现出山民端详不透的孤傲。只有童真浪漫的稚子才能让他稍露玄机。白先生，你在看山里的神仙吗？白先生目光幽暗，喃喃自语，微微叹气。我在看那多出来的东西。母思阿巴走了。说罢，白先生转身，也进屋了，留下不明所以的懵懂嘎惹。

嘎惹略微不安，他在雨水的伴奏中翻来覆去睡不着，天要亮时，才短暂地合一下眼，很快就被突如其来的噩梦骇醒：他跟阿妈在洞山拾捡柴火，又渴又饿，浑身疲倦。困顿的他顺势坐了下来，四下一看，周围的场景变幻莫测。峡谷底是一个巨大的湖泊，看起来是洞山水库，湖水碧幽清澈。一个人躺在湖底，一动不动，脸色苍白，眉眼紧闭，嘴唇乌青。他是死了吗？嘎惹突感怖栗，锐声尖叫起来，认出那人是母思阿巴。阿妈显得更害怕，畏惧地转过头去，呵斥嘎惹赶紧闭上眼睛别看。嘎惹却把眼睛睁得越来越大。

身边的人换成了母思阿捏，她正在垂头啜泣，一直哭到呕吐。用双手捂住嘴，慢慢抬起头来。嘎惹猛然发现，原来是母思阿巴在哭泣。阿妈什么时候走了？母思阿捏什么时候不见了？母思阿巴不是在水里吗？他惊疑不定，又看向湖底，母思阿巴还是躺在那里，一动不动。回头看，身边还是母思阿巴，不是阿妈也不是母思阿捏。怎么有两个母思阿巴，一个孤独，另一个悲伤？他迷惑不解。身边的母思阿巴停止哭泣，用手擦擦嘴角，居然冲着他狡黠地笑，好似要变出一个戏法来。嘎惹，你好好放羊，我走了。说完，母思阿巴变成一只巨大的黑鸟，扑扇着羽翅，朝对面的山林飞走了。湖底的母思阿巴像一条原本沉睡的鳝鱼，翻转着身子挣扎两下，也消失不见了。母思阿巴，母思阿巴。嘎惹感到撕心裂肺的疼痛。他意识到这是母思阿巴想要告诉他什么，便伤心地喊叫起来，试图挽留他唯一的朋友。

这个梦让嘎惹惶恐不安，心脏怦怦直跳。他担心母思阿巴，却不敢告诉一心干活的阿妈，她只会骂他胡说八道。他到白先生这里寻求帮助，全古道溪，也只有白先生才有闲工夫耐心温和地对待孩童。可白先生的话让他更迷惑了。他说对面山上多了东西。明明少了点什么。少了母思阿巴和他的羊，还有牛。

母思阿巴和他的羊，还有牛，像三脚岩上悬挂的古老歌谣，终日在石壁上飘荡不绝。每日清晨上山，黄昏时回家。风雨无阻，雷打不动。他在那里时，你不觉得他多余突兀。他不在那里时，你也不会第一时间就觉察出异样。

除了白先生和嘎惹，母思阿捏最先知道母思阿巴不见了。这个老太太是母思阿巴年已六旬的姐姐。自从独居的母思阿巴过完去年的生日后，母思阿捏就时常撇下自己的儿孙和家庭，从五公里外的张母沟来到古道溪，非要陪伴这个比自己小不了两岁的弟弟。

即便这样，也难以避免悲剧的到来。母思阿捏起床后，照常没有看到母思阿巴。她不以为然，往日这个时候，母思阿巴早上三脚岩放牧了。三脚岩就是寨子对面的三座山峰，呈鼎足之势，高高耸立。母思阿捏朝对面望望，没有多想，她开门放鸡放鸭，用脸盆从谷仓里舀出半盆苞谷，撒在坪坝的泥土中，等它们来啄食。母思阿捏在边上安静地看了一会儿这些生龙活虎的家禽，感觉十分陶醉。她用篦子梳头，满头银发纹丝不乱，在脑后紧紧挽起，再用丝帕包好头。做完这一切后，她终于疑惑起来，耳边不断传来羊群的喧哗吵闹声。

从母思阿巴的房子东头直走十米，再拐过一道弯，就是母思阿巴的羊群栖息地。那是一栋废弃的老仓库，前面一大块空地，用结实的木料和山藤捆了栅栏，圈出一片活动区域。此时，母思阿巴的羊群在里面乱成一锅粥。天已大亮，而主人并未按时放它们出圈觅食。羊群集体慌了神，不安分的叛逃者已把一双前蹄架在栅栏的缝隙里朝上攀爬。

饿死鬼的投胎啊，挨千刀的。母思阿捏骂起人来头头是道，毫不客气，更别说骂羊了。她一边骂羊，一边朝河边跑去。河水已消退些许，但从岸边老坎上冲刷的痕迹来看，河水曾经漫上过堤坝。堤坝上摆放着被雨水打湿的草鞋，母思阿捏认出那是弟弟的鞋子。她的心不由得有些发紧。

夏季天热，母思阿巴放牧归来，把羊赶进羊圈后，没有将牛关进栏中，那里闷热潮湿，牛虻密密匝匝，个个疯狂，吸起血来毫不留情。母思阿巴不舍得让牛受苦,在河边为它寻了个阴凉舒适的临时居所。他将拇指粗的长绳子一头系在牛鼻子上,另一头系在河坎上的枫香树上。牛便整个晚上都在清浅的河水中浸泡纳凉,怡然自得。

牛在河边哀鸣,它站在河对面一块略微凸起的地方,退无可退。河水没过它宽厚强壮的脊背,尾巴只能徒劳地在水中划着圈,像驱赶牛蝇一样,费力地弹起,再无力地落下。尾巴制造的动静在轰隆隆的流水声中微不可闻。牛把头高高抬立,洪水在它的脖颈处织了一圈围脖,又打着漩涡快速离去。牛全身毛发濡湿,一双大眼睛泛红,眼泪汪汪地看着母思阿巴。

在古道溪,嘎惹几乎没有心事,平时一挨枕头就能进入梦乡。下雨的夜晚,本来凉爽宜人,异常好睡。但嘎惹躺在床上,辗转反侧。这种鲜少出现的情形让他苦恼,他不知道自己究竟是怎么了。好不容易挨到天要亮时,他才合上眼帘,又从噩梦中惊醒。嘎惹从床上爬起来,没有惊动阿妈。他顾不得拿雨具,就朝河边跑去。在黎明前的黑暗中,除了雨声和哗哗的流水声,四周一片寂静。整个古道溪浸泡在水中,田里的水漫过田埂,路在水下隐约露出模糊的曲线。嘎惹一心想着母思阿巴,他在白茫茫的田野上朝前飞奔,踩得水花噼里啪啦四下飞溅。

有脚的还在,包括河岸两边的水杨柳,根部被强大的水流洗刷得发白透亮,枝叶零落,垂头丧气。还有系在枫香树上的牛,经过洪水一夜猛烈的冲击,显得惊魂未定。此时,睁着一双泪眼蒙眬的大眼睛,看见来人就抬头哞哞叫,无比委屈的样子。无根的都被冲走了,包括堆积的枯枝朽木、扔掉的衣物和食品袋、小孩的尿不湿和杂七杂八的垃圾、烂在河中央的泡桐木、放在河沙上的背篓和农具……母思阿巴千万不要有事,嘎惹的心里闪过不祥的感觉。他浑身发抖,哀求着,不停地祈祷。

牛啊牛,你看见什么了?我看见母思阿巴被水打走了。他戴着斗笠,披着蓑衣,脱掉草鞋,没有任何犹豫,跳下河,奋不顾身地朝我走过来。母思阿巴没有高大强壮的身躯,还没走到河中间,洪水就没过了他的胸部。冲击的力度太大,一个趔趄,他摔倒了。他在水里挣扎了两下,想要站起来,可是还没等站稳,就又倒下去了。人力低微,根本无法与强大的水流相抗衡。母思阿巴的整个身子被瞬间吞噬,只有一双手勉强露出来,在黑沉沉的河面上慌乱地摇晃了几下,很快就看不见了。洪水有滔天之怒,母思阿巴没有方舟可渡。猝不及防之下，搭乘一些枯枝败叶，随波沉浮，在无人觉察之际，去了死门或是未知的远方。

在河边一无所获的母思阿捏并不死心，她从村东头一家家问询，你们看见母思阿巴了吗？人家摇摇头。她就哭喊，这背时的化生子，他一定被水打走了。说完就大哭起来。到了另一家，她又如此问道。一直问到母思阿巴旁边的白先生家。她哭喊起来，白先生啊，倒不是在问他，而是在报信，白先生啊，母思阿巴被水打走了。

白先生讲究生活品质，常常耗费心思侍弄房子周围的花草。他爱用一种细长、韧性极强的草来预测命运吉凶。母思阿巴的羊觊觎他的草，有时候不注意，会越过院坝跑来偷吃。白先生不高兴，虽没说什么，但是脸色阴郁。母思阿巴不费吹灰之力就看懂了白先生的意思。他从此严加管束自己的牛羊，绝不让它们越雷池一步。他自己更是带头执行，再也不进白先生的家门半步。哪怕是过路，也要远远绕开了走。母思阿捏知道弟弟性情古怪执拗，他是绝不会到白先生家里来的。问到这里时，她心里已经肯定了那个结果。不等白先生答复，她就坐在地上号啕起来。

嘎惹一直坐在河边，望着奔腾不息的河水发呆。直到天色大亮，早起的人们四下活动，他才怏怏而归。嘎惹把希望寄托在白先生身上，也许白先生会告诉他，母思阿巴的命运究竟如何。白先生说得没错，对面山崖上确实多了一个什么东西。嘎惹很快就发现，那是一只巨大无朋的鸟，全身黑羽，尖喙利爪，遒劲有力。它贴着崖壁飞翔，倏忽而来倏忽而去。它在那里来回盘旋了二十多下，才慢慢消失在山林之中。只留下湿漉漉的爪印和几根黑色的羽毛。那是母思阿巴的灵魂。白先生已对邻居的命运了然于心。等到母思阿捏寻来的时候，白先生头一回那么认真，他充满同情地告诉母思阿捏，应该沿着河流去找。这会儿母思阿巴应该去得不远，运气好的话，说不定还能留下点什么。

母思阿捏方才醒悟过来，又朝河边跑去。这时候，整个古道溪都知道了母思阿巴的遭遇。上坡的不想上坡，煮饭的无心煮饭，连孩子都不再睡懒觉。大家纷纷放下手中的事情，朝河边跑去。嘎惹跑在最前面，他想起那个梦境，忧惧惶恐，好像都是因为自己做了不好的梦，才给母思阿巴带来如此的厄运。

母思阿巴，母思阿巴……大家沿着古道溪朝下流走着。一边走一边喊。除了哗哗的流水声，没有人听到母思阿巴任何回应。机灵的人带着长篙，遇到河中可疑的东西或者衣物，就用长篙拨一拨。可惜这些都跟母思阿巴无关，他什么也没留下。

母思阿巴真是个傻子。那还用说，他要是个正常人，就不会有此一劫。古道溪人叹息道，认定母思阿巴凶多吉少。他那是泥普萨过河自身都难保呢，偏还要不自量力去搭救牛。牛可比他牢靠多了，哪怕整个身子泡在水里，以牛的体重骨架，河流也不可能轻易把它带走。等到水小了，再去牵牛也不迟啊，牛命哪有人命珍贵呢？只有嘎惹懂得母思阿巴，他一刻也等不了，就算牛不会被冲走，可淋着雨泡着水也不行。母思阿巴自小孤僻，不善于跟人打交道，只喜欢跟牛羊相伴，把它们当成朋友。哪怕为此遭遇不测，他也舍不得让朋友受苦。

抱怨归抱怨，跟一条人命比起来，这都不算什么。古道溪人发了一阵牢骚之后，还是希望母思阿巴没有走得太远，还在某个地方侥幸活着。他们找了整整一天，沿途不断有人加入，到最后，那支队伍已经变得非常庞大。有公路的地方，他们骑着摩托车，速度远远快于流水的速度。没路的地方，他们就慢得多，为了追赶河流，跑得上气不接下气，连话都说不上来。体力好的人走在前面，把体力不好的人远远甩在后面。像跑一场马拉松，队伍开始稀稀拉拉，拖得老长。母思阿捏年老体弱，落在队伍的尾巴上。她几乎挪不动步了，泪水随着脸颊不停地往下掉。后面慢慢地连眼泪也流干了，她茫然而机械地朝前移动，甚至忘记朝河里看。

古道溪河发源于洞山，无数山泉汇聚成潭，在地势低洼处形成水库。水再由堤岸慢慢沁出，随着山势从深涧里摔落下去，朝谷地村寨缓缓流淌。古道溪人收纳涓涓细流，拦河筑坝，形成河道。只有到源头你才会惊奇赞叹，杯碗大的水源地、拇指粗的小溪流，会变成波浪宽的大河，最后入海。古道溪河不足五米宽，却长得没有尽头。

母思阿巴的亡魂不知顺着流水漂向了何处。他们沿着河流寻找，一遍遍呼喊，然而徒劳无功。一个人顺着河流最终去向何处，没有人说得清楚。到天黑时，人们终于跑不动了。古道溪河早已不叫古道溪河了，它也许叫明溪，叫白河，叫大溪，叫漫水，叫酉水。它只是某条大河的其中一个源头而已,后来再叫什么,谁也不知道。那河变得宽敞和缓,变得深不可测,变得神秘陌生,变得险象迭生,变得危机重重。早已远远溢出了古道溪人所知的边界,他们不得不停下来。这时候,连他们自己都糊涂了,到底是在寻找一个丢失的人,还是在追逐一条自由奔放、永无尽头的河流。

对于母思阿巴的失踪,嘎惹比任何人都要伤心。在古道溪人眼中,母思阿巴是个除了牧羊放牛什么也不会的傻子;一个活了五六十年,家产除了一群羊和一头牛外什么也没有的男人。善良的古道溪人同情他,却谁也没把他放在心上。整个古道溪,除了他的牛羊,只有嘎惹跟他是真正的朋友。没有进过学堂的嘎惹,为躲避严厉啰唆的阿妈,整日跟母思阿巴厮混在一起。起先,母思阿巴不理他、冷落他、排斥他。然而嘎惹有的是办法接近母思阿巴,他用孩童的天真良善、质朴热忱,锲而不舍地追随着母思阿巴,最终打动了母思阿巴。嘎惹和母思阿巴互为对方唯一的知己朋友,一个不把对方当作浅陋无知的孩童,另一个不把对方看成痴愚蠢笨的傻瓜。

母思阿捏担心弟弟挨饿受冻,离开自己无法生存下去,即使出嫁多年,她仍时常偷空跑回来照顾母思阿巴。然而,她的顾虑是多余的。母思阿巴喜欢山、痴迷山,除了必要的吃饭睡觉,一直待在山里。很多时候,他连吃饭也不回家,就在山里摘一些野果,挖一些甜草根果腹。山里多的是无穷无尽的宝藏,养活了无数飞禽走兽、花草树木,再捎带养养母思阿巴,毫不在话下。

嘎惹跟着母思阿巴,见识大山的瑰丽神奇,了解许多未知的事物,到达险峻丛生的地方。竹仗草履,蓑衣斗笠。结伴而行,逆溪而上,至山之最深处,终达水之源头。那亦不过浅浅一碗琥珀,盛放在莽荒之地。掬一捧入口下喉,冰肌冷骨。如当头棒喝、灵台清明。周围箭竹遮天蔽日、密不透风。草长莺飞、杂花生树。有枯枝败叶,亦有生机无限。复而上山之巅,则是另一番风景。时有遇见,惊奇感叹,赞不绝口。绝顶凌空处,眼前身后十万大山,匍匐透迤,纵横交错,生生不息,绵绵不绝。它们是远古神祇,又是预言未来的先知。嘎惹在母思阿巴的鼓动下,在山中咆哮了数十声,得以浇心中块垒,顿觉畅快无比。但凭指点江山、激昂文字。耳边有山风呼啸,鼓瑟吹笙。

他们喜欢用手捧山泉水喝,用削尖的竹扦掘葛根,用芭蕉叶包裹烧熟的野红薯，用桐树叶装摘下的野果。他们也玩游戏，闲暇歇息的时候用木棍为蚂蚁搭桥，用细藤为山麻雀筑巢。母思阿巴教嘎惹如何伪造陷阱，如何躲避野兽，如何识别药材，如何攀爬悬崖，如何在雨来时寻找石窟避雨，如何在挨饿时快速找到食物充饥。如果说母思阿巴在山下是一个被人瞧不上眼的傻瓜，山里的他，就是一个无所不能的异人。

  山里的东西随取随用。嘎惹穿着母思阿巴用青竹编的斗笠、用棕叶编织的蓑衣、用稻草秸秆做的草鞋，行走在山冈上。有时候，嘎惹也学着母思阿巴，赤脚走在茂林里。要是踩着草木初生的芽尖，脚底就会传来一阵刺痛。嘎惹痛得龇牙咧嘴，哎哟大叫。母思阿巴却似乎感觉不到痛，对足下传来的动静毫不在意，偶尔还会笑话嘎惹。他的脚底早已有一层厚厚的肉茧保护，任凭沙砾荆棘，也不会被伤害。嘎惹总是兴致勃勃地跟在母思阿巴的后面，对山里的一切事物充满了无穷无尽的好奇心。他有数不清的疑问，但没有什么能难倒母思阿巴。只有在嘎惹面前，母思阿巴才像个智者。尽管大多时候他用沉默作答。

  最让嘎惹叹服的是母思阿巴的山歌。古道溪人到了山里，就一定会唱山歌，渴了饿了累了感到孤独了，山歌是慰藉人心的良药。母思阿巴通常到了毫无人烟的深山里才会轻启喉咙。他从不跟人对唱接唱、比赛斗歌，也从不在有人的地方唱。除了羊群和牛，还有嘎惹，谁也别想轻易听到他的歌声。一副绝妙的喉咙，异常优美的声腔，宽广浑厚的音域。歌声轻轻地滑出来，又轻轻地落下去，像洁白蓬松的云朵，落在羊群身上，飘向山花野草，挂在高高的树颠；像惊飞的鸟，搅乱五彩斑斓的阳光，扑棱棱地撒遍林间；像山涧上悬挂的瀑布，无数耀眼清亮的水珠，熠熠有光，碎玉溅地。像天鹅的羽毛，飘逸温柔，轻轻地淡淡地拂在山神的耳朵和脸颊上……

  母思阿巴唱歌的时候，山林是寂静的，万物有灵，时光静止一般。牛羊傻呆呆地看着主人，忘了低头啃草。嘎惹的心总是变得异常柔软，痒痒的，又觉得十分悲伤，有说不出来的悲伤。他想笑，又想哭。母思阿巴的歌声明明那么动听、那么悦耳、那么轻快，嘎巴却能听出歌声里面的痛苦和相思。那是孤独者的歌声，也许母思阿巴藏着心事，或者装着什么人。嘎惹似懂非懂地想。

母思阿巴在寨子里活得像一个白痴，可在山里，却如鱼得水。好像他把全部智慧都贡献给了大山，再也没有余力应付山下的日常生活。母思阿巴是嘎惹眼中的山里神仙，是山中王者，与山融为一体。嘎惹清楚，母思阿巴就算一辈子住在山洞里，他也会活得好好的，绝不会有性命之忧，永远不会出差错，永远不会有意外，永远过着外人难以揣测的山野生活，而不会戛然而止，而不会骤起变故。连古道溪人也认为，母思阿巴终日与山做伴，天下再也没有别的力量能够带走他。

母思阿巴被河水打走，只是他们的猜测，凭着岸上遗留的衣物，还有河对岸的牛。本来应该最清楚母思阿巴去向的母思阿捏，在面对这场不幸时，甚至说不出任何有力的证据。她睡得迷迷糊糊之际，隐约感到母思阿巴在隔壁的房间里传出来动静。她听到他好像打开了门，准备出去。她强迫中断梦境，含混地问了一句。母思阿巴似乎说了一句关于牛的什么话。下大雨了，去看看牛。牛能有什么事？淋淋雨又不会死。母思阿捏认为弟弟把心思都用在了牛羊身上，真是小题大做，多此一举。她既没有听清楚，也没有多想，翻了个身，很快又睡过去了。此时，在众人的追问中，母思阿捏又着急又内疚，完全说不清楚母思阿巴起那么早，究竟做什么去了。没有照顾好可怜的弟弟，让母思阿捏自责万分。她捶胸顿足大哭，暗暗埋怨洞山菩萨没有保佑母思阿巴。

活要见人，死要见尸啊。母思阿捏拦在众人面前，一边哭泣一边苦苦哀求。大家允诺，会暂时放下手头的活计，再去寻找几天。嘎惹随着众人沿着河流追赶了一天，空手而归。众人都已抱着母思阿巴被河水打走、早就葬身鱼腹的想法。只有嘎惹，连夜返回古道溪后，天将黎明之时，心中又燃起新的希望。

第二天，依然没有发现母思阿巴的任何痕迹。众人倦怠疲惫，只是沿着河流默默行走，像为了应付自己的良心而在例行公事。只有嘎惹一直在喊，喊母思阿巴，喊老汉，你在哪里，你快回来。起先，嘎惹喊不出口，觉得羞怯难堪。好像这么一喊，他跟母思阿巴之间隐秘的友谊就会大白于天下，会遭受轻视和嘲笑。可白先生说，喊魂要使劲，这样才会让母思阿巴迷途知返。随着河流走远了，他的魂魄也许再也找不到回家的路。到这时，嘎惹也顾不上别的了，他越喊越动情。喊到后面，已经忘乎所以。嘎惹的声音那么凄切悲怆，远远超过了一个孩子可以承受的悲痛程度，让听的人肝肠寸断，让那些心慈良善的古道溪妇人跟着落泪。

嘎惹回想起过去种种，不禁泪流满面，哭得喘不过气来。他在喊父亲，把母思阿巴当作父亲来喊。嘎惹发现自己那么热爱依恋母思阿巴，像热爱依恋一个父亲，虽然他从没有见过父亲。母思阿巴走了，就是父亲走了，他又变成了一个孤儿。当他受到别人欺负了，哪怕是喂养他的阿妈打骂他了，母思阿巴往往会从黑暗中冲出来，像一头野牛，像一匹雄狮。他单薄瘦小、稍微驼背的形象，鬼鬼祟祟、悄无声息的样子顿时变得光芒万丈，变得高大豪迈，变得英雄气概。母思阿巴跟嘎惹想象中的父亲一模一样。

一个好端端的人怎么说不见就不见了呢？更何况那个人是母思阿巴啊。嘎惹望着河流两岸巍峨高耸的古道溪群山，痴痴地陷入幻想之中。他失魂落魄，不吃不喝、不声不响地坐在河边，抚摸着母思阿巴的草鞋，看着早已平息了怒气、缓慢流淌的河水。他从母思阿巴被水卷走后就开始幻想，他看见母思阿巴一次次被水撞倒，又一次次从水里站起来。母思阿巴走向他，湿漉漉地走向他，笑容满面地走向他。

在母思阿巴失踪的地方，母思阿捏听从有心人的建议，将一些零碎的纸币撒在路边，盼着贪财的人捡去。但是，撒在地上的钱一般没人要，连小孩都知道，那钱带着祸患，看见了都远远避开。母思阿捏天天夜里悄悄去查看，那些钱还在那里，和着雨水香火灰，冷冷的。她就特别失望，长长叹气。这是做缺德事，但为了弟弟母思阿巴，她就违心去做。她做的时候很心虚，除了自己，其他人都不告诉。偶尔，在原处没看到钱，她就一阵狂喜，以为母思阿巴终于解脱厄运，回归他喜爱的山林了。但一会儿她就知道白高兴了，心情一下来了个大转换。那钱只不过被可恶的风吹到另一个地方而已。没人傻乎乎去捡厄运，除非那人不知道。母思阿捏明白这些，也没指望古道溪人去捡。她把钱撒在路口，装作无意丢失的样子，盼着有外乡人路过。把厄运转嫁给陌生人，她的心里会好过点。

古道溪人心知肚明，知道母思阿捏在装神弄鬼。只有嘎惹很想去捡那个钱，他头一回那么长时间没有见到母思阿巴，而且他知道，以后也见不到了，永远也见不到了。他太想母思阿巴了，太想知道关于他的任何信息。为了母思阿巴，他愿意去捡那些纸钱，哪怕厄运缠身，他也愿意。只是嘎惹刚一转动念头，就被阿妈看出来了。她没有再像往日那样打他骂他，只是放下农活，坐在家里对嘎惹严加看管，甚至禁止他走出房门。白先生也不赞同嘎惹的想法，他认为那不是一个好主意。母思阿巴既然走了，活着的人就该放下他的一切，继续好好活着。

  母思阿捏见钱打发不走，就想到了另外一个办法，把母思阿巴的斗笠、蓑衣和草鞋摆在路口焚烧，一边烧一边流泪，唤着母思阿巴的小名，说着一些哀求思念的话。据说这样做很灵验，亲人的苦苦诉说会随着灰烬化为青烟，找到四处飘荡的亡灵，好叫母思阿捏依靠冥冥之中的线索得到弟弟的下落和归属。但是毫无用处，母思阿捏没有得到亡者的任何信息。她不死心，访仙寻佛，烧香问卦，甚至连洞山菩萨都被她搅扰了好几次。母思阿捏尝试着一切有用无用的方法。直到最后，白先生制止了母思阿捏那些荒唐的行为。失去弟弟的母思阿捏终于病倒了，她伤心地离开了古道溪，回到自己家中。她把母思阿巴的羊群交给了嘎惹，只带走那头无辜的牛。

  没有人可以永生，除非他是神仙。看到伤心不已的嘎惹，阿妈把他抱在怀里轻拍着，头一回如此温和地安慰他。为了嘎惹不再痛苦下去，阿妈以老迈之躯，亲自带着糍粑和煮熟的猪脑壳，攀爬了大半天，前去洞山拜祭菩萨。白先生大方地打开了坪院的篱笆墙，似乎不在乎嘎惹的羊群会不会去吃他的草。他只是告诫嘎惹既不要轻易再去出事的河边缅怀朋友，也不要对母思阿巴的远行感到悲伤和遗憾。

  白先生的话往往让人信服，嘎惹认为自己应该振作起来。母思阿巴性情古怪、内向自闭，从不跟人打交道，更是一辈子都没有走出过古道溪。假如死亡真要降临在每个人身上，就算是母思阿巴也逃不过。那死于水中，让河流带去远方，虽然是一件痛心难过的事情，却也是命运对母思阿巴最好的安排。不是古道溪人抛弃了母思阿巴，而是母思阿巴逃出了古道溪，这一生第一次离开古道溪。他离开得那么干净彻底，那么迫不及待，甚至在梦里，才想到跟唯一的朋友告别。

  母思阿巴失踪后，嘎惹一连三个晚上梦见白先生说的那只鸟，那是一只他从未见过的黑色大鸟，似乎在母思阿巴走之前的那个夜晚他曾经梦见过它。鸟的眼睛似曾相识，既深沉又忧伤，欲言又止，欲说还休，像洞山里温柔的湖泊，给他一种熟悉又陌生的感觉。鸟在嘎惹的床前盘旋，似乎在叫唤他：嘎惹、牧羊，嘎惹、牧羊。他知道，母思阿巴放心不下自己的羊，特地来托梦给他。母思阿巴，你去了哪里？我们到处找你。我去了远方，去了一些从没到过的地方，去旅行，我这辈子还没出过门呢。嘎惹浑身一激灵，猛地惊醒过来。

作为母思阿巴的朋友，嘎惹接下了远行者一直在做的工作，依样去做母思阿巴做过的每一件事情。他在重复做这些事情的时候，怀念着朋友，觉得非常满足。一个可有可无的人，一个没有上过学也没有打过工的人，最终成为一个让古道溪无法忘记的人。要说嘎惹有什么梦想，那就是成为母思阿巴，活得坚韧和顽强。幕天席地，餐风沐雨，占山为王。除非死亡，天地之间，没有任何力量能让他离开古道溪。

嘎惹永远记得母思阿巴第一次教他认识故乡的场景。他们站在山脚岩上最高的地方，俯瞰古道溪。两边群山绵绵，清浅河流绕村而行。林野杂陈，阡陌纵横。青瓦木房，柴扉对望。白鹅黑狗，鸡犬相闻。绿竹掩映之下，房屋参差其中。山水清新得宜，黑白勾勒，雅致脱俗。夜雨泼墨点缀，纤秾合度，明妍灵秀。炊烟婀娜，晨雾升腾。早起的农人扛着锄头没入山林，出栏的鸭群争先恐后扑进水塘。飘忽的云影中，有白鹤展翅翩跹起舞。羊颈上垂挂的铜铃，随着一声鞭响，叮叮当当坠落一地。

现在，嘎惹孤身一人站在同样的地方，努力适应着没有母思阿巴的生活。他将沿着远行者的命运轨迹，终生守护古道溪，守护家园。

选自《芙蓉》2021年第3期

评鉴与感悟

一个女人的悲剧，作者借文字为其安魂。

时间城堡

/向迅

一

妹妹毫无征兆地出生了。

新年之后一个春寒料峭的晚上,我和哥哥已经睡觉。三声婴儿的啼哭,把我们从梦中吵醒。那啼哭声,像夏日的花瓣一样绽开。夏日攀在篱笆上的喇叭花,握着紫色拳头的喇叭花。我们从床上坐起来,趿拉着母亲做的灯芯绒布面鞋子,摇摇晃晃地走向楼梯口。灯光刺眼。

我们不知道发生了什么事情。

是谁在啼哭?我们吐出来的话像是梦中呓语。我们虽然醒来,可仍有一部分停留在长长的梦境里。我们只是从梦境里探出了脑袋。这个脑袋里装满了疑问。也有可能是沙粒。偶尔晃动脑袋,沙粒在里面沙沙作响。沙粒碰撞着沙粒。

妈妈给你们生了一个妹妹。祖母冲着我们探下楼板的脑袋说。妈妈给你们生了一个妹妹。父亲把祖母的话重复了一遍。他们的话,用金色的喜悦之水浸泡过。他们的嘴巴,也用金色的喜悦之水浸泡过。他们的脸庞也是。像喝了玉米烧酒。

父亲更像是中了头彩一样高兴。他欢快的脚步声像是在唱歌。他一定在偷偷唱歌。用牙齿唱,用舌头唱,用眼睛唱,用鼻子唱,用耳朵唱,用手指唱，用脚趾头唱，用肩膀唱，用头发唱，用变得轻盈的身体唱。

父亲一直盼望生个女儿，而女儿在这个晚上来了。

"我们要和妹妹一起睡。"

"今晚不行。"

"就要今晚。"

"不行。快点睡觉去。"

我们重新钻回被窝。被窝里还冒着热气，好像我们根本就没有离开被窝。可脑袋里的疑问还没有散去，疑问像雾。乳白色的大雾，总是从河谷里漫上来，伸长脖子，张开嘴巴，吃掉村子里所有的房子和成片成片的玉米地。

我们不知道母亲怀孕了。我们没有发现任何异常。白天，我们沉浸于陌生世界的缤纷色彩和游戏制造的喧哗与浪花之中。夜晚，我们纷纷长出巨大的翅膀，在村子上空练习飞翔。只有在午饭和晚饭时间，我们才见到母亲。

生你的那一天，我在麦地里割了一天麦子。麦芒针尖一样扎手。那天天气很热。汗珠子在我的脸颊上，雨水一样往下滚。我的眼里进了盐，咸得我涌出火辣辣的泪花。我的嘴角也进了盐，咸得我不停地吐口水。母亲后来对我说。

生你的那一天，我上午到水井里挑了好几担水，直到水缸装不下更多的水。下午在厨房用筛子筛了一大堆煤灰。煤烧完了，我们不得不从池塘挖来黑色的淤泥，把和着淤泥的煤灰捏成煤球。母亲后来对妹妹说。

妹妹出生的第二年，四婶给我们生下一个弟弟。过了两年，五婶给我们生下一个弟弟。过了两年，四婶又给我们生下一个妹妹。过了两年，五婶又给我们生下一个弟弟，六婶给我们生下一个妹妹。过了两年，七婶给我们生下一个弟弟……

婴儿不停地出生。可在他们出生之前，我们没有一次发现异常。母亲们像以前那样，出没于厨房、猪圈和玉米地之间。她们的双手蘸满草绿色的汁液。她们围裙的纹路里浸满油烟味。她们的衬衫上游荡着汗臭味。她们从来没有去过医院。她们很少走出荨麻在路边投下阴影的村子。她们到镇上去一趟，都像是过节。

"我们从哪里生出来的?"

"你们猜?"

"从肚脐眼里吗?"

"是的。"

"从胳肢窝里吗?"

"是的。"

"从耳朵里吗?"

"是的。"

"从鼻子里吗?"

"是的。"

"到底从哪里?"

"从小溪边捡来的。"

"你骗人。"

"从牛屎堆里扒出来的。"然后是一长串咯咯咯的笑声。父亲也跟着笑。他们的笑声缠绕在一起,像一条正噼里啪啦燃烧的绳索。

我们的眼睛开始变绿。

我们的哭声从胸口上升到嗓子眼。它们像冰凉的井水,在喉咙里咕噜咕噜响。

但我们闭紧了嘴巴。于是,牙齿咯吱咯吱作响。

我们感到被遗弃。

我们的肩膀和胸脯慢慢垂下来。

整个世界慢慢垂下来。

我们的耳边又响起一串咯咯咯的笑声。

另外一条噼里啪啦燃烧的绳索。

当妹妹也被这个疑问所困时,我们口径一致地声称:"你是从溪边捡回来的。"妹妹挥舞着小手据理力争。她小小的脸庞,因为激动而涨得通红。在母亲口中得到同样的答案之后,她开始伤心地哭泣。她把变得苍白的脸庞扭向一边,不再理会我们。一连好几天,她都不同我们说话。

村子里的每一个孩子,都是从小溪边捡回来的。

二

雨天，孩子们都喜欢在屋檐下玩雨伞，灰色雨伞、红色雨伞、紫色雨伞、方格子雨伞、长柄雨伞、短柄雨伞。我们站在湿漉漉的走廊上，把雨伞举过头顶，旋转着手中的伞柄。珍珠做的帘子扑打在旋转的雨伞上，也跟着旋转。一朵"雨伞之花"在我们手中绽放，透明而又无辜的雨水，在晕眩中被带到更远的地方。雨脚在地上碎裂。易碎的雨脚，是童话中穿在公主脚上的水晶鞋。

这是不被允许的。雨季来临的时候，墙壁上的石头渗出指肚大的水珠。石头在流汗。潮湿的地面，拧得出水来。潮湿的空气，拧得出水来。桌子的腿和脚、椅子的腿和脚，都爬上了灰色霉斑。霉斑也有生命，也有腿和脚。干瘪的玉米里长出飞蛾和棉虫，胚胎那里是一个虫眼和一串令人恶心的粪便。我伸出手抚摸自己的腮帮，里面多出两颗难以忍受的虫牙。看不见的蛀虫，日夜折磨着我。

大人们不允许孩子把更多的雨水带进房间，因为雨水会带来霉运。不允许在室内把打开的雨伞罩在头上，"如果那样做，头上就会长癞子。你们看看村子里的那些癞子，有多丑。"大人们总是这样警告我们。可是趁他们不注意的时候，我们总是会飞快地打开雨伞，怀着隐秘的兴奋与恐惧，把它罩在头上，然后又飞快地把它收拢，看看是否真的会长出癞子。夜晚来临，我们感到头皮发痒。我们担心的事情正在发生。爬满床铺的恐惧和噩梦让我们感到痛苦。可是第二天，我们就将这件事情忘记得一干二净。

不允许下雨的时候在室外玩耍。一场暴雨离村子还很遥远，我们就被母亲唤回家。"下雨的时候，不要到外面去玩，小心感冒。"可是大雨真正到来时，我们总是会打着赤脚飞奔到院子里的两棵女贞子树下。我们喜欢在树冠下躲雨。我们喜欢凉飕飕的雨珠子猛不丁地落进我们的脖子。我们喜欢把双脚踩进充分发酵的泥巴里。我们喜欢泥巴从脚趾缝里像泥鳅一样钻出来。我们喜欢揪出泥团，制作各式各样的面包、坦克和汽车。太阳重新露脸时，让它们接受高温的炙烤。

不允许到溪边去。野蛮的牛群，在溪涧里咆哮。轰隆轰隆的响声，像战争片里坦克的履带碾过村子。据说原来那是一条很小很小的小溪，名副其实的小溪。我出生的那一年，雨季尤其漫长，山洪暴发，无数巨石，在电闪雷鸣中，从天上滚落而下。它们撞开小溪的皮肤，粗鲁地奔向山脚的大河。小溪从此变成深涧。

有人在那里丢失过一只鞋子，也有人在那里丢失过魂魄——一条黑皮肤的蟒蛇吸走了他的魂魄，他开始胡言乱语，颠三倒四，整日整夜圆睁着眼睛，然而眼神空洞，直至巫师把他的魂魄重新召唤回来。

还没有孩子和羊群被暴涨的洪水冲走的先例。但是大人们总是担心自己的孩子和羊群会被洪水冲走。他们禁止我们在雨天靠近那条小溪，也禁止我们在雨过天晴之后，赶着羊群跨过那道还没有瘦下去的洪水。

我们对洪水的恐惧，来自大人们的"禁止"。

不允许到森林里去。森林里有野猪，野猪吃人。它们闪着寒光的獠牙比镰刀还要锋利。森林里有蟒蛇，蟒蛇也吃人。它们用又长又粗的尾巴缠住你的脖子，让你无法呼吸。如果你反抗，它们就把你捏碎。它们捏碎你，就跟捏碎一颗鸡蛋那么容易。森林里有魔鬼，魔鬼会障眼法，让你大白天的也会迷路，永远走不出黑色的森林。有的时候，成精的藤蔓植物，也会趁你不注意时，猛不丁地伸出无数只手，把你困住，然后一口一口地把你吃掉，连骨头都不吐。

可是森林里也有甜甜的野枇杷和野葡萄，有酸酸的野樱桃和野山桃，有多籽的八月瓜和九月红，有会把嘴唇和双手都染成紫色的桑葚，有被蛇吐过唾液的悬钩子和覆盆子，有全身布满红点花纹的虎杖，还有大片大片的鸢尾花和老鸹叫。

有一次，我在森林里被一片望不到边际的老鸹叫迷住了。

它们是那样美，美得我不敢呼吸。每呼吸一次，它们就变得更美。这么美的花，为什么要用丑陋的老鸹为它们命名？老鸹在村子上空叫来叫去的时候，老人们就会彻夜难眠，他们担心自己一旦闭上眼睛，就再也醒不过来。因此，他们禁止孩子学老鸹叫。"不要学老鸹叫，否则嘴巴会变臭。"他们总是这样吓唬孩子。

它们是那样美，美得我不敢挪动脚步。每挪动一步，就会踩碎其中一朵。我不想踩碎它们。我知道它们也会喊疼，只不过它们的声音太细弱了，我们听不见。它们也会流血，只不过它们的血液是绿色的，我们不认为那是血液。

我忽然感到害怕,害怕那些花会张口说话;害怕那些花是魔鬼变的;害怕那些花会伸出长满触须的手臂缠住我的脚。我不顾一切地奔跑起来。它们在身后以同样的速度追赶着我,嗡嗡嘤嘤,喧哗不已。当我因为更大的恐惧停下来,猛地转过身去时,它们又安静下来,无辜地注视着我。

我的鞋底被染成了草绿色。我还打碎了许多无辜的露珠。我感到罪恶。我高昂脑袋,望着头顶的天空,请求宽恕。可是被树冠遮挡的天空,空无一物。我不知道向谁请求宽恕。于是,我俯身摘了一把老鸹叫,让它们绚丽的色彩陪伴我。

后来,我才知道老鸹叫又叫曼陀罗。这个曼妙的名字,才配得上它脆弱的美。

不允许大清早说梦。不然美梦会破碎。

不允许下午剪指甲,也不允许下午梳头。不然记性会越来越差。

不允许晚上照镜子。不然会噩梦缠身。

不允许深夜吹口哨。不然会招来鬼。

三

疯狗在村子里横行。它们像受到刺激的酒鬼一样四处狂奔乱叫,它们毛茸茸的长嘴边缘淌着令人恶心的涎水。它们的眼睛是直的,视线是直的,耳朵也是直的,它们白森森的牙齿,能够撕碎村子里所有坚硬的东西。如果不幸被它们咬一口,你就会和它们一样汪汪汪地狂叫不已,最后不得不在痛苦中死去。

每天下午集合放学的时候,校长都会站在长长的队伍前再三叮嘱,"一定要避开那些狗"。他大声说话时,飞沫从他的嘴角喷溅而出,雾一样游走在第一排学生的脸蛋上、脖子里和回忆里。校长拥有一口铁锈色的牙齿,一张方方正正的脸。他下巴上的胡须,从来没有刮干净。他嘴中的故事,从来没有结局。

人贩子在村子里横行。他们披着善良的外衣,口袋里装着花花绿绿的糖果。只要发现落单的孩子,他们就会亲热地迎上去,掏出糖果递到孩子喜欢甜食的嘴里,然后趁孩子失去意识时,把孩子拐走。孩子再也见不到自己的父母。他们经常对孩子说，你不是我们亲生的，而是从马路上捡来的。

器官贩子在村子里横行。他们披着善良的外衣，口袋里装着花花绿绿的糖果。只要发现落单的孩子，他们就会亲热地迎上去，掏出糖果递到孩子喜欢甜食的嘴里，然后趁孩子失去意识时，掏出刀子，剜出孩子漂亮的眼睛，桃子般大小的心脏。许多天后，人们将会在荆棘丛中发现一具孩子的尸体。

每天下午集合放学的时候，校长都会站在长长的队伍前再三叮嘱，"一定不要吃陌生人的糖果"。他大声说话时，飞沫从他的嘴角喷溅而出，雾一样游走在第一排学生的脸蛋上、脖子里和回忆里。校长拥有一口铁锈色的牙齿，一张方方正正的脸。他下巴上的胡须，从来没有刮干净。他嘴中的故事，从来没有结局。

没有疯狗、人贩子和器官贩子在村子里横行的下午，校长就会把我和另外几个同学请到长长的队伍前，让全校师生认识我们，记住我们，议论我们，孤立我们。校长咳咳嗓子，再三叮嘱，"明天一定不要忘了缴学费"。他这样说话的时候，飞沫从他的嘴角喷溅而出，雨水一样游走在我们的脸蛋上、脖子里和回忆里。

我的回忆里，确实是一场又一场冰凉的雨水。我站在雨水中，脸忽冷忽热，像风干的牛皮一样紧绷。我不知道该把双手放在哪里，把双脚放在哪里，也不知道该把窘迫的目光放在哪里。我只好低着头，盯着自尊心受到伤害的鞋子。

我的鞋子里，藏着十个小矮人，它们并排躺在一起，一动也不动，却被细密的汗水打湿了脸颊。其中一个，就要拱出黑色的宫殿。

我的鞋子里，还游动着许许多多条鱼和许许多多的水草。母亲用红绿两色丝线绣在鞋垫上的鱼和水草。我走路的时候，它们咕噜咕噜地吐着气泡。

校长每天都起得很早，然后背着双手在空旷的操场上散步。早到的学生见到他，都会面露羞涩地停下脚步，毕恭毕敬地叫一声："校长好！"他把双手抱到胸前，笑眯眯地点点头。他给我们上数学课。每堂课，他都会留下十分钟，给我们讲故事。孙悟空三打白骨精，鲁提辖拳打镇关西。美妙的十分钟。

我们听得入了迷，忘记了他铁锈色的牙齿，忘记了自他的嘴角喷溅出来的飞沫，也忘记了那些不愉快的下午。我们希望所有的课，都是数学课。我们还希望所有的那最后十分钟，都能变得无限漫长，秒针永远抵达不了终点。

有一天，校长心血来潮，把我们班分成两个片区，每个片区又分成两个组。这样，每个同学都有了自己对应的新身份：班长、副班长；片长、副片长；组长、副组长；中队长、小队长；语文课代表、数学课代表、美术课代表、音乐课代表……

校长点名让我回答问题。我支支吾吾，面红耳赤。他问我在班上担任什么职务。我低声回答，副片长。"副片长？谁给你封的官儿？我看你就是个骗子。"他这样说话的时候，那口铁锈色的牙齿格外醒目，也格外丑陋。

校长忘记了几个星期以前的事。我再也不想听他的故事。

选自《与父亲书》，北京十月文艺出版社2021年6月

评鉴与感悟

血浓于水。修辞难掩其痛，其哀。都说往事不堪回首，殊不知，回首恰是最好的自我救赎。

二月二晴

/王选

二月二晴，黑霜煞一层；
二月二下，庄农搭一架；
二月二阴，麦子起身齐崩崩。
——民谚

关于这些节气的民谚，老人们是熟稔于心的。一些祖祖辈辈留下的口诀，在心里，念叨久了，像珠子，就打磨得温润光滑了。

这一年的二月二，天晴。田野肃杀，村庄瑟缩。黑霜，落了一层。真是黑霜，如薄刃，把枯草割倒，把新苗撂翻。合着那暗淡的天色和灰旧的洋槐林，虽是晴天，但似乎整个上午都在暮色中恍惚。过了中午，刮了一场东北风，掀翻了几个麦草垛，天清亮了些许。

在秦源，冬天只吃两顿饭。早饭和午饭并到一起，十点多吃。多是馓饭、拌汤、洋芋菜之类。下午做饭早，五点就吃罢了，多是面条，浆水的、醋的，来来去去就这两种。打了春，到了二月，天气虽长了，但吃饭还依着这个点，直到二月底，下地种秋田。

早一顿晚一顿，下午两点，人就有点肠肚空空了，都要搜寻着吃点，垫垫肚子。乡下人，没冰箱，无零食，除了馍馍，就没别的了。多数人，捞半碗酸菜，撒上盐，舀一疙瘩油泼辣椒一和，端半片干馍吃起了。

正当人们蹲在门槛上酸菜下馍馍时，村里响了一串鞭炮。人们扯着耳朵听了一会儿，没动静。还愿、安土、待客、入烟、恭贺，或者小孩瞎玩，反正村里人大大小小的事都会放串鞭炮的。鞭炮响后，人们又弯着头吃馍馍。

赵喜森去商店买烟，回来后说赵孝贤大大（父亲）贵禄老汉上吊了。

啥？上吊了？

我刚去买烟，在商店碰上孝贤买鞭炮，我问干啥用，他说我大大吊死了。

啊，早上我还刚看见他穿得新新的，在梁上转呢，咋就上吊了。

我昨天还在集上看见他啊，好好的人啊。

很快，贵禄老汉上吊的消息在村里像风一样刮过，四散开来。大门口多了一堆闲人，压着声音议论着贵禄老汉上吊的事，猜测着寻短见的原因。上了年龄的妇女，心软，絮叨着别人的生死，联想到自己的苦衷，泪花儿就扑簌簌滚落在满是皱褶的脸上，便打发自家的老汉去给贵禄老汉烧纸。老汉们猫着腰，裹着结满垢甲的棉袄，揣着香蜡纸票，去了贵禄老汉家。

在秦源，一个人走了，叫下场了。好像人一辈子就是走个过场，到地了，就该下来睡进黄土里了。或者说，人生就是一场折子戏，属于你的部分，演罢了就该下场，让给别人了。这么说着，都是凉透心的事。

村子里隐隐传来稀稀拉拉的哭声，在黑霜消融的褐色瓦片上，一层层流荡，水滴一般，落入屋檐，消弭了。这自是贵禄老汉子孙的哭声，后半生寂苦的老人，用死亡终于换来了一场热闹，然而这热闹，却如黑霜般凄冷。

前去烧纸的老人，帮着赵孝贤料理贵禄老汉的后事。在秦源，死亡是一件比出生都重要的事，满月可以不过，但死后丧事的办理，必须依着规程和习俗，不敢疏忽。在老人的指点下，由父母双全的人用柳枝夹着白布，给贵禄老汉沐浴擦洗。然后是出殃和招魂，这些由懂规程的老人做。先轻轻拂合口眼，后抬至正堂供桌，再用白纸掩面，麻线绕脚，水被盖身，冥票为枕。然后就是烧倒头纸，献倒头饭，烧落草纸，点明路灯。再用白纸写上贵禄老汉生卒年月、姓名等，制作牌位，供于正堂一角。

随后，还要报丧。由村里亲友带着贵禄老汉的孙子赵四平，到村里人家磕头报丧，邀请前来帮忙办理丧事。在秦源，村小，有个红白事情，都是全村人出动，即便如此，也常常感觉人手欠缺，还得由主人家去邀请亲戚帮手。在给村里人报丧的时候，赵孝贤给老大赵孝忠打了电话，通报了家父去世的消息，至于死因，闭口未提。

在孙子赵四平口里，人们知道了贵禄老汉上吊的细节。

早上，贵禄老汉从衣柜里翻出一身新衣裳。那还是好多年前贵禄老汉过七十岁生辰，自己到镇子上花钱缝的。那时候，镇子上还有一家裁缝店，生意落寞，门可罗雀，唯有靠给老人缝制衣物维持生计。贵禄老汉扯了布，在裁缝店，量了尺寸，照着体形做的。在箱底，一压就快十年，一直没有机会拿出来穿。上衣，绸面，黑里透着暗红，印有淡淡的杯口大的福字。暗黄里子，疙瘩纽扣，对襟。裤子是青布裤，显得略宽。或许是这些年瘦下来的缘故，在缝时，想必是合身的。鞋是圆口青绒布鞋，白布千层底，麻绳一针一针纳的。鞋帮镶了黑边，阵脚也细密有致。鞋是贵禄老汉的老伴活着时趁眼睛亮，能瞅见针鼻孔，一针一线做的。贵禄老汉穿着新衣裳，在村里走了一圈，又踩着霜到自己耕种了一辈子的地里转了转。那时天麻麻亮，村里没几个人出门，有碰见的，还以为老汉穿这么新，是去走亲戚，没有在意。

一个老人在初春的严霜和寒冷里，把曾经熟悉而早已昏暗的往事翻出来看了看，他内心装着什么样的心绪，没有人知道。或许是不舍和怀念，或许一切早已经淡然。仅仅是看看，连告别也算不上。因为这一眼看过，就无来生了。此刻，那些熟悉的乡邻，还在尘埃深处做梦。

那些土路巷道，还揣着昨天的足迹。那些山野，还在暮色中蜷曲。那些土地，深埋着他耕种收割的脚印、汗水、血滴，可几十年过去了，它们在泥土里依旧没有发芽。

他一生去过的地方不多，最远去了一趟西安，那还是农业社时期，他是大队的保管，去西安背新品种的胡麻籽。也是来去匆匆，都没顾上看兵马俑。这是个遗憾，他念叨了一辈子。然后就是几趟天水城，看病去了三次，孙子结婚去过一次。剩下的地方，也就仅是西秦岭这一带了，来来往往地走动。

年轻时，他可是个精明能干的小伙。人干事心细、守信，后来当了大队的保管。一当十年，队里的大小物件、粮食作物、衣料布匹等全由他保存管理。保管是个得罪人的事，那时困难，缺衣少穿，有要有偷。卡得太死，遭人唾骂；管得太松，没了秩序。所以，有些时候日子难过，他总是偷偷想法接济一点。也就这样，人缘好，村里人都敬重他，走到哪，都把他往上席放。他也是个爱热闹的人，哪里有人往哪里钻，人堆里，出主意，谋点子，或者讲走西秦岭一带听来的逸闻趣事。平时还组织了一个秦腔散班子，六月天，割麦、打碾，忙得天旋地转，累得皮失板散，晚上回来后还要和几个酒友凑一块，唱一段心里才舒坦。他就是这么个人，热闹惯了，也被人尊抬惯了。

　　二十二岁时，娶了个媳妇，难产，孩子和大人都没保住，殁了。后面，村里人又给她穿掇一个村子南边林区的，殁了男人，带着男娃，就嫁了过来。过来后，又生了一个儿子。带来的那个，老大叫孝忠。后生的这个叫孝贤。女人踏实，是个料理庄农、拉扯娃娃的好手，两口子都恩爱。小吵小闹也有，两个人，一个锅一个勺，哪有不磕碰的。但大吵大闹几乎没有。两个人，都是明白事理的人，你有气，我让一句，你发火我躲一会儿，多大的事也就消融了。两口子，就这样相濡以沫地过了一辈子。

　　村里人还从赵四平口里得知，贵禄老汉早上转了一圈回来后，就到懒球屋里去，让懒球给他剃一下头。懒球有个电推子，据说还是从城里捡的，回来后捣弄好，负责着一村老汉们的脑袋。年轻人都在外面花钱烫染，弄得跟翻毛鸡一般。中年人到镇子上，掏个五元钱，修修剪剪。老人们，一是去不了镇子上，二是怕花钱，也就由着懒球拾掇了，反正短了就行，像地埂上的草，割干净就了事了。懒球说，贵禄爸，这么冷的天，你剪头就感冒了，再等几天吧。贵禄老汉搔着雪白的头发说，没时间了。懒球也没理解这话啥意思，他是懒人，懒得去想。他搬了一把折了一条腿的板凳，摆在院子一角。一束十点半的阳光翻过土坯墙，冷冷地落在凳面上。贵禄老汉坐定，懒球提着电推子，在他头上收割开了。剪毕，懒球伸着脖子把贵禄老汉脖子上落下的雪末子一样的头发渣吹掉，又用干毛巾擦了擦。贵禄老汉摸了摸后脑勺说，麻烦懒球了啊，我这颗头，一村人就你动得最多。咧着嘴笑了笑，就出门了。出门前又说，麻烦你了，懒球，你忙吧。懒球送到门口说，贵禄爸捣一罐茶了再回去？不了。

下午两点，赵孝贤和儿子孙子在堂屋收拾东西。孙子上幼儿园，马上开学了。他们要在第二天一大早全部进城。赵孝贤和女人接送孙子上幼儿园，儿子赵四平带着女人去内蒙古开挖机。这已经是第三年了，自孩子上幼儿园起，赵孝贤和女人就进城照顾孙子了，家里留着贵禄老汉独守。他们在一个化肥袋里塞满了米面油盐、衣物鞋袜、葱蒜辣椒等，似乎要把半个家搬走。

重孙梓杰去太爷（祖爷）屋里玩耍，发现太爷吊在窗扇上，叫了几声没有应，就跑去堂屋告诉了大人，说太爷挂在墙上荡秋千。赵孝贤和赵四平跑下去，一进屋，发现老人已经吊死了。他肯定是把半截麻绳绑在窗扇上，站在窗台，挂住脑袋，脚下一移，悬空后，吊死的。上吊的贵禄老汉戴着一顶藏蓝带檐帽，紫黑的脸，舌头搭在下巴上，直溜溜，也是紫黑的。炕上，还有从窗台打翻下来的半个梨。儿孙慌乱把老汉抬下来，放到炕上时，身上早已凉透了。

贵禄老汉的死，据村里人定论，是孤独死的。三年前，赵孝贤和女人、赵四平和女人，还有独孙，全部去了城里。一开始，贵禄老汉是不赞同送重孙去城里上幼儿园的，说以前的人没上幼儿园还聪明得很，再说家里老伴有病，需要人照看。但那时候，他已人老言轻，再反对也无济于事。一家五口走后，家里留下了贵禄老汉和老伴，两人相依为命。老伴之前身体还好，能爬锅爬灶，把一口饭弄熟。后来得病，睡在炕上不能动弹了，叫儿孙，无人回来。伺候老伴的事，就全靠他了。他一个老汉，吃饭都吃力，还能有几分精力做饭？但人活着就要一口粮食填啊。实在没有办法，他也就老眼昏花地围在锅灶边，生一顿熟一顿，干馍馍一顿，汤糊糊一顿，有一顿没一顿过着。若仅是吃饭也罢，可日子不光是这些。家里没面了，他拉不到镇子上去磨，只能看脸色央求别人捎带着磨一袋。水窖里没水了，要去担，两半桶水，他哼哧哼哧要担一个上午。没填炕的粪，他得向邻居家厚着脸皮一次次讨要，毕竟身子骨寒了，没一坨热炕就活不到天亮。晚上，老两口躺在炕上，说起日子的难处，眼泪就把枕头湿了一大片。

老伴瘫痪一年后就撒手人寰了，把一摊子难受和凄楚全推给了贵禄老汉。贵禄老汉常说老伴是个狠心人，把他一人留下受苦，自己躲清闲了，不是说好，日子实在推不前的一天，要死就吃点农药一起死的吗，这个一辈子从不撒谎的老家伙啊，这次撒了一个大谎。

老伴一死，这日子也就落寞透顶了。活着时，即使瘫痪着，心里还有个牵绊，耳畔还有个回响，眼前还有个亲人，叙叙旧、唠唠嗑、发发牢骚，也有个说话的人。日子过得苦点、累点，咬咬牙齿落光的牙龈也就过去了。可现在，啥声响都没有了，空落落的院子，除了野猫翻墙而入，踩落几块土疙瘩之外，就别无他物，也再无响动了。

他的大儿子，毕竟不是亲生的，早些年，一家人进了城，儿子、媳妇捡破烂收废品，大孙子开个大排档，当起了城里人。大儿子信基督，不敬神，逢年过节也是不回来的，死了的先人也不来看，活着的就更不用提了。二儿子一家，进城后，也就很少回来了。回来，不是取面就是拿油。他和子孙们之间不咸不淡、不亲不疏，也就那么回事，反正他心里亮着，儿孙们是靠不住的，让儿孙们不要靠他就行了。

儿孙们也少有电话来问他死活，他好像被遗忘了一般。有时候他们回来，明显从眼神和口气里感觉到，他们嫌弃他，觉得他是累赘，是老不死，牵连了他们。他就常想，人活着真难啊，年轻时日子难，老了心里难，只有死了好，万事不再牵挂，干净、省事。

老伴去世后的一年多快两年里，他都是一个人过的。要么坐在门口的土台上晒太阳、发呆，让虚弱的光线把他的骨缝一遍遍清扫，扫掉在这世间多余的念想。要么就是上沟里拾柴，拾一撂背着，慢慢摇回来。人一忙，有点事干，日子打发起来就快了。再一乏，晚上就能早早睡了。偶尔也去老伴的坟头拔拔草、说说话。他看着老伴左侧的那块空地，心里踏实。他知道，不用多久自己就可以睡到这里了，再也不用孤苦无依了。这世上，说是过场，可终究还能落得一块地方。

人们从赵四平的口里慢慢知道贵禄老汉的死，其实早有打算的。包括去赶集买一顶新帽子，穿着新衣裳在村里和地里走一圈，让懒球理发，这一切，都是为他死去做着告别和准备。

报完丧后，就开始请总管，安排干事了。

第二天一早，一拨人开着三轮车去了镇子上，购置招待人的食材，扯子孙穿戴的孝服，还有香蜡纸票、纸人牛马等。一拨人去请阴阳、厨师、做棺材的匠人。阴阳先到，看了送葬的时间，去世后第三天，包含去世当天，下午三时，入土为安。厨师来了，开始准备招待人的酒席，前两天，粉汤菜、干蒸馍。第三天，五碗四盘子。做棺材的匠人，在院中间劈柴、切板，提着墨斗和推刨，耳朵上夹支铅笔，眯缝着眼睛，看木料是否端正。赵四平嫌不热闹，打电话请了吹响。两杆唢呐、一面鼓、一副钹，在子孙们跪在门外哭路头，接亲戚时吹，吹的都是苦音，让人悲凉。村里人私下说，活着时不孝敬，死了吹得呜里哇啦，有啥意思。儿孙们在地上的麦草里坐草铺，守灵。村里人和亲戚陆陆续续来烧纸凭吊。烧毕，在院子里喝喝茶、打打牌、拉拉家常，各人忙活着各人的事，好像把贵禄老汉忘了一般。晚上，平时跟贵禄老汉和赵孝贤、赵四平关系好的，就留下喝酒挖坑，或者搓麻将坐夜，一坐就到天明。第三天，招待亲朋邻里坐毕席，就该敛棺了。敛棺时，在棺内均匀地铺一层筛子筛过的干燥细土，然后将贵禄老汉的尸体抬至棺内，用干土固定。五年回了三次家的长子赵孝忠用筷子夹上湿棉花，擦洗了后爸贵禄老汉的眼圈、耳朵、口，最后是脸，这叫开光，开光后用一面小镜子照照，然后转身摔碎。接着子孙亲友瞻仰仪容。贵禄老汉躺在黄土上，双目紧闭，神情安详，如睡着了一般，再也不用为生活操劳、不用被孤独折磨了。他像解放了一般，嘴角微微翘着，用一个似笑非笑的表情向这个世界做了最后的告别。似乎在跟子孙们说，这下你们没牵没挂，满意了吧。瞻仰毕，就该封钉了。木匠将棺盖盖在上面，一般只有三枚木钉，每枚敲打三下。封钉时，嘴里念：一点东方甲乙木，子孙代代居福禄；二点南方丙丁火，子孙代代家和合；三点西方庚辛金，子孙万代发万金；四点北方壬癸水，子孙代代大富贵；五点中间戊巳土，子孙寿元如彭祖。念毕，赵孝忠喊：亲人躲钉。小子们便退到一边，以免木钉伤及死者灵魂。也不能将泪水落入棺内，视为不吉利。盖棺之后，唢呐响起，儿孙伏地，号啕大哭。其声之悲，让人动容。

　　时辰到，就该送丧了。全村所有青壮年全去抬棺。最前面，是孙子赵四平，头顶孝子盆，怀端灵牌。后面是挂着孝子棍、分成两列、披麻戴孝的子孙。接着是八人肩抬灵柩，跟随其后，四周围着随时替换的村人。接着是鸣放鞭炮、抛撒纸钱的人。棺材出村时，村里的女人们会捏一把麦草，在自家门口点燃，借着烟火，送贵禄老汉最后一程，也取发财之意吧。

到了坟地，墓穴早已挖好。赵孝贤进入穴内清扫，以表孝心。按照择定时辰，将棺木下入穴中，由阴阳定位正柩后掩埋起堆。孝子祭奠化纸，长跪哭坟。临走时，包一撮土，留着"复三"时用。

　　就这样，贵禄老汉入土为安了。在黄土之下，儿孙们再悲恸的哭喊他再也听不见了，儿孙们的好歹他再也不过问了，人世间的酸甜再也不品尝了，老年的孤寂再也不经受了，一切都被黄土掩埋。这人世，再也与他毫无瓜葛，他将活在秦源人的遗忘里。人生下场，大幕落下。唯有残照如血，泼洒在他坟头湿润的泥土上，泼洒在老伴坟头的麻蒿上。

　　贵禄老汉去世后的第二天晚上到第三天凌晨子时，赵孝贤和儿子赵四平及几个邻居到老汉坟头烧了"复三"纸，把下葬时带的土撒入坟头，算是安抚山神土地，使亡人免受阴间的欺辱。在西秦岭，相传不"复三"，亡人会一直跪立坟头，山神土地不予放行。撒土毕，赵孝贤将坟墓清扫，孝子棍插入坟前，磕头烧纸。返家时他喊，孝子谢孝哩。这喊声，在幽暗空寂的山谷里回荡着，直到被冰凉的月色从山头翻过来，一点点淹没。贵禄老汉是再也听不见这孝子所谓的孝心了。随后，一众人说着闲话回了家。

　　"复三"结束，赵孝贤和儿子一一归还了所借的物件，这丧事就算全部办完了。

　　第二天天刚麻麻亮，他们五口人锁了门，背着大包小包，搭上早班车进城了。在秦源，只留下了一个新添的坟骨朵，不开花，不结果，只是大地疼出的一个泡。

　　　　　　　选自《最后一个村庄》，江苏凤凰文艺出版社2021年6月

评鉴与感悟

底层生存群像。无论是活着还是死亡，都被作者洞悉了真相。故虽下笔冷静，类似旁观，却给人临场之感，有切肤之痛。

故地：荒野之魅

/丁威

沿着山坎走下去，是一片坟茔地，落着大大小小不到十座坟。在我们朱皋村，山坎下不是埋人的地方，那一片专门埋人的地方在西山洼，上百座坟茔地连绵成片，高低错落，像是另一片村庄。这"高低错落"里，在算命先生看来，就有了"风水"之说了。

山坎下少埋人，源于洪水。

下了山坎往东走两里地，就是壮阔的淮河。小时候，淮河因为取直改道，原本流经村子的河道，干枯了。夏季，放学后，走到学校后面的山坎下，沿着淮河岸边走。课本上说，淮水是我国第三大河，此时呈现在眼前的只是一线细流，和一大片干涸后的龟裂淤泥，脱了鞋子卷起裤腿，直接能蹚到对岸的安徽去。

再干也不打紧，每隔两三年，只要几场连着的暴雨一下，淮河转眼间就漫灌起来了。眼见着就要越过大埂，漫灌进田地了，一年的辛劳就要望着浩浩汤汤的大水，打了水漂了。

那几年，我爸在村里当治安主任。大水时节，要挨家挨户派人手，到大埂上填沙包，堆防护堤，守大埂。我爸当然责无旁贷，经常是晚饭吃过，碗筷一放，就去挨家找晚上守夜的几位男劳力，天亮了，才拖着一身的泥水回到家。

但往往是，人在天面前显出无限的"小"来，再怎么努力抵抗，天只要再稍漏个口子，一瓢水泼下来，眼瞧着，眼瞧着，大水漫上来了。远处望去，已经是一线水天相接，往日里，满眼的绿，已经都消失了。

站在山坎上，盯着大埂看，摞起来的沙袋，一袋袋码得好好的，晚间七点半的天气预报说，接下来还有几天暴雨要下，沙袋已经是毫无用处了。

或者清晨，或者午后，一天中的某个时候，大水"轰隆"一声冲垮了沙袋垒就的堤坝，一泻千里了。小草连个旋都来不及打，就"咕噜噜"埋进了水坑里。过渠道，过塘埂，过洼地，过高坡，过稻田，过玉米地；凡是连带着有活物的，大水都漫灌过去，吞没得干干净净。只有高大粗壮的杨树，举着满身的枝叶，露出水面一大截尖顶，像在发着无声的求救。人们连自己的庄稼，自己活命的粮食都救不了，还能救一棵树啊？有这样的千千万万棵树呢！

人们下到山坎半山腰，望着无边无际的大海一样的洪水。它几乎没有浪花，是一片浑浊。

时常漂来一截枯木。小孩子看见了，就自个吓自个地编造着说，那是水冲垮了坟包，冲出了水里的棺材板。一个人说，另一个人跟着说，口口相传。站在水边，越瞧越觉得枯木发着黑，是沥青的光，越瞧越觉得那就是棺材板，就一片"咋呼"声，人挤着人，可谁也不走，就脚步钉在地上瞧。它像是要近了，又漂走了，我们的心落了地。

也会漂来死物，常常是一头发着白光、像气球那样吹胀了的猪。老大一头，远远地漂过来，又远远地漂走，漂到再也瞧不见。细细闻，那空气中有一丝酸，再闻，又有一缕一缕的臭，更多的是把酸和臭包裹住的腥。

连同这所有，一起被吞没掉的，还有那几座坟包，一丝影子也不见了。有些梦就来了。

那几户坟茔埋在山坎下的人的后代就说，托梦了。说是大水淹到屋脚了，墙皮都被泡酥了，再泡几天，坟包就要塌了，骨头都要发绿，发霉了，让挪坟；这哪是埋人的地方啊，给挪挪坟，挪到冈上，挪到西山洼啊！

大晌午顶，我妈和我就打这片坟茔地过。我妈在前面，我被野花野草、蚂蚱蝴蝶吸引着，在后面，走走瞧瞧，瞧瞧走走。我妈停下步子等我，我往前赶。

突然，眼瞧着，一朵小风旋起来，几片杨树叶子随着风一路赶走。那风走走歇歇，像是停下来瞧一样什么东西似的，瞥一眼再继续走，走马观花，没有目的，东瞧瞧西看看。我拽拽我妈的褂襟子，示意给她看那朵风，用手指头指着它。我一指，我妈顺着我的手指头也瞧见了。立马地，它拐着弯，就朝我赶过来了，我把我妈褂襟子拽得更紧了。

它近了，更近了，只有几米远，我清清楚楚地瞧着它，气也不敢大声出。我瞧得仔细，它旋起的树叶只有六七片，或者多一片、少一片；中心那两三片一路跟着它跑，边缘那几片，它跑着跑着就丢一两片。继而，又有新的树叶跟上来，一路走走丢丢，丢丢走走，拢共就那么几片，多不过八片，少不过六片。它一路弯弯扭扭地朝着我来，一定是方才我手指它，它晓得了，要来找我，至于找我做什么，我不晓得，只晓得怕！

我妈也觉出来了，她把我的手攥住了，与我一同瞧着它。它是要朝我来，我妈一攥我的手，它就扭了头，旋着，半道岔了路，朝着一座坟去了。旋一下，又旋一下，消失在了坟头上。

我不晓得是该怕，还是不该怕。它消失了，但消失在了坟头上！

我妈拽着我继续往前走，去灌渠边洗衣服。

我的心还站在坟包那儿，把那朵风放大，再放大。它朝着坟上跑，一路跑，没有歇着，跑到了坟头上，像一滴水落在烧热的铁锅上，"嗞"的一声，变作比烟气更轻更淡的，全无影迹了。跟了它一路的叶子，也陡然失了筋骨，没了主张，纷纷落下来，又轻，又静，又稳当，又踏实，平展展；是要落地生根，再不去任何地方。

我妈见我还在愣怔着，就一边洗衣服，一边跟我说，刚你瞧见的旋风，是小鬼风，天热，晌午后，这样的小鬼风多得很，这倒不吓人，吓人的是沟里塘里的水鬼。我和你爸为啥打你，不让你下水？就是夏天水鬼多，以前有人下水，淹死了，就成了水里的鬼，要投胎，要再托成人，就要找个垫背的。你一下水，等你玩累了，浑身没劲，又放松了，它就拽你的腿。水鬼在水里劲大，别说你这样的小孩，就是个大人，也能给你拽下去，拽下去，淹死了，它就托生了。淹死的人，就要替它在水里守着了，啥时再拽着人，啥时才能托生。你想，夏天白日头还好，水里凉快，那水鬼就在夏天守着沟塘，专等着人下去呢。你说，淹死人的，是不是都在大夏天？

寒冬腊月的，水里是啥滋味，沟里塘里的水，多厚的冰冻，手沾着水，就像獠牙似的，一口就咬进骨头里了，刚你也瞧见了，就是那样的小鬼风都吓得你不轻，你说，水鬼怕不怕？怕！怕就对了，怕就要记住我的话，啥时天再热，日头晒秃噜皮，也不能给我下水去，听见没？

咋个没听见呢！一字一句，都像方才那股子小鬼风，跑着跳着，钻进我的脑袋里了，又像一粒种子，钻进去，就抠不出来了。三年五年的，连带着坐根、发芽，以至于蓬蓬勃勃，成一株枝叶繁茂的大树了，往后多少年，只要有一丝异动，这大树都能喧哗出声响，抖索起或大或小的鬼风来了。

虽则在方圆不大的村庄，山坎上下的坟茔地，却有着"门前攘攘"与"门前稀稀"之别。

山坎下只有星罗般稀疏的几座坟，因着田野的空旷，小鬼风常年如游荡的风滚草，巡游过麦子、玉米、油菜、大豆……倦极，又归家到一座坟。

山坎上的西山洼，却有一脉脉青山隐隐似的坟，连绵着，在视野里铺陈开阔大的浩荡，从静寂里生出人间闹嚷般的"烟火气"。

但最让我感到有趣味的，却是山坎上坟地间遍布的蚂蚁，只只硕大，动如划破夜幕的闪电般迅捷，终日与游魂相伴，那黑色的身躯，倒真像飘荡在坟间的旗幡了。

蚂蚁多数时候散兵游泳，东走西跑，只有偶尔遇上排成长线的，我才来了兴致，蹲下去，把它们瞧个仔细。这是一根不停游动的细线，一列或者两列蚂蚁组成的方阵，就成了单行道或者双车道。你沿着这条车道，往两头行驶，一头就瞧见了蚂蚁巢穴，地面上或者树根缝隙处，有一个小小的孔洞，容得下三四只蚂蚁同时进出。而另一头你瞧见的就有许多不同了，偶尔会看见几只肥硕的青虫，有的已经硬挺着，再无声息了，像一圈黑色花环似的，一群蚂蚁围簇着它，众人划桨开大船，这条垂死的青色大船在这一大帮船夫的共同努力下缓缓起锚了，以肉眼瞧不见的速度行驶着。当你留心其他事物，想起来时，再转回头瞧，这条大船已惊人地行驶老远了。有的青虫还浑身蛮力，绝不肯轻易屈服，因为屈服的结果只有死路一条。蚂蚁遍布它的周身，十几只最勇猛的先锋军，牙齿撕咬着，任青虫如何翻江倒海，它始终咬定青虫不放松，也有的蚂蚁被甩开了去，浑然不觉疼痛似的，打了几个滚，就又翻身疾行，报刚才的一甩之仇，更狠地咬定下去。当然，这样激烈的搏斗中，也有猛士被青虫的一番甩尾、扭动伤害到，把胳膊、腿在地上磨断了，浑圆硕大的腹部也歪扭向一边，它仍旧嗅闻着青虫的方向，拖着残破的身体，不停挪移，把牙齿狠劲咬上青虫的身体，像是镶进了青虫肉身，至死也没有松口。一波折损，一波迎上，丝毫不见畏惧，一门心思地争先恐后，拼的只有一个不是你死就是我亡、双拳难敌四手。原先似有开天盘古之力的青虫，在一波又一波视死如归的猛士轮番攻击下，终于是渐扭渐弱，渐渐无声，只剩隔上好久，回光返照似的翻转一下身子，打乱了扛运大军已规整的排列。但终究，这只纵有力拔山兮之势的青虫，也如早已垂死的青虫一般，在阵仗严谨、勇猛无惧的蚂蚁大军如潮的攻势下溃败。青虫搬运完毕，硝烟散尽，战场上只有一个个勇士的躯体。有的已经奄奄一息再无动弹，有的围绕着某个圆心打着旋儿，有的拖拉着半边残损的身体匍匐向前……漫长的时间缓缓前行，从天光大亮搏斗到夕照昏沉，一生中的一天，或者一天中的一生，黑夜降临，夜露凝集，风吹拂来去。明日清晨，搏斗的战场坦荡如砥，那些勇士的躯体，消失干净，再无处找寻。

  我在哪儿呢？我像上帝一样，在战场中的一切事物之上。"命运"一词如此真实清晰地摆放在我面前，此时此刻，我可以翻手覆手为云雨。当我选择袖手旁观，上面所写就是几条青虫的命数；当我选择拔刀相助，几条青虫的生命就走上另一条道路了。

  我也多少次地，以一个残忍者的姿态，以一个硕大庞大的强力强权碾轧。不管是消灭一只还是一群甚至一窝蚂蚁，都不费我吹灰之力，我既摧枯拉朽，又风卷残云。

  清明时候，随同我爸去上坟，先走大道，再走小路，小路尽了，是一座连着一座的坟岗。遍布坟岗和坟岗间的，是匍匐在地的藤草，牛筋一样地勾连、蔓延，抓住了土地，就再不松口，拽紧了，依附地力四面行进，扩展疆域，叶片尖瘦、窄小，根茎脆硬紧实，像是鼓槌在大地上砸碾过一遍似的，它们只贴地生长，绝不好高骛远地往上攀爬，一门心思地深扎根、广辐散。你企图拔掉它，脚蹬着地，咬着牙撕拽，"啪"一声脆裂，它只断了一小截茎秆，根须还牢牢而深邃地稳扎在地下呢，你奈何它不得，只好坐在地上，遍地是它，遍地绵软，微微的，只触发到一点知觉的小疼，是它给你的屁股带来的酥麻感，茎秆半截洁白，半截灰绿，粗硬生脆，断口上有汁液沁出，放到嘴里嚼嚼，也是刚触及味觉细胞的一点甘甜，伴有植物的清冽、生涩，残渣在嘴里呛人。放眼望去，整片西山洼乱坟岗，处处都是它，仿佛它成了土地本身，那些坟茔，那些野蔷薇，那些苦楝树，那些枸杞子，都是从它的身体上生发出来一般；它自己活命，也叫每一样死着的、活着的事物，在它身上活命，生者在田地里发疯地根除它，而死者，在坟滩上无言地滋养它。

我爸跪伏在坟前，烧着纸。我在东张西望，有一种沉寂的氛围在周身涌动，我知道那是什么，是坟里的事物。虽说是白天，日头高照，它们夜晚游荡出来的气息仍旧留在人世、留在阳间，仔细嗅闻，那点气息混杂在野草间，混杂在风声里，似有若无，捉摸不定，像是神秘的孔洞透出的幽凉。你想抓住它，一定神，它就恍然消失了。坟里的人，多数我不认识，我爸也曾为我指点，但那些人过于遥远，如任何一片飘过天空的云，指认完了，风和时间就把它吹散了。只有自家的坟，虽然多数我也不认识，但油然产生了亲近感，再加上我妈时常唠叨说，自家亲戚去世了也在天上保佑着自家人呢，阴间里谁个想要寻事，自家亲戚都帮得上忙，每年给他们多烧纸，求他们保佑着，保佑着健康、保佑着前途，你记得自己亲戚、记得祖先，祖先也不会忘了你。与自家的坟比对着的是一些新坟，我爸说起谁谁谁，有的我很熟悉，说起来原本是家户近邻，有的我只影影绰绰有一个轮廓，叫不出名字，倒也对得上形象。我爸说，这就是他，啥时候死的，我就在心里想着，一个行走、说话、吃喝的人，而今在坟里，晴天雨天的，都在土地下，他熟悉的朱皋村，走过的大路小路，都认得清清楚楚，却再也不能踏上脚步，只有这一座匍匐在地的房子，成了他不动的居所，只年年地，历经着四季更迭、草木荣枯。他能知觉到吗？死，又是何种滋味呢？

我跟着我爸跪伏在地上。但只跪了一会儿，地上窜动的一粒黄瓜种子那么大的深黑的蚂蚁就使我立起了身，一只大蚂蚁，顶得上我平日里常见的五六只蚂蚁那么大。身躯大了许多，却没因那身铠甲一样的强健骨骼，有丝毫行动不便，浑身的劲气大了不止一点，不似那种小蚂蚁，爬起来是一步步，瞧得清晰，这样的大蚂蚁，像是有了"凌波微步"的功夫，窜动起来如同疾风，想要轻易地捉住它，不是一件易事，甚至比捉蹦跳的蚂蚱更难。蚂蚱拿手一捂，只要下手够快，就能闷住了，但大蚂蚁却不是这般，捂是捂不住的，只能拿手指去捏，一方面要极其迅疾，另一方面又不能下了力气捏伤了它，还要防着拿捏不好位置它反身来咬你一口。就在这拿捏好各种力道各种时机各种防备的刹那间，你下了手，但它已轻捷地、闪电般地变换了位置，距你的下手处，已是半步之遥了。所以想要捉住这样的大蚂蚁，你跟随着它的脚步是不行的，往往是你慌了一身子的汗，生了一肚子的火，却只能捉住一两只，还时常是缺胳膊少腿的受了伤，与你想要的一只健壮的毫无损伤的相去甚远。

在几番捉逃的游戏中，我瞧出来一个窍门。我爸和我跪伏在地上，不去招惹它们，它们却径直闯上来了，仿佛我们的身体已成了大地的一部分，它们四处乱爬，到了我们的脚跟前、膝盖前，似乎我们与大地并无不同。我跪伏在我爸身后，瞧得仔细，瞬间，它就由脚跟爬上了小腿，没方向似的转了几圈，就径直地往大腿上爬去，沿着屁股沟继续往上，似乎一个弹跳，就又上了我爸的后背，后背宽阔如同广场，它也似乎感觉到了，在我爸的后背上驰骋起来，更似没了方向，东跑跑西窜窜，由着劲地来去匆匆。越瞧它，越觉得它是慌了神，全没了主张地乱窜，是不是我爸后背的汗气太重，扰乱了它的嗅觉和心思？走走停停，停停走走，像是在思考和拿捏着，后来，就选择了一条往上的道路，很快就到了我爸的后脖颈。

我心里"呀"的一声。小蚂蚁爬上脖颈，咬上一小口，那小小的钻心的闪电一样的疼，能迅速蔓延过脑壳，惹得你就不管不顾，狠劲"啪"的一掌拍在后颈上，拍得小蚂蚁一阵眼冒金星。几番轻轻揉搓，就在拇指和食指上捏住了它，此时它被揉搓得缺胳膊断腿，痉挛似的挣扎着，你脖颈上还辣辣地烧着疼，哪能轻易饶过它，拇指和食指合力出吃奶的劲来，甚至还咬紧着牙关，几次来回碾动，左手摊开承接着，只剩一堆零件似的残骸，轻轻地飘落到手掌心，一个看不清的掺着足爪的脑壳，一个扁扁的也同样掺着足爪的腹部，甚至直接碾动着只剩指尖的灰垢，跌落到手掌心的，只剩一粒褪下的黑滚滚的泥团。为何如此咬牙切齿，狠下毒手呢？你瞧好吧，不用半天，你后脖颈被蚂蚁咬着的地方，就肿起一个小囊包来，你不敢再去触碰，要是不留心挨着了，以那小囊包为起点的一阵闪电般辣麻的疼，就冷汗一样透遍你的全身，最后汇聚到脑壳盖上，你就龇牙咧嘴"舒服"去吧。由着小囊包，让它自个儿长到熟透，最后会有一盏小灯似的亮汪汪的水泡点起来，我妈拿针在火头上烧着消毒，又拿针尖一戳，一小摊油亮的脓水就流淌出来，这小蚂蚁咬下的毒气才算放跑了，一两天结了痂，脱落后，后脖颈才又想摸就能摸地舒坦了。

我只敢在心里"呀"一声，嘴巴还是严严实实，不跑一丝风声。大蚂蚁爬到我爸后脖颈上，我爸烧完了纸，也点响了炮，此时正跪伏在那里三磕头呢，我没敢说出声来提醒他。大蚂蚁没在脖颈上停留，往我爸的头发茬上爬去了。我爸指挥着我，也同样在坟前三磕头，让亲人在九泉之下记得护佑我。磕完了头，我立起身来。我爸并没有牵着我往下一个亲人的坟去，而是蹲在我身边，上上下下轻轻地给我拍着全身，抖落着什么。我爸说，坟地里大蚂蚁多，跪在地上，一会儿就能爬上好几只，喏，我爸指着地上的大蚂蚁给我看，这么大的蚂蚁咬起人来不得了，嘴毒得很。我爸边说边给我拍着，又让我转几下身子，上上下下地瞧清楚了，再无一只大蚂蚁漏下，这才立起身来。

除去我爸狠劲打我骂我的那些时候、愤怒我成绩没考好的时候，我都能觉出我爸的好来。他给我撵大蚂蚁，就好似雨天里，我放学回家，他赶紧拿毛巾给我脑袋一遍遍地擦着雨水，给我赶紧地换一件暖和厚实的衣服，甚至还让我妈给我熬煮着姜片的红糖水，热辣辣地喝下去。也好似我没上学前，还没常常地挨上许多巴掌前，我爸把我搂在怀里，让我坐在他的两腿间，依靠着他宽阔的胸膛。他的胸膛温暖踏实，身上的厚棉被也温暖踏实，那是无数个冬日里漫漫长夜里一个温暖的开头，我爸给我讲"此地无银三百两"的故事，我要求他一遍遍地讲，我也一遍遍地听，那是我童年第一次也是唯一一次我爸给我讲故事。那场景，像一盆炭火安放在屋外的冰天雪地里，那故事，像一枚散着金光的钉子一样，长久地镶嵌在我的脑袋里了。也好似村子里要放电影了，全村人齐刷刷地做早了饭，甚至有家人还没做饭，就安排好人去抢占了位置。吃过饭，放映队来了，众人蜂拥着往稻场赶，瞧那瞧过不知多少回的电影，多少人跟着电影情节口中喃喃自语，念起了台词。我骑在我爸的脖颈上，我爸一手扶我，一手拎着凳子，挤在人群里往稻场上赶。黑漆漆的夜幕下，一群人蚂蚁似的，嗅闻着，往一处赶，天黑，人也黑，挤着拥着。我端坐在我爸的脖颈上，双手抓着他的耳朵，却都个个瞧得清楚。众人喧哗、挤嚷，又满怀激情，快乐像是夏夜里那些最亮的星辰，布满了整片苍蓝的天空……

我觉出我爸的许多好来。

我爸拍打完了我，也上上下下地拍打起了自己，里里外外地抖着衣服。我说，爸，你低下头。我爸也真是听话，我让他低头，他就弯着腰，把头低到我面前了，知道我要做什么似的。我瞧着方才那只大蚂蚁，此刻在我爸的头发茬子里，深一脚浅一脚地跋涉着，我手抚过去，大蚂蚁就在我手的轻抚下，从我爸头顶跌落回地面上，还没等着去瞧瞧掉哪儿了，就没了踪影。我说，爸，一只大蚂蚁，从你脚跟上，到你后背上，一直爬到你头顶上了。我爸嗯了一声，就牵着我往另一座亲人的坟走去了。

我又觉出我爸的许多许多好来。

选自《青年文学》2021年第10期

评鉴与感悟

文章"鬼"气森森，却并不可怖。"坟"在文中也只是一种象征，所谓"荒野之魅"，也不过重在表现某种人世之情。

书文录

笔写和心记的都一样

/张承志

其实，在我们没有留意听的半个世纪里，就"记忆"和"记录"的问题，欧美知识分子一直持续着激烈的争论。他们为什么对这么一个问题如此动情绪？在他们所讲的"记忆"和"记录"背后，心里要说的究竟是什么？当年我们听者无心，不仅由于太缺乏对这个地球的了解，也因为我们对人道主义根本"没感觉"。不过，使我感到强烈的兴趣、令我蓦然回首要回顾自己半生的，是我在这个"记忆与记录"的命题上蒙眼过桥，居然走了一遭。既不接轨，也不合辙，更不消说音韵符号话语修辞——是我歪着犟着逸出了命题的框架吗？不，虽然我远离了知识阶级，但或许恰是我，曾身处争论的涡旋正中。幸亏我在岁月的这个节点上留意了它。虽然我的路与他们岔得远不搭界，虽然无论是用笔写下了的还是在心里一直记着的，都与他们陌然隔膜——我早晚必须面对"记忆与记录"的质疑。其实从瞟过第一眼直觉就告诉我：这是你面临的关口。是的，不仅对记录，甚至对记忆的质疑，正在启发我。

一

大约在1994年，在北京曾有过一次中法作家的交流，主持的一方主要是继萨特之后担任了著名的《现代》杂志主编的一位女士。前几天，几张打印纸从我的书架里飘落下来。我弯腰拾起，先是浏览，后来不觉读了进去。就是那女士的发言稿，题目恰巧是："作家与记忆"。没想到我听过的这份发言，正属于"记忆和记录"的知识分子大争论。这位法国人，她强调"20世纪改变了一切，记忆被置于政治征服和意识形态压服的中心位置"，她尖锐揭发对波斯尼亚穆斯林文化的"消除印痕"罪行。似乎她对世界上横行的罪孽忧心忡忡，但没透露她属于大争论的哪个阵营——我是后来才意识到：欧美知识分子激烈争论的焦点，是"犹太大屠杀"问题，以及禁止对这一命题的质疑，是否形成了"话语霸权"。老实说，若不是由于巴勒斯坦施虐的日演愈烈，我的脑袋里并无这么一块空间。直至"屠犹电影的生产"已经成为世界主要的大工业，这一领域的单一发言也愈来愈成为世界第一政治宣传，甚至在复旦大学"文学"季刊读到认为中国大学都应开设"大屠杀"课程——我才感到事情的严峻。而它又紧紧咬合着民族记忆、集体记忆、少数记忆，和用笔写下的这类记忆，即作家的记录及作品，他们的职业和工作。回到中法作家的碰头：面对难捉摸的中国作家，那位女主编词语暧昧。她一句未提大屠杀和有关缄口法，说的是："有必要出版一些与记忆有关的、不可或缺的高水平专著……不仅有必要审判那些隐藏得年深日久的战争罪犯，而且有必要设置一些媚俗的影片如斯皮尔伯格的《辛德勒的名单》。"但她顺便褒扬了南斯拉夫作家伊沃·安德里奇，说他的著作使"波斯尼亚的记忆"几乎"完整无损地保存了下来"。——她说的是《德里纳河上的桥》。多年后，我也为同一本书感叹过。从土耳其的埃迪尔内回来后，也算为着保护记忆，我建议去波斯尼亚旅行的女儿调查了奥斯曼帝国时代的"瓦合甫"慈善建筑体系。我自己则根据埃迪尔内的石桥和波斯尼亚的德里纳河大桥，写了《桥断时节》（尚未结集）。文中说：

> 小说《德里纳河上的桥》也是这样一座字里行间充满善意的桥。在"前南斯拉夫"的时代，它的作者，作家伊沃·安德里奇对建桥的宰相麦哈迈德·帕夏的赞美甚至使我震惊。已经几遍读过，还是不敢确认：居然就在那样的时代，也有文学的公正。

当然，我是怀着对横行的伪文学与说谎，和对丧失公正的"当代文学"

表达蔑视的观点，写下它和其他一些篇什的。我没有在意"记忆"的问题，以为那是当然的。

二

那位萨特的女接班人虽然不直截了当，但对"记忆"的解释相当政治化。她的短文写道，20世纪世界发现并运用的一个铁则就是：若想征服一个群体、一个民族乃至一个个人，"首先必须向记忆开战"。她还说，总能找到一些俯首帖耳的知识分子、卖身投靠的历史学家，以及顺从的词源学家。他们"总是能从一些想象的词源中找到征服行为的合法依据"。还不止于此。在两种情况下作家有可能背叛自己的使命：一是当强权要求作家沉默时，二是当强权的反对派要求作家发言时。此次重读这篇短文，我意识到了欧美知识分子的敏锐。确实一些横行的"记忆"正变成压迫人的政治权力。一些建构而成的记忆，不仅气势汹汹强加于人，而且禁止质疑。于是思想、文学、作家一直置身风口浪尖，不是每时每刻但周期愈来愈密地，身处坠落淹没的危险。那一年的我仿佛身在世界之外，但如今我的感受可能比他们更尖锐。思想如铁块在坩埚中熔化，人仿佛忍着火苗的舔烤。欧洲人，我羡慕他们总是思想的前卫。但有点受不了他们总要概括陌生世界的欲望。面对着裹挟人和历史的滔天大浪，他们有时给浪头和人提出规则，催促让自己满足的回应。记得当时我和扎西达娃发言时，分别都有几句"事先说明"（如日语的お断り），示意不愿肤浅地谈回论蕃。不知法国人是否失望，他们专程屈尊前来，读稿备课，但没听到他们想听到的、不媚俗且合心意的"记忆"。我估计：流行门槛之外的控诉型记忆早已使他们厌倦，他们想听更新鲜的，但听不到。

对此她写得有些预感，从中我读出了一丝欧洲思想的绝望。挥霍记忆和自由记录如他们的人，一样被困锁在透明的牢笼里。使世界聋了的听觉为之一震的"记忆"，使世界的受虐般的阅读一扫而光的"记录"，捕捉不到，催生不出。

三

这一篇是《热什哈尔》出版后的随感之一。但古籍译注本的具体内容，在这一篇里先想略去。我们应该具备迟到的、终于意识到的谦虚。换句话说，应该对自己拥有的记忆有足够的清醒。因为它是被禁绝、被搜捕者的记忆，那么就不能以它去压制别人。要敢于接受质疑，那是一种——从宗教追求真理的气质。当然这是后来人的新话题，并不干著作者关里爷的事。关里爷是一个世界知识中的怪僻特例，他如孙悟空一个跟头就跳到了九霄云外，根本不为记忆与记录的弯弯绕费心。我的神经，我的注意力集中在这一点上：被侮辱被屠戮的异端留下的记忆，潜入地底使用暗语留下的记录，能否承受历史的审视呢？我们的记忆和记录，是否抵达了真实？凭靠主观笃信的记忆，笔蘸心血写下的记录，是否抵达了苦苦追求的历史公正？确实，记忆是一种经过了选择之后的产物。依据这种回忆的写作，更是一种主观的感受。把《心灵史》宣布为一部小说是为了安全和辩解的方便，但就一份记忆和留给未来的记录而言，我应该明确地说：任何人都有权挑剔、评论和反对它。就像我自己不惜牺牲也要挣破思想的牢笼实现诉说。我们（至少我）要警告自己，我们的言说，不是禁忌。这样说，会不会陷入那种法国式的两难？我想不会。当不仅否决了对自己的绝对化，甚至与一切对绝对性的恭顺实行诀别之后，我们的劳苦，能具备"全力投靠真理"的姿态。我们的感受，当它不强迫任何人的赞同时，会赢得知音的倾听。

四

回过身来，当再次欣赏《热什哈尔》这部书的时候——嘿，它确实变得极为有趣！啊，乾隆四十六年（1781）后的哲赫忍耶……难道它不是话语权压迫的极限象征吗？难道二百年后挖出的历史地层下深埋着的一口气几句话，不是对记忆压迫和记录围剿的抗议、不是历史公正的一点表现吗？远甚于孔夫子体验过的"路人以目"的时代，居然选择了波斯文的关里爷，他的记录难道不是"记忆与记录"命题的一个巨大悖论吗？不。《热什哈尔》留下的话语，有趣处就在于它明白地告知大家：此乃一种拒绝阅读的记录，竹笔蝌蚪，只为了一种特殊的记忆。它确是一部对古代的记忆和记录。但它无意去干涉他人的记忆，甚至担心泄密于他人。作者的笃信与现代知识分子风马牛不相及，他个人的感受融入了他的书体，甚至他以为个人感受不值一提。重大的只是：采集海洋渗泄的露珠，记录有幸获知的机密。它同时是一种分析古代的样本，就像考古从地层深处挖出的一筐陶片。它懵懂不知自己在规律的分析之中，它只顾细密地记下自己知道了、务必要写下来的那些事。他万万不知自己淋漓尽致地描绘了众生百象，不知自己勾勒了一副古代回教和古代西北的社会结构图。由于他，关里爷乃是支笔孤人，生无同志，业无同事，因此他——突破了如法国知识分子自认的那种"启蒙家的绝望"。萨特女接班人在《作家与记忆》的结尾伤心地说："在我看来，汉娜·阿伦特的一句惊人妙语可以用来指称我们这个世纪里众多作家和知识分子的处境：他们都是阴暗时代的人——是的，我们都是'阴暗的时代'的作家。"而关里爷却在《热什哈尔》结尾这样描画自己：

> 他时而登上"传说"的舟，时而乘上"眼见"的船。他把珍宝包裹在蹩脚文章的破布里，摆放在"主若引导谁、他便得正道"的店前。他把"用公正之秤称量"的匾，挂在店铺门上。……他不向你们索取，他的报酬惟主定夺。

这只是随感之一。我还不能对关里爷的这一部谈得更深，我不过直感到了一种巨大的世界观的区别。是的，他选择的记忆、他竹笔写下的记录也处于审视之下。但他脱离了各色文人墨客的束缚。

不，他与一切知识分子永恒对峙。凭着完全的不同类：言语不通，笔是竹片，道路迥然相异，置身一片风土。这是一种对知识阶级而言不可思议的方法论。

选自作者微信公众号

评鉴与感悟

本色不改。文章谈记忆，旁及文人的立场和风骨等诸问题，令人深长思之。作者远离文坛喧嚣，始终保持自身的独立性，是当代文学的一面镜子。

阅读陈乐民

/阎连科

熟悉的总是迟到的，鼻尖下的东西总也找不到——我从来都是这样一个迟钝的人。这些天阅读"陈乐民作品新编"时，从漫不经心到微微的惊诧，从微微的惊诧到自觉的羞愧和羞耻，仅仅用了十几天的时间，便把自己从地面悬置到了阅读的半空，每每放下书来，都仿佛被摔了下来一样震颤、懵懂和从地上爬起时的茫然四顾之无助。

终于开始为缘于熟悉而迟读懊悔了。终于知道自己原来是多么的无知、狭隘和偏执。

一本薄薄的《启蒙札记》，皆是专栏性质的随思与随写，竟可以把欧洲的启蒙——人类最清醒的一次历史的转向说得如此清晰仿佛茫茫黑夜、乱云飞渡中的星光和风向样。

文字简朴如乡村收获后摊晒在阔地上的粮食般；所谓写作的布局，也都是哪块田土更肥沃，就从哪儿、在哪儿落锄和下种；咖啡馆的椅子是这样摆放的，那就这样坐下来，简明扼要的谈说和叙述。

接着再读《在中西之间》，再读《看的是欧洲，想的是中国》，让你真正体味了"学贯中西"不再是一个词汇，不再是大度的颂扬对盖棺论定的褒奖，不再是生者对逝者的慷慨奉赠和对其亲属的文字安慰，哲学、文学、宗教、艺术，欧洲史和中国史，现代和近代、过去与未来，在那些书里不是说信手拈来，而是说在信手拈来中，他还帮你清晰地做了挑选和删除，将裨益放在这一边，把物杂放在另一边。

且在这个信手拈来并又明晰的摆放里，他又总是在说这个"我不懂"，那个"我没有弄明白"，或者是为没有读过某某的著作而遗憾，为不能给读者更多而内疚。

我对这套"新编"的惊诧，是从《启蒙札记》中无处不在的一个真正学贯中西的人，却不断地说自己"不懂""遗憾"和"学识不够"开始的。

学贯中西到可以让我们把渊博、丰饶、知识库和中西词典这样的词汇堆到他身上，可他却在他的每一本书和那些文章中，不断地检讨自己的阅读、思考之欠缺，和对现实与阅读者不能说得更清而不安。

在这儿，不仅是说谦逊是一种道德，是一种力量，更是说我们如果沉落在一个茫茫不能自省的现实里，在到处都是豪傲、满足的杂声呼唤里，一个真正博学的人，如此地带着写作自忏的清醒和检讨，他便成了一面冰成的镜子，照下了我们狂热的身影。

在《启蒙札记》这册薄而无界之厚、窄而无界之宽的小书中，到处都是"这个我不懂"；在《看的是欧洲，想的是中国》这本宽厚无边的述说里，又不时地出现"这个问题我还没有太明白"；再或《读史散记》中的那些"我没读到"或"没有找到"的坦白、坦荡和诚然的谦卑，已经不是陈先生的文风和低调，而是一个学者用他的自省，在这几十年过度丰饶、狂热到让人们忘乎所以的世界里，用自己的一面冰镜，使那些狂热的身影，可以稍稍降温和冷凉，让高呼的臂膀在高呼、高举时，可以犹豫和低垂一些。

哪怕这块冰镜在瞬间会被狂热所烤化，他也是不惜并有所准备的，所以也才会那样地"只问耕耘，不问收获。享受的是阅读、思考、书写的过程，而非结果"。

短文短章的写作，鲁迅自然是没有人能超越翻过的一座山，除此之外，几年前阅读比利时学者李克曼《小鱼的幸福》时，获得了从鲁迅那儿没有得到的他对现实中国的轻松、幽默和思考，仿佛在尘厚沉重的图书馆，忽然有了一股凉爽过海的风。

而现在，阅读陈先生的这些著作时，重又让自己回到了中国来，回到了中国的现实中，终于明白李克曼终归还是欧洲人，是比利时的学者和作家，终归因为没有切肤的对中国的忧虑和痛感，也才可以轻松舒缓、远远地望着中国言说和叙述，可以有那种叙议的自如和放松。

而鲁迅的疼痛和焦虑，也皆是因为他是中国人，他太爱我们和我们这个民族了。疼和爱在鲁迅那儿是不可分割的，如人类永远不能把时间的黑夜与白天一刀两断样。

而到了这套"新编"丛书时，又一次让人体会到了疼与爱不能分的整体和一致性，只是陈先生在他的写作和思考中，无论是缘于他的学识、经历和研究方向的不同，还是它所处的时代、环境与身体条件的必然，他都自然地选择、站立在了外与内的中间、疼与缓的两边。

他以平和、理道来研究、比问、书写中国和中国以外的以欧美为中心的世界和世界历史的龙头。《欧洲文明的进程》《二十世纪的欧洲》等，写的是外，目的却是为了内。《读史散记》写的是内，却又篇篇都带着"西外"——世界的眼目。"看的是欧洲，想的是中国"，是这套新编的一册书名，却也是陈先生和他全部写作的起点和终点。

无意将这套新编与鲁迅做任何的比较，也没有任何甲可以为乙，乙中含有甲的说辞，但在对民族和国家的爱与忧虑上，陈先生却是与鲁迅同向同明的，只不过后者是站在中国内脏的土地上，那种忧虑、揪心的痛和爱，源自情感，去至灵魂；或源自灵魂，散至情感。而前者则站在中外的两边上，一脚在东，一脚在西，使这种忧虑、疼痛和爱，源自比较，而归之理性。

换句话说，他们对我们民族的痛与爱，一个是发自人的灵魂的痛与爱，而另一则是源自对中国社会根体本质的忧虑与爱，两相比较，彼此之间没有孰高孰低，但却让我们从两个方向去思考我们的现实和历史、过去和未来。大约这也就是一个伟大的作家和一个真正的学者的相同和不同，如鲁迅与胡适的一些差异样。

所以在阅读陈先生的这些作品时，他总是让我们感到自卑和浅小，也因这些浅小去看见自己对所谓现实社会的爱恨与情感、言行或写作，都是那么皮毛和情绪化，总摆不脱某种无来由的狂躁和粗浅，结果使我们既不可能有鲁迅对人与社会的那种来自灵魂的痛与爱，更不会有陈先生这样源自对世界根体比较后的忧虑与痛爱。

雷硕先生说:"阅读陈乐民,在某种意义上是阅读这一代知识分子的命运与思想。"孙郁先生说:"从西学角度看中学,和从中学角度看西学,在陈先生的文章中多见异彩。"

关于陈先生和他这套九卷本的"新编"书,其实每个人都因为他的丰富与中西的跨越之透彻,能说出许多不同的评释和见解,而唯一不能多言的,也就是我这样的小说家。

不是说彼此知识体系的不同和写作方向不一样,而是说自己,除了被情绪左右了的情感,其实根本没有什么体系在。然正是这种依仗情绪、情感才可以不断写作的人,也才可能更清晰地体味陈先生在写作中始终所贯穿的"思想的理性"和"精神的理性"的重要来。

许多人都以为"启蒙与理性",是陈先生一生读书、写作和行为的内核,是他全部思想的启程处和落脚处,然若以当下的现实为起点,去阅读陈先生的这些文章和著述时,会觉得理性的思想和精神,更是我们眼前世界的急迫和需要。

因为在我们的现实世界里,不仅是还需不需要启蒙的事,而似乎是可以启蒙别人的人,多于需要启蒙的人。大家谁都是康德、伏尔泰和卢梭,谁都是黑格尔、马克思、恩格斯和孟德斯鸠。

似乎社会中这些自大的情绪完全左右了人的思想和存在。情绪本身也就是思想和思考。在今天,没有情绪的思考,是不配称为思考的。我们正处在一个被各种情绪所左右的世界里,情绪的网一层叠一层,布满了天空和大地,几乎没有任何思想可以击穿情绪这张网。

也正是在这个被情绪笼罩的世界里,现实中所有的事情都被情绪所左右、演变,并推进为"现实小说"的情节和细节时,陈先生所思考的"理性",也才更让人感到在今天缺失的急迫和不安。

陈先生离开这个世界距今已经十余年,他说,"我们处于两个世界之间,一个已经死了,另一个则无力出生"。

大概在今天,也可以说成是"我们正处于两个世界之间,一个倔强地活着,另一个也倔强地活着",于是两个世界间的争斗和混乱,弥漫在社会的角角落落,情绪成了思想和世界的本身。

因此先生一生所渴望的"启蒙与理性",其理性则在今天这个世界显出了更为急切的急迫。

选自"苍山夜语"微信公众号

评鉴与感悟 —— 不是一般的书评,可视作一位学者的"生命简史"。由于书写人与被书写人共同的精神高度,他们的价值判断是趋同的,都是"启蒙和理性"的呼吁者。

没有陈超的世界将更显空寂

/雷平阳

一

《转世的桃花——陈超评传》是我读起来最疼痛的一部书。一个发了疯的写作者，差不多是在用燃烧的字词紧张、迫切、痉挛式地诠释着一个殉道者爆炸式的一生。我不得不一次次中断，力图在空隙中用阅读让-保尔·迪迪耶洛朗的小说《6点27分的朗读者》来减轻我的疼痛。然而，这个小说中却出现了一个名叫朱塞佩的纸浆公司的工人。他在清理图书粉碎机时失去了双腿，双腿被搅碎在了纸浆中，而由这些纸浆生成的纸张，则印成了一本名为《从前的花园与菜园》的书。他认为这本书里有着他的"骨与肉"，遂开始搜集此书，收回自己失去的"骨与肉"，让自己重归于完整。霍俊明不是朱塞佩，但朱塞佩这个虚构的人物形象，却在我的眼前一再地与霍俊明重叠。《转世的桃花——陈超评传》致力于将殉道者"粉碎的身体重新抬回地面"，但霍俊明同时又将自己撕裂了存活在文字中间。两份剧痛由一束诗歌的圣光融汇在一起。

二

天蝎座、失眠、抑郁症、自杀……霍俊明将自己能够查找到的与它们相关的伟大灵魂，一一邀请至陈超的身边。狄兰·托马斯、西尔维娅·普拉斯、哈罗德·布鲁姆、罗伯特·洛威尔、海子、顾城……这当然不是红色雨棚下或西郊墓地上的一次聚会，不是。他们是一群将神谕、天堂之火和生命诗学熔冶为一支火炬，高顶在头顶上互相传递的不死者，天各一方，却视世界为一张圆桌、一个壁炉、一部诗集。他们各自弃世，但又在对方的身体上生还，循环不息，一直是漆黑人世领空上不会熄灭的路灯。陈超飞升至他们中间，霍俊明只是一个告诉我们这个消息的使者。

三

几乎每写一个章节，霍俊明都要写到2014年10月31日凌晨陈超往生的那一刻。那一刻如火山喷发，所有的热烈之物若桃花般迸射在天空的天花板上，决绝、遽然、短暂，但它也一定是有着隐秘的步骤，负重、疾病、尊严感丧失、自责、容不下个体瑕疵，乃至对疾病的误判等一系列公开和未知的元素，均是滚烫的岩浆，一步步推进，最终促成了那向着天空的一场自我清空的怒放。没有预兆，如他的诗歌拔地而起，奇幻瑰丽，斩钉截铁。不留半句遗言，如他的诗学，另起孤峰，别开生面，自成绝响。一头"温顺的狮子"一步步走到悬崖上，完成了纵身一跃。这一跃，这一场清空式的怒放，因其在转瞬之间，因其散发着末日的气味，从而在霍俊明的世界中变成漫漫长夜。霍俊明坦诚地引用了伊丽莎白·布朗芬的言论："关于死亡的艺术再现激动人心的一点在于，它让幸存者替代性地体验了死亡……"这个言论，与霍俊明自述中陈超走后他长时间反反复复的"辗转反侧，难以成眠"的灵肉历程结合在一起来衡估，我发现，即使写不写这一本书，霍俊明都把自己交了出去，不仅仅是"体验死亡"，而是将自己当作了陈超的命运伙伴。"自杀"让陈超脱离绝望（假如他真是因为绝望而自决），而绝望由霍俊明主动继承了下来。这不是一份师生情谊所能决定的，骨头冷硬如霍俊明者，两者之间须得存在一次隆重的灵魂交割仪典，须得有前者对后者的洗礼、碾压、重构与传灯，当然也得有后者对前者发乎于内心的精神世界的遵守和拓疆。从这个角度看，这本书乃是陈超存在于文字中的墓碑，筑墓人与守墓人由霍俊明一个人担负。因此，以诗歌筑墓，以诗学筑墓，以爱和人品筑墓，加上那大地上的一座，陈超是一个有着五座墓碑的人，或许更多。我的诗人朋友费嘉离世一年后，我写过一首纪念他的诗，其中有几句："你已经去了天国／我还在人世上漫无边际地找你／这苟活者的偏执显示了活人的心病不轻……我甚至对你死亡的过程／对你人潮汹涌的葬礼，也充满了羡慕……"感受与霍俊明有相同的地方。

四

2006年前后，林建法先生主持的《当代作家评论》组织了一个关于我诗歌的评论专辑，其中一篇《"融汇"的诗学和特殊的"记忆"——从雷平阳的诗说开去》，是陈超先生手笔。他从"融汇"与"记忆"论我，当时我被吓了一跳，认为他目光如炬，一下就找到了我写作的策源地。尤为重要的是，这篇文章里，他是第一个对我写作的"综合能力"做出充分肯定的批评家，等于在我的心脏上安装了几台马达，"命令"我继续动力十足地写作。如此知遇之恩他赐赠过无数人，我不因为自己只是其中的一个而认为分量不重。重，非常重。

一个以山峰为道路的人，他送给每一个人的礼物都必然是山峰。所以，后来的两次见面，也就是我们终于面对面地坐下，我的记忆中，他均无心于闲聊、酒席，而是坐在我的对面从他的口袋里，不停地把火焰、冰山、燕鸥、海啸……摆放到桌面上，他的肯定与激励，充满了召唤与接引。面对这么一个身上带着彩虹或鹊桥的智者、美的信徒，我受益良多。特别是其对生命诗学、噬心主题和独立人格之于诗人的洞见与阐释，令我如见一线天光。也难怪霍俊明会说，写这本书时，"我的心一直是悬空、倒挂、焦虑的，甚至有时候很烦躁"。为什么？因为他得与陈超的灵魂交流、交锋、达成一致并设定诗学中新的高度，而陈超又时时俯视着他、逼问着他，甚至有些时候还对他的知识与答案不满意，天秤两端，霍俊明感受到了自己的轻，得继续往自己的衣袋里多放些砝码。此书也就因为有着作者与主人公之间的较量而格外抓人心，格外有质量。不少人写过西南联大的那一群民国大师，很难找出一本可以让你读得下去的，原因就是作者与大师不匹配，写不到大师们的灵魂里去。灯塔耸立，不得其门，只能绕着灯塔转圈子。与此相反，霍俊明也许是人世上唯一可以进入陈超灵魂的那个人。

五

我读书从来不愿在书上画杠、圈圈子、做批注、写体悟，阅读此书却破了自己的习惯，画了很多杠和写了不少的瞬间感受在上面。原因当然是由于霍俊明的赤诚、无私与奋力。一方面他毫无保留地贡献出了他和陈超的诗学观念和审美理想，另一方面他还将他花了大力气搜罗、整理、形成体系的世界范围内有关诗歌的精辟论断和诗歌华章，既理性又感性地呈示在了每一个章节之中。为了雕刻陈超，他选择了万有、万象和万物作为背景，而这些背景竟然如此地光芒四射，灿如星空。陈超有不朽之作《那些倒扣的船只》，他找来罗伯特·勃莱的不朽之作《圣诞驶车送双亲回家》做伴；陈超言及个人化的历史想象力、求真意志、童年经验之于写作者的意义，他迅速找来布罗茨基、伊丽莎白·毕肖普对此做出备注；那些仿佛就是为了呈现陈超而产生的，能让人狂喜或沉痛的闪光的论语和诗句更是俯拾皆是。

汉语新诗的现状和国际诗歌的现实，系统、客观、准确地在陈超的四周画卷般展开，而且没有影响到作为风暴眼的陈超精神与世俗形象的还原与重塑。

那个顽劣的山西少年、坐在红旗与锣鼓堆中初恋的宣传队队员、在文学母亲的启蒙下开始写古体诗的文青、知青、大学生、温顺的狮子、情郎与爱人、孝子、优秀的父亲、北方冬夜的诗人、冥想者、抑郁症患者……自始至终都能从星空里跃起，从激流与巨浪间独立地抽身而出。这繁复的简单，类似于给一个远航者在所有的海岸上都建起了码头和灯塔。

霍俊明的书写，给了我一个百宝箱，也给了我向他由衷致敬的理由。

选自"小众雅集"微信公众号

评鉴与感悟

一个诗人对另一个诗人的惋惜。乍看是在为一个诗人的评传写序，实则却是一个诗人在向另一个诗人致敬。

故园情

大地上的家乡

/刘亮程

一

二十七年前的一个秋天，我辞去沙湾县城郊乡农机管理员的工作，孤身一人到乌鲁木齐打工。在这之前，我是一个闲散的乡村诗人，我用诗歌呈现自己内心的想象和情感。除诗之外，不屑于其他任何文体。我觉得，诗歌那一句摞一句，可以垒到天上的诗句，是一种形式也是仪式，它太适合盛放一个乡村青年的孤傲内心。可是，我的诗歌写作到乌鲁木齐打工后便终结了，我放下一个诗人的架子改写散文。

现在回想起来，我的第一本散文集《一个人的村庄》的写作契机，或许就是我在乌鲁木齐打工期间的某一个黄昏，我奔波在这座陌生城市的街道上，一扭头，看见了落向天边的夕阳，那个硕大的跃过城市落到地平线上的夕阳，它正落向我的家乡。因为，我的家乡沙湾县在乌鲁木齐西边。那缓缓西沉的太阳，像一张走远的脸，蓦然回转，我被它看见，看得泪流满面。

那一刻，我知道每个黄昏的太阳，其实都落在我的家乡。我家乡的弯曲道路、土墙房屋，以及鸡鸣狗吠的声音、孩子哭喊的声音、牛哞马嘶的声音，都被落日照亮，一片辉煌。那个被我扔在远处的家乡，让我从小长到青年的遥远村庄，在一个午后的夕照中，被我完全看见。我开始写它。

那样的写作如有天启，我几乎不用去想如何写，村庄事物熟透于心，无论我从哪一年哪一件事写起，我都会写尽村庄的一切。

那么，这本书究竟写了什么？这样一个扔到大地边沿，几乎没有颜色，甚至没有多少故事的村庄，能写出什么？

我没有去写这个村庄的四季劳作，没有去写乡村的风俗文化，也没有写数百年或者数十年来村庄的遭遇和变迁。当我着手写作时，我觉得这个村庄的农耕生活，它跟中国任何一个村庄有着一样的乡土命运，以及经过村庄的一场一场的运动和变革，都变轻了、变小了，它甚至小到都没有刮过村庄的一场风大。

那么什么是最重要的？

是时间。

时间在一年年地经过村庄，用一场一场风的方式，用人们睡着醒来的方式，用四季花开和虫鸣鸟叫的方式，也用一个孩子孤独寂寞地长大，和一村庄人悄无声息地老去的方式。时间把它的愁苦和微笑留在人脸上，也留在路边一根朽木头上，时间的面目被一个乡村少年所看见，整个村庄大地是时间的容颜，一村庄人的生老病死是时间的模样。我写了时间经过一个村庄和一颗孤独心灵的永恒与消耗。

就这样一篇篇地去写，村庄的时间在写作者笔下慢下来、安静下来，又快速地在某个瞬间里过去了百年千年。这本书我写了十年，也把我从青年写到了中年。

这是我在离开家乡的陌生城市，对家乡的一场回望。或许只有离开家乡，才能看见家乡，懂得家乡，最终认领家乡。《一个人的村庄》，是我在异乡对家乡的深情认领。当我在那个陌生城市的街道上，遥想落日余晖中的家乡时，就像想起了一场梦。我知道，那个尘土草木中的家乡，已远在时间外，又近在心灵中。我能触摸到她了。

二

五年前一个冬天的夜晚，我的后父不在了。得知消息后，我连夜驱车往沙湾县赶，那夜正刮着北风，漫天大雪，在昏暗的车灯中，从黑暗落向黑暗。那场雪仿佛是落给一个人的，因为有一个人已经离开了这个世界。

赶到沙湾县时，后父的遗体已被家人安置在殡仪馆，他老人家躺在新买来的红色老房（棺材）里，面容祥和，嘴角略带微笑，像是笑着离开的。

后来听母亲说，半下午的时候，我后父把自己的衣物全收拾起来，打了包。

母亲问他，你收拾衣服做什么？

后父说，马车都来了，在路上等着呢，他要回家。

母亲说，你活糊涂了，现在啥年代了，哪有马车？

后父说，他听到马车辘轳的声音了，马车在路上来回地走，那些人在喊他，他要回家。

又过了几个小时，后父安静地离开了人世。

我后父年轻时在村里赶过马车，马车辘轳在地上滚动的声音，也许一直留在他的心中。在他生命的最后几个小时，他听到了那辆他曾经赶过、在乡村大道上奔走多年的马车，过来接他了，他被那辆马车接回了家。

后来，我们给后父操办那个还算体面的葬礼时，我想我们所做的这一切，都跟他没有了关系。他已经坐着那辆马车回到家乡。那个家乡，是他从小长到老，葬有他母亲和父亲的太平渠村，也是我在《一个人的村庄》中所写的那个地方。

在县城殡仪馆的喧嚣声中，我想远在县城近百公里之外的太平渠村，葬有我后父家人的墓地上，他早年去世的母亲，一定会听到自己儿子的脚步声从远处走来。一个儿子的魂，在最后那一刻回到了家乡。

后父是太平渠村的老户，几代人的祖坟都在那里。

我八岁时先父不在，十二岁时母亲带着我们到了后父家。记忆中我没有去过后父家的祖坟，只是远远地看见过，有几个坟头立在村北边的碱蒿芦苇中，想起来都觉得荒凉。后父是家里的独子，每年清明，他一个人去上白家的坟。我们去上先父和奶奶的坟。平常我们像是一家人，到这天突然成了两家人。

我们在这个村庄生活了十年。这也是我从少年长到青年，对我的人生影响最深的十年。我工作之后，把家从太平渠村搬迁到离县城较近的村庄，过几年又搬迁到城郊村，后来终于进了城。

后父跟我们在县城生活了三十年，一开始住平房，后来住楼房。我们居住的环境远比以前的村庄要好许多。他跟我们生活的时候，也时常赶马车回太平渠村，去看他那已经卖给别人的老房子。我后父的马车，直到家搬进县城前才卖掉。他活着时没有抱怨过现在的家，也没说过要离开我们回他的村里去。但是，临死前他说出了要回去的那个家。

后父的话让我顿时心生悲凉。这么多年来我们在县城和他一起生活的那个家，那个有儿有女有妻子的家，就这样不作数了？在他离开人世的时候，这个家可以轻易被他扔掉。他要去回另一个家，那个早已没有了亲人，只留有父母墓地的荒芜家园。

那个家是他一个人的，那条路也只有他自己知道，跟我们都没有关系。

他的死分开了我们，但我又分明感到他的死亡在连接起我们。

前不久我去养老院看望老丈人，他因脑梗生活不能自理而住进了养老院。

我陪老丈人在院子散步时，碰见一个老奶奶，她向我打听去一个团场的路怎么走。那个团场的名字我好像听说过，却又不知道在哪里，便只好对她摇头。后来院里的负责人告诉我，这个老奶奶在养老院住了七八年了，她见人就问去那个团场的路怎么走，院里的人都被她问遍了。那是她的家，自从进了养老院就再没回去过，她每天都想着要回去，可是，没人告诉她那个团场怎么走。那个她只记住名字却忘了道路的团场，被养老院的人隐瞒起来了。养老院成了她最后的家。

后来，我再去养老院时，那个老奶奶已经不在了。

我想在她生命的最后时刻，她会回到那个天天念叨的地方，那是她的家乡，被她忘却的道路会在那一刻全部地回想起来，没有谁能阻挡她的灵魂回乡。

三

我是在七年前的冬天，来到木垒英格堡乡菜籽沟村的。当时这个村庄给我的感觉，就像到了时间尽头，那些人把所有房子住旧，房子也把人住老，屋梁的木头跟人老朽在一起。年轻人都走了，大院子里剩下两个老人。老人也在走。然后院子就空了，荒芜了。一个曾经烟火相传的百年庭院，从此变成老鼠、蚂蚁、麻雀和茂密荒草的家园。

可我，却是看上这个村庄的老和旧，才决定在这里安家。我这个年龄，喜欢老东西、旧事物，也能看懂老与旧。因为老旧事物中，有远去家乡的影子。

我们都注定是要失去家乡的人。当以前的村庄不能再回去，家乡只是破碎地残存于大地上那些像家乡的地方。菜籽沟便是这样一个我能在恍惚间认作家乡的村庄，她保留了太多的我小时候的村庄记忆。但是，那些承载早年记忆的事物，却都老旧到了头。

我自己也在这个老旧村庄面前，突然地老了，走不动了。我在村里收购了一所七十年的老学校，做了一个书院，在这里耕读养老。

在这个有菜地和果园的大院子里，读书、写作、劳动时，我又看见自己年轻时的劳碌，看见我在写《一个人的村庄》时所拥有的，可以看见时间的眼光和心境，又看见大地上完整的黑夜和天亮。我在满村庄的旧事物中，闻到我曾经生活的那个村庄的味道，它让我虽然身处异乡，却有了一种回到家乡的感觉。

记得在书院的第一年秋天，我看到一片长得旺盛的灰条草，就像见到了亲人。在我小时候灰条是最平常的植物，在门前菜地、田间地头荒野中，到处都是。我们拔灰条喂猪，手上、身上都是灰条的绿色草汁。我在这个刚刚落脚的陌生村庄，不认识几个人，不熟悉它的路，却看见一片熟悉的灰条草长在这里，还有遍地的蒲公英和苍耳，还有牵牛花和扯扯秧，这个长着熟悉草木的地方，让我仿佛身处家乡。

我还看见过一只老乌鸦。

经常有一群乌鸦在院子上空"哇哇"地叫着飞过去。有一刻，我听到一只嗓子沙哑的乌鸦叫声，我想这群乌鸦中一定有一只老乌鸦，它的叫声和我一样带着沙哑和苍老。等它们再飞过来时，我看到那只老乌鸦了，它飞在一群年轻的乌鸦后面，迟钝地扇着翅膀，歪歪斜斜，仿佛天空已经不能托住它，它要落下来。

我这样看着它时，发现它也在看我，用它那黑亮的眼睛，看着地上一个行将老去的人，抱着膀子，弓着腰，形态跟它一模一样。那一刻，地上的人与天上的鸟，在相望中看到了自然世界中最后要发生的事情，那就是衰老。

老是可以缓缓期待的。那个生命中的老年，是一处需要我们一步步耐心走去的家乡。

我在这个村庄，一岁一岁地感受自己的年龄，也在悉心感受着天地间万物的兴盛与衰老。我在自己逐渐变得昏花的眼睛中，看到身边树叶在老，屋檐的雨滴在老，虫子在老，天上的云朵在老，刮过山谷的风声也显出苍老，这是与万物终老一处的大地上的家乡。

今年五月，我到甘肃平凉采风，当地人知道我的祖籍是甘肃，就说你回到老家了。其实我的老家甘肃酒泉金塔县，离平凉千里之遥，我怎敢把平凉当成家乡呢。但后来，我从平凉人说话的口音中，听出我老家酒泉的乡音，那是我去世的父亲曾经说的方言，是我的母亲和叔叔们在说的方言，听着它我仿佛回到那个语言里的家乡。

我平常说着不太标准的普通话，语音中总能听出家乡话的味道，这是脱不干净的乡音胎记。尤其当我写作时，我的语言会不自觉地回到早年生活的村庄里，回到我母亲和家人的日常话语中。

写作是一场语言的回乡。

我写的每一个句子都在回乡之路上，每一部我喜欢的书，都回到语言的家乡。

四

大概二十年前的冬天，我陪母亲回甘肃老家。这是我母亲逃荒到新疆半个世纪后第一次回老家。我们一路到酒泉，再到金塔县，然后到父亲家所在的山下村，找到叔叔刘四德家。

进屋后，叔叔先带我们到家里的堂屋祭拜祖先。

叔叔家是四合院，进大门一方照壁，照壁后面是正堂，堂屋正中的供桌上，摆着刘氏先祖的灵位，一排一排，几百年前的先祖都在这里。老家的村子乡村文化保存完整，家家的先人都供奉在堂屋里。家里做好吃的，会端过来让祖先享用。有啥喜事灾事，会跟祖宗念叨。家里出了不好的事，主人最怕的是跟祖宗没法交代。这是我们的传统。祖先供在上房，家里人住在两厢，祖先没丢下我们，我们也没丢掉祖先。

我在叔叔的引导下，给祖先灵位上香。

那是我第一次祭拜自己的祖宗，恭恭敬敬上了香，然后磕头，双膝跪地，双手伏地，头碰到地上，听见响声，抬起来时，看见祖宗的名字立在上头，都望着我。头轰的一下，像又碰到地上。

敬过祖先，叔叔带我们到刘氏家族祖坟。叔叔说，原来的祖坟被村里开成了田地，祖坟占的都是好地，每家一片，新出生的人都没有地种，便从先人那里要地。我们家的祖宗便迁到叔叔家的田地里。

叔叔指着最头上的坟说，这是刘家太爷辈以上的祖先，都归到一个坟里。

我们跪下磕头、烧香、祭酒。

叔叔又指着后面的坟说，这是你二爷的墓，二爷膝下无子，从亲戚家过继一个儿子来，顶了脚后跟。我这才知道顶脚后跟是怎么回事。如果一个家族的男人没有儿子，得从亲戚家过继一个儿子来，等这个儿子百年后，要头顶着继父的脚后跟葬在后面，这叫后继有人。

我叔叔又指着旁边的坟说，这是你爷爷的，后面是你父亲的，你爷爷就你父亲一个儿子，逃荒新疆把命丢在那里，但坟还是给他起了。

我看着紧挨着爷爷墓的这一堆空坟，想到我们年年清明，去烧纸祭奠的那个新疆沙湾县柳毛湾乡皇渠六队河湾里的坟，也许只是埋着父亲的一具躯体，他的魂早已回归到这里。

然后，叔叔指着我父亲坟堆后面的空地说，这块地就是留给你的。

听到这句话，我的头发瞬间竖了起来。我原本认为，我的家乡是北疆沙漠边的那个村庄，我在那里出生长大，甘肃金塔县的那个村庄，只是我父亲的家乡，跟我没有多少关系。可是，当叔叔说出给我留的那块墓地时，我知道我和我父亲，都没有逃出甘肃的这个家乡。他为了活命逃饥荒到新疆，把我们生在那里，他也把命丢在了那里。可是，家乡用祖坟族谱、祖宗灵位又把他招了回来，包括他的儿子，都早已被圈定在老家的祖坟里。

老家用这种方式惦记着他的每一个儿子，谁都没有跑掉。那天我们坐在叔叔家棉花地中间的一小块家坟中，与先人同享着婶子带来的油饼和水果。坟地挨着村庄，坟头与屋檐和炊烟相望。我想能够安葬在这里，即使是死也仿佛是生，那样的死就像一场回家。在自己家的棉花玉米地下面安身，作物生长的声音、村里的鸡鸣狗吠声、人的走路声，时刻传到地下。

离别的人世并未走远。先人们会时刻听到地上的声音,听到一代人来了,一代一代的人回到了家,那个家就在伸展着作物根须的温暖厚土中,千秋万代的祖先都在那里,辈分清晰,秩序井然。

后来,我在叔叔家看到我们刘家的家谱。先祖在四百年前,从山西某一棵大槐树下出发,走过漫长的河西走廊,一路朝西北,来到了甘肃酒泉金塔县山下村。家谱用小楷毛笔字写在一张大白布上。叔叔说这是我父亲写的,他是刘家唯一会文墨的人,全家族人供他上学,一度把他看作刘家未来的希望,他却跑到新疆不在了。

以前我只看过装订成书的家谱,那是一页一页同姓人的名字。当我看到写在大白布上的刘姓家谱时,我突然看懂了。在那块白布最上面,是我们家族来到酒泉的第一个先祖的名字,这位先祖名字下面,生命开始分叉,一层一层,就像一棵大树的根系,扩散再扩散,等到快到这块白布的底部的时候,这些姓刘的人的名字,已经密密麻麻爬满整块白布。

我知道,所有写在这张家谱里的人,都已经在地下了,他们组成刘氏家族繁复庞大的根系。而这个庞大根系的上面,是活在世上、人数众多、住满了一个又一个村庄的刘姓后人,他们组成一棵家族大树的粗壮树干和茂盛枝杈。每过一段时间,这棵大树上就会有枝叶枯萎,落叶归根,成为家族根系的一部分。

我想,多年之后,当我的名字出现在家谱上时,我已安稳地回到地下,回到刘姓家族庞大的根系中,过着比生更漫长恒久的土里的日子。那时我眼睛闭住,耳朵朝上,像我无数的先祖一样,去听地上的声音,听那些姓刘的后人,在头顶上走来走去。我在他们脚下踏实的厚土中,又在他们跪拜供奉的高堂上。我默不作声,听他们哭诉,听他们欢笑也听他们流泪,听他们高歌也听他们号哭,听他们悲伤也听他们快乐。

这是我们的乡村文化所构建的温暖家园。在这个家园中,每个人都知道要回去的那块厚土,要归入的那方祖灵,要位列的那册宗谱,是此生最后的故乡。在那里,千百年的祖先已经成为土,成为空气,成为天空大地。

五

每个人的家乡都是个人的厚土。在我之前,无数的先人埋在家乡。在时序替换的死死生生中，我的时间到了，我醒来，接着祖先断了的那一口气往下喘去。这一口气里，有祖先的体温、祖先的魂魄，有祖先代代传续到今天的精神。

每个人的出生都不仅仅是一个单个生命的出生。我出生的一瞬间，所有死去的先人活过来，所有的死都往下延伸了生。我是这个世代传袭的生命链条的衔接者，因为有我，祖先的生命在这里又往下传了一世，我再往下传，便是代代相传。

这是我们中国人的家乡，在土上有一生，在土下有千万世。厚土之下，先逝的人，一代头顶着上一代的脚后跟，在后继有人地过一种永恒的生活。

在那样的家乡土地上，人生是如此厚实，连天接地，连古接今。生命从来不是我个人短短的七八十年或者百年，而是我祖先的千年、我的百年和后世的千年。

家乡让我们把生死连为一体。因为有家乡，死亡变成了回家；因为有家乡，我可以坦然经过此世，去接受跟祖先归为一处的永世。

每个人的家乡都在累累尘埃中，需要我们去找寻、认领。我四处奔波时，家乡也在流浪。年轻时，或许父母就是家乡，当他们归入祖先的厚土，我便成了自己和子孙的家乡。每个人都会接受家乡给他的所有，最终活成他自己的家乡。

每个人都是他自己的家乡。

而在更为广阔的意义上，一粒尘土中有我们的家乡，一片树叶的沙沙响声中有我们的家乡，一只鸟飞翔的翅膀上、一朵飘过的白云之上有我们的家乡，一场一场的风声中有我们的家乡。一代又一代人来了去、去了又来的悠长时间中，我们早已构建起大地上共有的家乡。

多少年前，我用散文塑造了一个人的村庄家园。当我在陌生城市的黄昏，看见那个扔在远处的村庄并开始书写她时，那个草木和尘土中的家乡，那个白天黑夜中的家乡，被我从大地尘埃中拎起来，挂在了云朵上。

那是我用文字供奉在云端的家乡。

选自《新华文摘》2021年第11期

评鉴与感悟

赤子情怀,心路历程。这不仅是一篇好散文,更是在坦露若要写出一篇好散文,需要作者具备哪些素养、品质和思想。

关口村三年

/南帆

灼亮的午后阳光穿过龙眼树枝杈，斑斑驳驳地落在山坡上，空气中弥漫着热烘烘的泥土和树叶气息。我突然觉得困倦，躺在地上枕了块砖头睡着了。过了一阵子悠然醒来，睁开眼睛见到几只蚂蚁正在我耳边的田埂上急促地爬行，领衔的那两只大约如同小拇指指甲大小。头顶上的树枝间蝉鸣猛烈，山坡下方正飘来几声稀稀落落的吆喝。

这是在哪儿？怔忡之间我迟迟回不过神来。

我曾经反复考虑如何叙述关口村，而一想到这个离福州城十来公里的村子，这个片段总是不由自主地跳出来。好吧，那就从这儿开始。我在关口村插队三年左右的时间，然后一别四十年。许多事情已经逐渐淡忘了，这个村庄正从我记忆中一小块一小块地剥落。叙述又能挽留多少？

我记起了插队时使用的那个简陋的木箱。几块厚木板钉起来，一个搭扣上挂着一把锁，蓝色的油漆已经褪得差不多了。长途公共汽车嘎地停在沙土垒出的公路旁，我端起木箱从车上跳下来。路边一架大板车等在那儿，接我的是另一个先到几天的赵姓知青。我把木箱和若干日常用品往板车上一搁，他笑了笑就拉起板车进村。沿途的土路坑坑洼洼，木箱不时被震得跳了起来，我急忙上前伸手按住。多年以后，我从一本油印的刊物上读到食指的诗句——知青离开北京的盛大告别场面："一片手的海洋翻动，这是四点零八分的北京；一声雄伟的汽笛长鸣，北京车站高大的建筑，突然一阵剧烈的抖动……一阵阵告别的声浪，就要卷走车站；北京在我脚下，已经缓缓地移动"。他描绘的大约是下乡潮初起时的盛况，轮到我背起行李离开城市时，各种告别仪式已经销声匿迹，若是重新上演，就不免有些矫揉造作了。我想不起来家里是否有人陪同我去长途汽车站。未来的日子令人茫然，眼前的感伤反而显出一些多余。

关口村的知青们暂且被安置在村庄外面的一个小山头上。茂密的竹林和一些杂树覆盖了小山头，树的空隙之处散落着大大小小的坟茔。有些年久失修的坟茔已经裂开了，看得见里面朽烂的棺木。一条黄泥路盘旋着绕到山顶，另一条小路径直穿过竹林下山，小路上一些石块铺成了零零落落的台阶。山顶上有一个废弃的米粉加工场。加工场的底楼扔了一台锈迹斑斑的米粉机，厨房的灶台和地面永远是湿漉漉的；加工场的二楼就是知青的住处了：十多顶蚊帐横七竖八地分割了一个大房间。加工场的楼梯设在房子外部。第一次下楼的时候，我在楼梯口不由地一怔：楼梯下方的几米处正对着一座大坟墓，墓碑上的字迹与青苔混为一体。

我知道三年左右的关口村生活是意识深处的一个巨大烙印，可是，我无法说清收获了什么。插秧、割稻、挑谷子这些农活插队之前已经十分娴熟。四年的中学生活，大约有一年左右的时间我都是在一个山坳里的分校度过的。遵循指示，中学生不仅研讨课本，同时还要学习工厂的生产技能与如何种庄稼。伫立山坳里的分校犹如赛前的热身，几轮下地播种收割的锤炼之后，踏入关口村的水田就没有任何陌生感了。

到村里当然不再像在中学那样只是偶然踏入田里，而是大部分时间都必须耗在上面。这有什么可说的？乡村劳动的最大特征是重复。无数次挥舞镰刀、锄头或者插秧，无数次踩踏脱粒机或者在打谷桶里摔打稻穗，日头起了，又落了，星月闪现了，又隐退了，一天天的时光就这么消失了。没什么特别之处，记忆中关于它们的篇幅少得可怜，细细想了又想，也只想起割稻子、插秧或者脱粒的动作。驾牛犁田算是有个难度的技术活了，我曾经申请学习，却始终没有获准。这是一项我没有尝试过的农活。村庄里的牛把式威风凛凛，而且可以挣到最高工分。生产队长拒绝我的理由是，犁田的水牛是一些欺生的家伙，知青使唤不动它们。如果没有扶稳铁犁耙，弹出地面的犁刀可能伤人，或者割断水牛的大腿。站在田头那一只圆滚滚的水牛不屑地瞥了我一眼，然后转过头继续悠闲地甩着尾巴驱赶背上的蚊虫。

大约一年之后，关口村在村庄外围的铁路旁边拨了一小块地皮建造知青点。我们用板车拉来石块垒起地基，盖了一幢两层楼的小房子。房子盖到二楼的时候，砖头并不是挑上去的。几个帮工的农民来到楼下的空场上，猫着腰将一块块砖头抛到二楼，墙头的泥水工伸手捞住堆放在身边。农民可以一口气抛一两百块砖头，然后笑着让我们试一试。这个活儿看起来简单，没想到抛了二三十块就喘不过气来。不服气继续来，到天黑收工之前，我已经可以连续抛六七十块砖，可是，右手大拇指上蹭掉了一层皮，拇指上的螺纹不见了。

我得承认，关口村让我明白了什么是真正的饥饿。天黑之后跌跌撞撞地从水田返回，最大的事情就是冲到厨房取出晚餐。我可以一口气吞下两大饭盒的蒸饭，大约蒸了一斤的米。眨了眨眼两盒蒸饭就消失了，而洗涮饭盒的时候竟仍然觉得意犹未尽。饥饿制造的惊慌淹没了一切形而上的思想，腹腔里那个过分活跃的消化器官占据了思想的焦点。知青的日子始终弥漫一种得过且过的气氛，多数人总是很快把城里带来的菜肴吃光。饭桌上很长时间没有荤腥之物，然后我们就开始互相打听：这一段村子里有没有人办筵席啊？

我在一次乡村的筵席中无意发现自己原来还有些许酒量。那一天下午我到一个农民的院子里寻访一个熟人，无意撞上了正在进行中的婚宴。乡村的院落光线不足，昏暗的厅堂里摆了几张八仙桌，桌上几盆冒着热气的白菜、笋和肥肉。估计酒席开张了一会儿，几个面色酡红的农民坐在吱呀作响的竹凳上，每桌一壶自酿的米酒。一个熟悉的农民非要和我对饮三盏，拗不过只能照办。不料这是一个圈套：同桌的每一个农民都提出对饮三盏，否则就是瞧不起他们。片刻之间，三十盏米酒进了肚子。跨出了院落的门槛之后，我在青石板路上东摇西晃了几分钟，然后很快就恢复了正常。

喝得下几口米酒就不再惧怕乡村的筵席，偶尔会与几位知青结伴到相识的农民家里打牙祭。乡村的筵席没有多少菜肴，三盘两碗之后就开始猜拳斗酒。屋子外面寒风凛冽，屋子里的桌子上杯盘狼藉，桌子底下两三条狗在腿边挤来挤去抢夺骨头，几个划拳的农民换了个人似的直起喉咙吼叫。微醺之中，想家的心思只剩下了一抹浅浅的影子。一个农民告诉我，喝多了就把鞋子脱掉，酒气会顺着光脚板遁入冰凉的泥土，这样又可以多喝几盏。是否有科学依据？似乎并没有得到过印证。知青中一个哥们有酒必饮，每饮辄醉。那天我在农民家喝了几盏跟跟跄跄地出来，看见他正在围着路边的一根水泥电线杆打转。正待上前询问，同行的另一个知青把我拉走了：别理他，每次喝醉了他都想和这根电线杆握手，团团打转是因为他一直找不到电线杆的胳膊。

"村里有个姑娘叫小芳，长得好看又善良，一双美丽的大眼睛，辫子粗又长……"当年是否在村子里留下一个"小芳"？每逢有人打趣地提问，我总是不知从何说起。脉脉含情的"小芳"是城市里那些文弱书生想象出来的。关口村的姑娘、媳妇健壮泼辣，皮肤一般都是古铜色的，我从来没有见到哪一个人脸上闪动着幽怨而多情的眼神。农闲的季节平整土地，大半个村子的妇女都来了。她们放肆地谈论床上的事情，放浪的嚓亮笑声回荡在田野之上。歇息的时候一堆男人围住一个媳妇逗笑，张三说她儿子的鼻子像他，李四说眼睛像他，王五说额头是他的，总之，他们都可能是孩子的爹。一个还没有发育好的小屁孩也上来插一嘴，言下之意那孩子的耳朵和他有什么关系。这时，旁边的另一个媳妇突然发一声喊，八九个妇女围上来将一个男人按倒在地，扯开他的裤带往裤裆里塞泥土。另一些时候，两个妇女不知什么原因在田间吵起来，她们粗野地大声咒骂，甚至舞起粪勺互相泼粪，田埂上一大群人嘻嘻哈哈地看热闹，每一张嘴都笑出一排不记得是白还是黄的大牙齿。可以猜想，要是哪个知青占了便宜又想临阵脱逃，她们一定会挥舞扁担追杀到天涯海角。

我想提到关口村一个不存在的姑娘，我似乎遇到她了。事情发生得有些突然。那天晚上全体知青要到大队部集中，领队干部打发我先走一步，将一个在农民家做客的知青叫回来。我从山顶的米粉加工场出来，沿着小路穿过竹林下山。山路很空旷，两旁仅有一座房子。我路过时，那户人家的男主人正在门口点起一堆篝火，然后将晾干的竹枝伸到篝火之中燎去竹叶，一小捆一小捆地扎起来制成竹扫把。火光把他的脸映出神秘感，仿佛银幕里浮动的人物。我在篝火旁坐了一会儿，和他东一句西一句聊了些不着边际的话,然后起身继续下山。竹林涛声汹涌,篝火晃动的光亮依然隐约传来,踩着落在石阶上的竹叶,下坡的路面有些滑。转弯之处一个穿白色碎花裙子的年轻女子迎面走来。交错而过时她仿佛轻轻一笑,我下意识地也回报一笑,然后侧身让了让路——可是,眼前什么也没有。回报一笑之后腮帮上的肌肉还未复原,身体仍然是让路的侧身姿态。刚刚发生了什么?鬼?片刻之间,汗水湿透了全身,我几乎没有勇气再往山下走。

很长一段时间,知青之间隐隐地风传这个山头不太干净。几个知青行走山路的时候喜欢用汤匙敲打铝饭盒,他们听说鬼魂害怕听到金属的声音,闻之即遁。事后我从各种零星的只言片语之中获知,村里的确有一个年轻的女子自缢在这一片竹林,似乎是因为婚姻方面的失意。我曾经自认为思想正派,神经坚强,时常带着轻蔑的态度嘲笑各种怪力乱神的无稽之谈。"科学"是一个坚硬的词,所有的风言风语都在这个词面前跌落在地。然而,世界突然不可理喻地抽搐了一下。这件事不仅带来了瞬间的巨大恐惧,而且制造了长久的思想惊慌。那个科学知识褶褶的世界出现了深深的裂缝。我无法合理地解释这件事,也不想把头伸进这个裂缝查个究竟。我愿意遵循维特根斯坦的忠告:"凡不可说的,应当沉默。"

关口村就在铁路旁边,每日有好几班火车轰隆隆地路过。知青点离铁路仅仅二三十米,火车驶过的时候,脸盆里的水会荡起一圈圈的波纹。铁路为知青乏味的日子带来许多额外的乐趣。每隔几天就有消息传来,哪个地方又有人被火车轧死了,铁轨上的斑斑血迹有一里长,诸如此类。一个傍晚,生产队的一头水牛被火车撞死了。收工的时候,放牛娃牵着水牛悠然走在铁轨上。冒烟的火车如同一匹鬃毛飘拂的钢铁巨兽飞奔而来,一声长吼声震旷野,铁轨上的水牛吓住了,怎么也挪不开脚步。放牛娃在最后一刻松开了手,水牛被火车撞得飞起来,重重地落到了路基下面的水田里。那一天夜里,生产队的每一户人家都分到了几斤牛肉。

我显然比那一只水牛幸运——那个夏日的下午,如果没有抢到两三秒的时间,我也将丧命于一列火车的铁轮之下。那天暴雨如注,坚硬的雨粒如同砂石一般打得皮肤发麻,生产队不得不提前收工。沿着铁轨返回知青点的时候,我接受了一个农民的提议:头顶一捆稻草垛子充当斗笠。天地之间一片白茫茫的水帘,雨粒凶猛打在稻草垛上,噼噼啪啪的声音淹没了所有其他动静。行走之间，我忽然觉得拖鞋底下的铁轨似乎有些颤动，片刻之后突然醒悟，急忙扭头一看，身后一列黝黑的长长火车正穿过雨帘飞速扑来。我惊慌地跳下路基，冒着白色蒸汽的火车头恰好从身边一晃而过。

生产队交给我耘草的几块水田就在铁路的路基底下，一个人需要五六天才能耘一遍。火车来临的时候，我就会直起身子歇一口气。看不见车窗后面的旅客，总觉得绿色的车厢里面肯定正载歌载舞。风驰电掣的火车向着未知的远方驶去，我只能如同一株秧苗一般插在这一块水田里。多年以后我终于有了许多乘坐火车的机会。每当经过这个路段，我总是脸贴住窗口，心情紧张，目不转睛地盯住每一个山坳，盯住每一丛芭蕉树和龙眼树，生怕不小心漏过了路边那一幢两层高的小砖楼。恍惚间，铁路下面的水田里那个寂寞的家伙仍然孤独无望地站着，满脸嫉妒地目送火车飞驰而去，然后叹一口气继续俯身耘草。

我已经记不起多少关口村民的面孔，除了生产队长。这是一个瘦巴巴的家伙，面孔黝黑，小眼睛，鹰钩鼻，尖尖的下巴。很难相信，这个干瘦的家伙声音却非常嘹亮。每天清晨他会披上一件蓝褂子站在村口的一棵龙眼树下，操一口方言抑扬顿挫地骂人。许多农民就是在他连绵不绝的骂声之中挑着畚箕、扛着锄头聚焦到村口，出工下田。队长另一个反差极大的特点是，明明胳膊上没有多少肌肉，仿佛仅是一层皮裹住一根老骨头，力气却大得让人啧啧称奇。一架满载石头的板车陷入水渠，钢钎卡在岩缝里，一棵倾倒的大树无法移走……类似的难题摆在那里，一大堆人正龇牙咧嘴地围在一起使劲。这时他板着脸走过来，伸出手，总是嘿的一声往上一提一拉，所有的问题就都不是问题了。他的饭量也是一个谜。午餐通常是半海碗的干饭，碗里几片菜叶，偶尔会有一小块咸带鱼。有一回生产队聚餐，一大木桶的干饭搁在那儿任人食用。他对于桌上的菜肴没有多少兴趣，而是一次又一次地起身装盛米饭，足足吃下了八九个海碗。那天我盯住他干瘪的肚皮大惑不解地看了很久——那么多的米饭到底装哪去了？

那一年的七月半鬼节，他邀我到家里喝酒。传说之中，所有的鬼魂都会在七月半鬼节的晚上溜出坟墓四处游荡，享用祭品，顺便戏弄路上的行人。生产队长的家距离知青点好几里路，我不太愿意在这种气氛之中穿过黑暗的旷野，于是酒足饭饱后就在生产队长家里留宿。天气炎热，我睡在厅堂的一架竹床上，月光清晰地勾出了屋檐的轮廓。半夜我突然被一种声音惊醒，仔细听了听是生产队长卧室里传出的鼾声。我从未想到一个人鼻腔可以发出如此强悍的低吼：鼾声如同澎湃的大潮破壁而出，在厅堂的四堵墙壁之间来回碰撞，上下盘旋。当然，这个晚上我再也睡不着，即使用枕头捂住耳朵也无济于事。掐指一算，这个瘦得像块坚硬石头的生产队长如今大约年逾八十岁了吧。前几年我路过一个村庄，见到一个穿蓝褂子的老人神情木然坐在门口的石条上晒太阳，身后的村庄空寂而潦草。那一瞬无端地觉得，现今的生产队长大约就是这个模样。

  知青下乡插队是一个颁布多时的社会规划。还在中学读书的时候，就已经知道日后必将遇到一个村庄，我将在那里日出而作日落而息。真实的关口村与我预想的那个村差异很大，但究竟差在哪里，当时我并没深想。多年过后，我一直觉得可以说出关口村的许多故事，可是，写下来的仅仅是这些。早一些动笔是不是可以记得住更多的情节和细节？不得而知。总之，现在已经无可弥补了。

  两年前的某一天心血来潮，我驾车去了一趟关口村。出乎意料的是，那儿正在变成一片新兴工业园区。我曾经居住的那个小山头刚刚被夷平，两层楼高的知青点早就消失了，远处曾经浓密的村民房子也不见踪影。几辆铲车还在那儿忙碌，不知为什么平整出来的土地面积似乎比我记忆中的村子小很多。我突然记起了加西亚·马尔克斯《百年孤独》的结尾：一阵突如其来的飓风把那个称为马孔多的小镇从地球上刮走，从此无影无踪。随着城市一圈圈扩大，关口村很快会荡然无存，连同竹林茂密的那一座小山头和游荡的鬼魂。今后世界的主角将是那些铲车，它们正轰鸣着伸出无坚不摧的铁臂。

选自《村庄笔记》，江苏凤凰文艺出版社2021年1月

评鉴与感悟

一个村庄的简史，浓缩着一个人的乡村记忆和经验。其中折射出来的乡土伦理和人性冷暖，无疑是思索现代文明发展的一扇窗口。

人物志

赵萝蕤:一个人的荒原

/阿舒

最近这半年,大概算是我的至暗时刻。

辗转京沪两地,一半给公司,一半给医院。日程表里画了细细密密的红线,提醒我化疗时间到了,提醒我要申请外科会诊了,提醒我交稿时间到了,提醒我开会时间到了,唯独没有停一停的时间。好像一头蒙着眼的驴,看不到未来,只能闷头拉磨。

那些细细密密的红线终于有一日成了梦魇,梦里的我被它们缠绕捆绑,勒得喘不过气,然后落入碧潭深渊。我那残存的幽默感在梦的结尾灵光一现,隐约感觉抛下去的瞬间看见了东方明珠,醒过来第一句对自己说,啊,这就是旧社会被扔进黄浦江的感觉。

旧上海当然没有东方明珠,一如真的生活并不是被扔进黄浦江这么一了百了,醒过来你还得继续闷头拉磨,看那些你看不懂的肿瘤数据,一趟趟跑医院,然后在医院住院部外的楼梯间打工作电话。连这篇文章,也是我在胸外科外因为疫情临时搭建的医生谈话处的桌子上写成的,小护士打开门探了探头看看我,叹了口气讲,那个桌子后面,有一个隐秘插孔,你别告诉别人。

一位师长对我说,历经了这些事,你才能真的长大。

嗨,原来长大是这样的不好玩,早知道逃去忘忧岛,和彼得潘做伴,永远做小孩。

至暗时刻的光在哪里呢?你是如何熬过自己生命中的至暗时刻呢?

买买买已经不管用了,我最近买过的最贵的东西是我爸的免疫药,一针3万+。吃到好吃的也没办法安慰到自己了,我最近觉得最好吃的东西是我妈的炸猪排,但她已经很久没有时间做一块炸猪排了。至于旅行?看看行程卡上的星标号,我们还能说什么呢?

给自己熬一剂浓浓的心灵鸡汤——这一招老前辈们用过,苦不苦,想想红军二万五。

今天的故事是写给大家的,也是写给自己的,每次想到她的时候,我确实觉得自己的至暗时刻——也就还好。

我喜欢她的名字,尽管一开始我只认识她姓赵,另外两个字连音都读不出来。

> 绿萝纷葳蕤,缭绕松柏枝。
> ——李白《古风》

萝与蕤,是香草,是藤蔓,是繁茂而坚强的生命。

赋予这名字的是她的父亲,赵紫宸,这位燕京大学宗教学院院长大概永远想不到,这个名字将预示着这女子的未来,看上去脆弱不堪,实则坚韧不拔。

赵萝蕤,在燕京大学的绰号是"林黛玉"。

我喜欢她一张弹钢琴的背影,时间在那一瞬间凝滞,仿佛留下的只有音符和属于她的优雅。

香草美人,自然追求者甚众。其中最为著名的是钱锺书,世间传说《围城》里的唐晓芙正是按照赵萝蕤为原型:

> 唐小姐妩媚端正的圆脸,有两个浅酒窝。天生着一般女人要花钱费时、调脂和粉来仿造的好脸色,新鲜得使人见了忘掉口渴而又觉嘴馋,仿佛是好水果。她眼睛并不顶大,可是灵活温柔,反衬得许多女人的大眼睛只像政治家讲的大话,大而无当。古典学者看她说笑时露

出的好牙齿，会诧异为什么古今中外诗人，都甘心变成女人头插的钗，腰束的带，身体睡的席，甚至脚下践踏的鞋袜，可是从没想到化作她的牙刷。她头发没烫，眉毛不镊，口红也没有擦，似乎安心遵守天生的限止，不要弥补造化的缺陷。总而言之，唐小姐是摩登文明社会里那桩罕物——一个真正的女孩子。

——钱锺书《围城》

据说当年电视剧《围城》选史兰芽做唐晓芙，杨绛先生很欢喜，理由是觉得史兰芽像自己。她呐喊若干次，讲自己就是唐晓芙，无奈吃瓜群众不响，更要命的是钱锺书也不响，"李唐赵宋""牵芙连蕤"的隐语，实在有点昭然若揭。

杨绛和赵萝蕤是好朋友，或者说，曾经是。

她们的友谊始于清华，赵萝蕤小杨绛一岁，两人都是清华外国文学研究所的研究生。所不同的是，杨绛由东吴大学而来，为的是圆梦（她之前梦想读清华）；赵萝蕤燕京大学英语系毕业，读书是因为年纪还小，"不知道做什么"。

> 在宿舍，阿季还是交往较多。她们还一起学昆曲……赵萝蕤当时正在恋爱，追她的男生很多，一次曾问阿季："一个女的被一个男的爱，够吗？"她的追求者之一、燕京同学吴世昌，从报上读了阿季的《收脚印》后，对她说："杨季康，你可以与她做朋友。"
>
> ——吴学昭《听杨绛谈往事》，三联书店2016年

这段话有些女生之间的"不怀好意"，至少透露了两点消息：

一、赵萝蕤男朋友很多。二、吴世昌曾经追过赵萝蕤（吴世昌是著名的红学家，也是奇人一枚，有机会讲他的故事）。

只字不提钱锺书，或者用这个方式否定了钱锺书曾经追求过赵萝蕤，在这段描述里，赵萝蕤似乎离唐晓芙很远，离鲍小姐有点接近。

有趣的是，看过《围城》的赵萝蕤表示自己对于书里面的细节并不熟悉。谈及钱锺书时，她只说是"同学"，而杨绛则是"挺熟"。和扬之水的

谈话里，有一段话显然可以看出说的是钱锺书：

"近来对某某的宣传大令人反感"，赵萝蕤说："我只读了他的两本书，我就可以下结论说，他从骨子里渗透的都是英国十八世纪文学的冷嘲热讽。十七世纪如莎士比亚那样的博大精深他没有，十九世纪，如拜伦雪莱那样的浪漫，那样的放浪无羁，他也没有，那种搞冷门也令人讨厌，小家子气。以前我总对我爱人说，看书要看伟大的书，人的精力只有那么多，何必浪费在那些不入流的作品，要小聪明，最没意思。"

——扬之水《〈读书〉十年》

这里的爱人，是她的丈夫陈梦家。
尽管有那么多人追求赵萝蕤，这个爱人，却是她自己主动追求过的。

"是不是喜欢他的诗？""不不不，我最讨厌他的诗。"
"那为了什么呢？"
"因为他长得漂亮。"

——扬之水《〈读书〉十年》

不独赵萝蕤，谁见了陈梦家，不会夸一句"美哉少年"。

干干净净的模样，盈盈秋水，雕像一般的五官，带着温柔笑意的少年，我见了陈梦家的照片，只觉得词穷，想了半日，觉得"光风霁月"这四个字，并不唐突了他。

但我还是比赵萝蕤矫情，人家落落大方，只说他"长得漂亮"。

梦家这个名字，源自母亲怀孕时的一个梦，梦里遇见了一头猪。当然不可叫陈梦猪，"猪"字的甲骨文写法为"豕"，加一个宝盖头，便成了"家"。这个名字，大约算是陈梦家和甲骨文考证结下天定的缘分。

梦家中学没有拿到毕业证书，考进中山大学法律系，认识了闻一多，开始写新诗。作为新月派最年轻的成员，陈梦家最早是以诗闻名的。俞大纲说他如王勃，"特具中国人的蕴藉风度"，而钱穆则说他"长衫落拓"，有中国文学家气味。

我喜欢梦家的诗：

> 不祈祷风，
> 不祈祷山灵。
> 风吹时我动，
> 风停，我停。

这首《铁马的歌》写于1931年11月18日，那天白天，梦家和徐志摩在鸡鸣寺聊天，志摩说自己要过一种新的生活，梦家写了这首《铁马的歌》。第二天，徐志摩飞机失事。

梦家的诗，竟然一语成谶了。

赵萝蕤说讨厌梦家的诗，理由是她反"新月派"，宣称自己要做一个理性的诗人。我见过她写的诗《游戒坛寺》：

> 山里颠了个把钟头，
> 清晨的风吹冰脸庞，
> 和车上那班旅行人，
> 同看龙烟厂的烟囱。
> 渡过永定河的泥水，
> 小驴也得得的过来，
> 十五里无理的尘土，
> 爬苍茫红叶的大海。

她爱他，似乎是有理由的。

在遇到赵萝蕤之前，梦家有过轰轰烈烈的恋爱，对象是孙多慈（我曾经写过，具体可戳：陈梦家为什么输给了徐悲鸿？），为了这个差点和好友闹僵，然而最终两人都失败了，是《围城》里的"同情兄"。

1932年，二十二岁的梦家认识了二十岁的赵萝蕤。也是在这一年，他开始了甲骨文的研究。

普通人谈恋爱轧马路吃饭看电影，这对恋人谈恋爱的成果是1933年10月1日《文艺月刊》上刊登的《白雷客诗选译》，署名觢甜：萝蕤·梦家。

恋爱谈了三年，要结婚时却遭遇了不小的挫折，理由只有一个，梦家穷。

赵萝蕤的母亲明确表示反对，她甚至停了赵萝蕤的经济供给，赵萝蕤一度要靠和杨绛借钱度日，每月借十元，等奖学金到了还，还了再借。最后，赵紫宸给女儿写了一封信，告诉她自己的态度：

萝蕤：

你的信，我能了解。我心中亦能体谅。前日摄影，我本向你母说，请梦家在内，她犹豫，我便不再问。我们都是神经过敏的。我爱梦家，并无一丝恶意。我从去年到现在，竭力将你撇开去，像心底里拔出肉来一样，所以我非冷淡不可。你有你的生命，我绝对不阻挡，因我到底相信你。现在只有二件事：

（一）不要将孩子们的话，认真看。也不必向谁作解释。

（二）不必重看母亲之举动。

信中之言，关系伦的事，我皆未知。我爱你们是赤诚。我冷淡，请你们撇开我如我撇开你们一般。

我认识梦家是一个大有希望的人。我和我的女儿是有志气的。我不怕人言。你们要文定，就自己去办；我觉得仪式并不能加增什么。

你们经济上我本想稍微补助些。但我目下尚不能，因我支票底根上只有三十一元了。除去新市立刻须寄廿元，尚有十一元，又不肯向徐刘李陆等去借！以后你有需用，可以写个字来，我可以帮忙。看你认识我几分；我是没有人认识的！

父宸

民国二十四年四月九日

1935年5月5日，陈梦家和赵萝蕤在燕京大学甘德阁订婚，订婚仪式是简单的，茶和点心。

他们在七月参加了钱锺书和杨绛在苏州的婚礼，这两个女孩子在结婚仪式之后渐行渐远，尽管她们明明有着众多交集。就像赵萝蕤后来回忆的那样：

以后的几十年，我们几乎再没有来往，形同路人。

倘若林黛玉结了婚，也不得不面对一个可怕的怪兽：家务。这是所有知识女性在进入婚姻生活之后最大的挫折，在传统观念面前，女人天生是操持家庭的，哪怕她有那么多理想和事业心。

很多女人败给了现实，连林徽因也不例外。只要看看她写给朋友们的信便可以知道：

致沈从文：

不能不哭！理想的我老希望着生活有点浪漫的发生，或是有个人叩下门走进来坐在我对面向我谈话，或是同我同坐在楼上炉边给我讲故事，最要紧的还是有个人要来爱我。我做着所有女孩做的梦。而实际上却只是天天落雨又落雨，我从不认识一个男朋友，从没有一个浪漫聪明的人走来同我玩——实际生活上所认识的人从没有一个像我所想象的浪漫人物，却还加上一大堆人事上的纷纠。

我是女人，当然立刻变成纯净的"糟糠"的典型，租到两间屋子烹调、课子、洗衣、铺床，每日如在走马灯中过去。中间来几次空袭警报，生活也就饱满到万分。文艺理想都像在北海王龙亭看虹那样是过去中一种偶然的遭遇，现实只有一堆矛盾的现实抓在手里。

致费慰梅：

我继续扮演"魔术师"来玩耍经济杂技，努力使每位家人、亲戚和同事多多少少得到一些照顾。我需要不断地为思成和两个孩子缝补几乎补不了的内衣和袜子……有时我们实在补不过来时，连小弟在周日下午也得帮忙。这比撰写一整章的宋、辽、金的建筑发展和绘制宋朝首都的图像都要工程浩大。上面两项工作我很有兴趣也很自觉地替思成做过，在他忙着其他部分写作的时候。宝宝成绩很好，难为她每天要走这么长的泥路去学校，而且中午她总是吃不饱。

赵萝蕤没有孩子，在家庭负担上比林徽因轻一些，她说自己"是老脑筋，妻子理应为丈夫作出牺牲"。

她的牺牲不小，1938年，新组建的西南联大拒绝了赵萝蕤，理由是清华旧规：夫妻不能在同一学府任教，而陈梦家已经是清华大学中国文学系的教员，赵萝蕤选择了回归家庭。

从做饭开始，她曾经发表过一篇《一锅焦饭 一锅焦肉》的小文，初到昆明的下马威，狼狈不堪的"林黛玉"。

但她确实没有林徽因那么多哀伤，《一个忙人》和《厨房怨》中，把"灵魂交了出去"的日子充满了幽默感：

> 一早起来蓬头散发就得上厨房。
>
> 没有一本书不在最要紧处被打断，没有一段话不在半中腰就告辞。
>
> 偶有所思则头无暇及绪，有所感须顿时移向锅火。写信时每一句话都为沸水的支察所惊破，缝补时每一针裁都要留下重拾的记认。
>
> 终究是个读书人。我在烧柴锅时，腿上放着一本狄更斯。
>
> 她渐渐学会了许多家务，后来连种菜也学：
>
> 菜园的总顾问当然是老朋友张发留君了，我从他学会了如何点刀豆，两颗一堂。
>
> ——《龙泉杂记》

她说自己是个乐观主义者，因为悲观没用。也是在婚后，赵萝蕤翻译出了艾略特的长诗《荒原》：

> 四月是最残忍的一个月，荒地上
> 长着丁香，把回忆和欲望
> 参合在一起，又让春雨
> 催促那些迟钝的根芽。

冬天使我们温暖，大地
给助人遗忘的雪覆盖着，又叫
枯干的球根提供少许生命。
……

我读了艾略特那晦涩的原文之后，才意识到赵萝蕤的翻译是多么精妙和准确。她的翻译甚至得到了作者本人的认证，1946年7月，艾略特曾经邀请赵萝蕤和陈梦家夫妇在哈佛俱乐部共进晚餐，诗人在赵萝蕤带去的《1909—1935年诗歌集》和《四个四重奏》二书上签名，还在扉页上题写下"为赵萝蕤签署，感谢她翻译了《荒原》"的题词。

有趣的是，赵萝蕤出版《荒原》时，请叶公超写序（因艾略特是由叶公超介绍给中国读者），叶公超问："要不要提你几句？"赵萝蕤清高地回答："那就不必了。"

赵萝蕤靠译名摆脱了"燕京校花"（钱穆评价）称号，成了实力派翻译家。这当然离不开她的努力，不过，作为丈夫的梦家，确实也和其他的丈夫都不一样。

他时刻照顾赵萝蕤的情绪，比如有段时间朱自清经常去陈家吃饭聊天，陈梦家代替赵萝蕤待客，甚至引起了朱自清的不快，回家在日记里写下"陈太太始终在厨房里吃面包黄油"。

他时常鼓励赵萝蕤，希望她不放弃自己的文学事业。当陈梦家在金岳霖的推荐下获得了芝加哥大学的讲学机会时，他拿出了自己一部分奖学金，鼓励赵萝蕤读博士：

维尔特教授问我有多少时间学习，打算学三年还是四年？他说若是你跳过硕士学位这一关，可能三年就得到博士学位，不然就至少用四年。这时我想起了十岁时祖父和我的一段对话。祖父曾问我："你将来想得一个什么学位？"我夸口说："我只想当一个什么学位也没有的第一流学者。"我犹疑了。梦家此时却竭力说服我："一定要取得博士学位。"于是我对维尔特教授说，那还是四年吧，我想多学一点……

——《我的读书生涯》

这在当时，是非常奢侈的事，当然，现在也是。

1947年，陈梦家决定先行回国，赵萝蕤留在美国继续写她的博士论文。

回到北平的梦家心里装着赵萝蕤，鱼雁往来之间，细细密密是他的温情：

> 小妹：
> 闻你欲作衣，在其店中挑一件古铜色的缎子并里子。

在东单小市买了小古董，银碟子陶镜子红木文具架子，一一写信和夫人汇报：

> 此等东西，别人未必懂得它的妙处，而我们将来万一有窘迫，可换大价钱也……你看了必高兴，稍等拍照给你。

他断定赵萝蕤看了会高兴，因为他们的三观审美都很一致，从读书到欣赏艺术，陈梦家离开美国之前，赵萝蕤鼓励他在行李中塞满书籍和唱片，陈梦家的"身上只剩十元，还要借垫付税"，因为"我和梦家商量，必须尽我们所能，享受美国社会所能提供的和个人文化教养有关的一切机会。"

但他们并不是贪恋美国生活的，1948年年末，当赵萝蕤听说平津战役打响，北平即将解放时，刚刚获得哲学博士学位的她放弃了来年六月在著名的洛克菲勒教堂登台接受博士学位的机会，搭乘第一条运兵船美格斯将军号离开美国，前往上海——很多年之后，当我们赞誉着钱学森等一系列烽火回国的赤子时，赵萝蕤的事迹被湮灭了。但我们不应该忘记她，沧海横流，这一刻，那个在无数人眼中瘦瘦弱弱的女子尽显英雄本色。

到上海，哥哥全家去了香港，去北京的火车和海轮都已经停运，赵萝蕤最终托查阜西帮忙，搭乘傅作义运粮食的飞机前往北京，至天津上空，她听到了解放军的炮声。

1月31日，北京宣布和平解放。而陈梦家则用最浪漫的方式迎接他的挚爱——他和朋友们骑着自行车，把赵萝蕤接回了清华。

梦家喜欢买家具，这些故事都被王世襄先生记录下来，往事历历在目，是活泼甚至有些欢快的，只在最后露出一点悲伤的余味，久久荡漾在我们心里：

> 例如那对明紫檀直枨架格，在鲁班馆南口路东的家具店里摆了一两年，我去看过多次，力不能致，终为梦家所得。但我不像他那样把大量精力倾注到学术研究中，经常骑辆破车，叩故家门，逛鬼市摊，不惜费工夫，所以能买到梦家未能见到的东西。我以廉值买到一对铁力木官帽椅，梦家说："你简直是白捡，应该送给我！"端起一把来要拿走。我说："白捡也不能送给你。"又抢了回来。梦家买到一具明黄花梨五足圆香几，我爱极了。我说："你多少钱买的，加十倍让给我。"抱起来想夺门而出。梦家说："加一百倍也不行！"被他迎门拦住……
> ——王世襄《纪念陈梦家》

梦家喜欢晚上工作。赵萝蕤永远记得1964年，家里有了电视机。梦家天天看到十点钟，太太去睡了觉，他开始工作，"有时醒过来，午夜已过，还能从门缝里看到一条淡黄色的灯光，还能听到滴答——滴答——他搁笔的声音。"

如今，这足以令她心安睡去的声音，再也不存在了。

赵萝蕤的精神分裂症在最惨痛的那一天"拯救"了她，她没有见到丈夫最后一面，上天似乎用一种残忍的方式挽救了她，让她得以幸免他最为凄惶的生命终点。我猜，那么光风霁月如梦家，也许也不愿意她见到这样的自己。

梦家用稿费购买的房子，她上交给了国家，象征性地拿了点钱，她去欧洲旅行了一次。这是赵萝蕤的做派。

1981年，她重又访美，兴致勃勃地喝了百事可乐，收到朋友送的"当地视为稀罕的松子糖，其实哪比得过苏州的产品呢"。在西班牙风味的饭馆吃了奶酪塞辣椒、肉糜塞玉米饼蘸辣酱、油炸馅饼，她评价道："口味都失之浓浊，我不能欣赏。"——在吃这件事上，她也和梦家一样，喜欢清淡。

她仍旧喜欢看书，并且如梦家希望的那样，一直在勤奋翻译。1991年她翻译了惠特曼的《草叶集》。1994年她发表的《读书笔记》上说，自己"这个八十出头的老妪"仍然"必须每天抽出两小时来阅读我刚刚收到的精装的1984年纽约大学版的惠特曼《笔记与尚未出版的手稿》，共六大卷……我的职责不是研究原稿原样而是熟读正文，增加我对诗人思想内容与艺术风格的理解，正文当然是最宝贵的部分"。

在很久很久之后，她仍旧避免提起有关梦家的一切往事。巫宁坤在宾馆里询问梦家的最后，她忽然正色道："你要让我发病吗？"

她说的是实话。1991年，赵萝蕤参加芝加哥大学校友会活动。在芝加哥美术馆，工作人员向她出示梦家编著的《白金汉宫所藏中国铜器图录》时，赵萝蕤再一次恸哭失声，泪如雨下。

她没有忘记，一天也没有，一小时也没有，一分钟也没有。

1998年元旦，赵萝蕤去世，享年八十六岁。她去世两个月之后，潘家园市场上出现了一个"保姆模样的人"用麻袋装着赵萝蕤的日记、和梦家的书信，甚至她的家用本，开价达数十万元。幸好，这些书信被收藏家方继孝买下，刊登在他的《碎锦零笺》里。

我们难以评价赵萝蕤的一生，我只能说，如她的名字一般，赵萝蕤坚强地攀爬过那些苦难，蜿蜒曲折地绕过那些千疮百孔，一株女萝，一直到最后，仍旧带着芬芳，迎霜傲立。

我们难以评价赵萝蕤的苦难，尤其当这些苦难最终只能被付之以"时代"两个字时，我们便更难以启齿。我坚信那个时代将永远翻篇，将永远不再回来。

如何度过生命的至暗时刻？赵萝蕤的答案是"不吃屎，不骑马"，守住自己的底线，不扬扬得意，不落井下石，不胡乱攀附。在黑夜里静静地等待，像村上春树《海边的卡夫卡》里写的那样：

> 暴风雨结束后，你不会记得自己是怎样活下来的，你甚至不确定暴风雨真的结束了。但有一件事是确定的：当你穿过了暴风雨，你早已不再是原来那个人。

这篇文章写了大半个月，搁笔之际，忽然发现已是9月3日——梦家的忌日，冥冥之中皆有注定。谨以此文献给萝蕤·梦家，献给黑暗中的我，也献给所有感知生活不易的人们，让我们用梦家的话作为结语吧：

我们必须活下去，然必得把心放宽一些。

选自"山河小岁月"微信公众号

评鉴与感悟

史料翔实，文笔击心。一个翻译家的人生苦难，都在文章中一一呈现。一个人到底要历经怎样的劫难，才能迎来属于他的光亮。赵萝蕤先生翻译的文学作品，影响了一个时代；他做人的风骨，也必将影响后来的文学人。

冷冰川的夜与昼

/徐累

艺术是一棵倒长的树，从生活的天空向下追溯，它是黑暗中的争取。冷冰川的作品直接呈现着这样的画面，纸刻或油画，不外乎黑幕上的演示，明确的白痕就像记忆的挣扎，蜿蜒伸展，证明活着的基本欲望，是一种叫作通透的灵感。

对于渐行渐远的故往来说，被湮没的时光永远是茫茫长夜，即便换作对未来的期待，也一样渺无音讯，伸手不见五指。真实的世界总以象征的面目出现，从这个角度看，我们永远是黑暗中的潜行者，如果对暂时的时代之光无动于衷的话，实际上就有如盲人在蹒跚前行。

只有艺术能够说出生命中沉默又胸无纤尘的境界。

冷冰川在刀锋上求生活，这是他为人熟知的风格。那些被称之为"墨刻"的作品，对人物和景致娓娓道来，不时有神来之笔让人叹服。他靠尖锐的触觉一点点供出事态，蛰伏在记忆里的幻想，几乎就是一次次显影。枝蔓的婆娑、隔栅的碎光、女人的欢情怨态，既是冷冰川的私人日志，同时也在挑逗观众的偷窥欲望。在明处观看影影绰绰的影像，它的不真切一定更能激发情绪的投入。所以，在冷冰川的"墨刻"作品中，即便他再怎样流露出一往情深的眷顾，"反阴"毕竟是最终的效果，就像被"透析"的生活，或者是默片，我们的观看是在距离之外的，梦境无非也是这般混沌不安。

对冷冰川来说，他的"墨刻"显然站在现实还原的立场，是日常生活内容的负片。许多人喜欢这些作品的理由，在于这些画面流露出风轻云淡的闲散，恰似漫漫求生道上，那些柏油缝隙中生长出来的野草。但是，画家不可能一直沉醉于温柔的夜，毕竟这不是一个人生活的全部，当他的白天如期而至的时候，又能发生怎样一种变故？

显而易见，冷冰川的油画就是他的白天。黑夜的霓虹熄灭了，白天照例是清晰的、喧闹的、烟火气的，但冷冰川的白天却比黑夜更加冷漠和迷离。他不再像在黑夜中那样拥抱俗世，"墨刻"现实一下子转换为"油绘"的文化幻想，明确表示了超出现实的企求，心仪古琴、园林、皮影，倾心与牧溪和八大交谈。他大胆留白，不关心周围的应物，缺少细节的兴趣，没有一个存放情感的具体地点可以辨认，和"墨刻"作品将事物的来龙去脉交代清楚的做法大异其趣。从作品内容看，冷冰川的"油绘"通过画史引经据典，与来自另一个黑暗世界的精神符号默契相处，大门紧闭，无涉现实，自己的藏身之处变成隐士的空灵之往。

稍事回神，我们需要适应画家从黑暗到白天的转身。貌似分离的两个系统——"墨刻"和"油绘"，其实就是冷冰川一个人的昼夜平分，它们之间的行为关联，似有隐形线索可寻。在"墨刻"中，冷冰川的刀锋直指销蚀的动机，纸面上披荆斩棘，过程是向下深刻，于黑暗处剔出事物存在的模样。转入"油绘"时，他开始向光亮的高处攀登，堆积画面表皮和肌理，层峦叠嶂，只是为了塑造一个个单词——碗、叶、鸟、人，世界的凝重，存在的决然，就是这般思定如禅。"我早已不在意完美，因为我们曾经拥有完美，并以为完美亦是可憎的事。"

绘事后素，守黑知白，冷冰川遵循这个古训。他的"墨刻"并不纠缠在操作体验上，没有表现欲的弹性，一刀接一刀，以无我冷酷于他者。作为一个施刑者，难道他不考虑其中自我救赎的愿望吗？这似乎是冷冰川授予他人的假象。"人人都居住在自己的肉体空间，其空间地标是某种痛苦或残疾、某种陌生感或某种麻木"（约翰·伯格）。冷冰川的"墨刻"是记忆的刀锋手术，靠触摸去感觉，要比用眼睛去看，更能加深神经系统的回味。他用盲文辨识身体所处的环境空间，或者刺劈出一个女体的轮廓，通过类似痛感的痉挛唤醒我们的认知，以医治我们共有的内在纠结或喜悦。此后，冷冰川的工作主要留待于"手工挣扎"，所谓"油绘"完全呈现了"挣扎"的特点，丝麻缠绕，颜料涂抹，未及处理的伤口就像是真的伤口。

　　确实是这样。如果说"墨刻"世界是一个追忆的空间刻度，经历了无数次人为毁坏后，往昔的文明景象已经不复安详，整体被肢解得四分五裂，就像我们今天看得见的满目疮痍。在冷冰川的作品中，我们一边是现实的怀念，一边是文化的凭吊，两者最终归于一种哀伤。疗治尚需时日，冷冰川的作品起码是类似情感的寓言，"墨刻"中的伤口在"油绘"里自我愈合，不必睁眼看，那些鼓出的创痕如同年代的符号伤疤，足以让我们在抚摸中痛定思痛，就像白天对黑夜的忏悔。我们渴望侧身独处，不过，是为了独自游荡。

选自"南通美术馆"微信公众号

评鉴与感悟

冷冰川是一个独具个性的艺术家，他的艺术追求和理念，都被这篇文章给揭示了出来。艺术家写艺术家的好处在于笔下的文字不隔，能准确抓住被写者的灵魂，也不故作高深，搬弄学术话语，搞得云遮雾罩。好的评论也可以是一篇好的散文。

文学境

萤火虫的故事

/韩少功

在作家群体里混上这些年，不是我的本意。

我考中学时的语文成绩很烂，不过初一那年就自学到初三数学，翻破了好几本苏联版的趣味数学书。"文革"后全国恢复大学招生考试前，我一天一本，砍瓜切菜一般，靠自学干掉了全部高中课程，而且进考场几乎拿了个满分（当时文理两科采用同一种数学试卷）。闲得无聊，又把仅有的一道理科生必答题也轻松拿下，大有一种逞能炫技的轻狂。

我毫不怀疑自己未来的科学生涯。就像一些朋友那样，一直怀抱工程师或发明家之梦，甚至曾为中国的卫星上天懊丧不已。这样的好事，怎么就让别人抢在先？

黑板报、油印报、快板词、小演唱、地方戏……卷入这些底层语文活动，纯粹是因为自己在"文革"中被抛入乡村，眼睁睁看着全国大学统统关闭，数理化知识一无所用。这种情况下，文学是命运对我的抚慰，也是留给我意外的谋生手段——至少能在县文化馆培训班里混个三进两出，吃几顿油水稍多的饭。可惜我底子太差，成天挠头抓腮，好容易才在一位同学那里明白"论点"与"论据"是怎么回事，在一位乡村教师那里明白词组的"偏正"关系如何不同于"联合"关系。如果没有民间流传的那些"黑书"，我也不可能如梦初醒，知道世界上还有契诃夫和海明威，还有托尔斯泰和雨果，还有那些有趣的文学啊文学，可陪伴我度过油灯下的乡村长夜。

后来我终于有机会进入大学，在校园里连获全国奖项的成功来得猝不及防。现在看来，那些写作确属营养不良。在眼下写作新人中闭上双眼随便拎出一两个，大概都可比当年的我写得更松弛、更活泼、更圆熟。问题是当时很少有人去写，留下了一个空荡荡的文坛。国人们大多还心有余悸，还习惯于集体噤声，习惯于文学里的恭顺媚权，习惯于小说里的男女都不恋爱、老百姓都不喊累、老财主总是在放火下毒、各条战线永远是"一路欢歌一路笑"……那时节文学其实不需要太多的才华。一个孩子只要冒失一点，指出皇帝没穿衣服，便可成为惊天动地的社会意见领袖。同情就是文学，诚实就是文学，勇敢就是文学。宋代陆放翁说"功夫在诗外"，其实文学在那时所获得的社会承认和历史定位，原因也肯定在文学之外——就像特定棋局可使一个小卒胜过车马炮。

解冻和复苏的"新时期文学"，在某种程度上很像五四新文化大潮时隔多年后的重续，也是欧洲启蒙主义运动在东土的延时补课，慢了一两拍而已。双方情况并不太一样：欧洲人的主要针对点是神权加贵族，中国人的主要针对点是官权加宗法；欧洲人有域外殖民的补损工具，中国人却有民族危亡的雪上加霜……但社会转型的大震荡和大痛感似曾相识，要自由、要平等、要科学、要民富国强的心态大面积重合，足以使西方老师们那里几乎每个标点符号，都很对中国学子的胃口。毫无疑问，那是一个全球性的"大时代"——从欧洲17世纪到中国20世纪（史称"启蒙时代"），人们以"现代化"为目标的社会变革大破大立，翻天覆地，不是延伸和完善既有知识"范式"（科学史家T.S.Kuhn语），而是创建全新知识范式，因此释放出超常的文化能量，包括重新定义文学，重新定义生活。李鸿章所说"三千余年一大变局"当然就是这个意思。历史上，也许除了公元前古印度、古中东、古中国、古希腊等地几乎不约而同的文明大爆炸（史称"轴心时代"），还鲜有哪个时代表现出如此精神跨度，能"大"到如此程度。

不过，"轴心"和"启蒙"都可遇难求，大时代并非历史常态，并非一个永无终期的节日。一旦社会改造动力减弱，一旦世界前景蓝图的清晰度重新降低，一旦技术革新、思想发明、经济发展、社会演变、民意要求等因缘条件缺三少四，还缺乏新的足够积累，沉闷而漫长的"小时代"也许就悄悄逼近了——前不久一部国产电影正是这样自我指认的。在很多人看来，既然金钱已君临天下，大局已定，大势难违，眼下也就只能干干这些了：言情、僵尸、武侠、宫斗、奇幻、小清新、下半身、机甲斗士……还有"坏孩子"的流行人格形象。昔日空荡荡的文坛早已变得拥挤不堪，但仔细品一品，其中很多时尚文字无非是提供一些高配型的低龄游戏和文化玩具，以一种个人主义写作策略，让受众在心智上无须长大，可以永远拒绝长大，进入既幸福又无奈的自我催眠，远离那些"思想"和"价值观"的沉重字眼。大奸小萌，或小奸大萌，再勾兑一点忧伤感，作为小资们最为严肃也最为现实的表达，作为他们的华丽理想，闪过了经典库藏中常见的较真和追问，正营销一种抽离社会与历史的个人存在方案。这种方案意味着，好日子里总是有钱花，但不必问钱来自哪里，也不必问哪些人因此没钱花。中产阶级的都市家庭，通常为这种胜利大"抽离"提供支付保障，也提供广阔的受众需求空间。

文学还能做什么？文学还应该做什么？一位朋友告诉我，"诗人"眼下已成为骂人的字眼："你全家都是诗人！"这说法不无夸张，玩笑中却也透出了几分冷冷的现实。在太多文字产品倾销中，诗性的光辉、灵魂的光辉，正日渐微弱黯淡甚至经常成为票房和点击率的毒药。

坦白地说，一个人生命有限，不一定遇上大时代。同样坦白地说，"大时代"也许从来都是从"小时代"里孕育而来，两者其实很难分割。抱怨自己生不逢时，不过是懒汉们最标准和最空洞的套话。文学并不是专为节日和盛典准备的，文学在很多时候更需要忍耐，需要持守，需要旁若无人，需要烦琐甚至乏味的一针一线。哪怕下一轮伟大节日还在远方，哪怕物质化和利益化的"小时代"闹腾正在现实中咄咄逼人，哪怕我一直报以敬意的作家正沦为落伍的手艺人或孤独的守灵人……那又怎么样？

我想起多年前自己在乡村看到的一幕：当太阳还隐伏在地平线以下，萤火虫也能发光，划出一道道忽明忽暗的弧线，其微光正因为黑暗而分外明亮，引导人们温暖的回忆和向往。

当不了太阳的人，当一只萤火虫也许恰逢其时。

换句话说，本身发不出太多光和热的家伙，趁新一轮太阳还未东升的这个大好时机，做一些点点滴滴岂不是躬逢其幸？

　　这样也很好。

选自《人生忽然》，湖南文艺出版社2021年10月

评鉴与感悟

韩少功是中国当代最具思想深度的作家之一，即便写一篇短文，也能引发人诸多的感想，我把这样的作家称为有功德的作家。要知道，很多作家的写作，都是没有功德的写作。

"生命圈中有一个内圈"
——克拉克"当艺术家老去"阐释的启示

/丁帆

一口气读完图文本书籍——《何为杰作》（译林出版社2021年6月第1版），让我联想起了一生当中看过的许许多多世界名画，尤其是在卢浮宫里看到的那些并不能够参透领悟的西方油画，顿时让我在肯尼斯·克拉克的这部演讲稿的阅读中茅塞顿开，看到他与众不同的阐释，尤其是将艺术与文学进行对比分析，似乎更能激起我们对绘画艺术的进一步理解，同时也在绘画艺术的鉴赏中进一步激发那种对文学作品再创造的热情。

本书第二部分"当艺术家老去"，是克拉克于1970年在剑桥大学瑞德讲座的演讲稿。这一部分占据了全书文字的近三分之二，因为我在这一部分的文本分析中得到了极大的启发，窥见到了"自我镜像"，所以将它作为阐释的重点。我首先要分析阐释的是克拉克所要表达的内容，即"老年文本创作和阐释的动机与目的"。

演讲稿的一开头，作者就用英国诗人马修·阿诺德的诗句试图打开老年文学艺术家的心扉：

> 老去不是让我们的生命/变得醇美、柔软，像落日的余晖，/老去不是像站在高处/用专注而洞悉未来的目光俯瞰世界，/内心充满悸动，博大精深。/老去是度过漫长的天日/却没有一点我们也曾年轻的感觉；/

老去是在隐秘的内心深处/郁积着对变化的乏味回忆，/却没有激情——丝毫没有！

因此，这一部分的全部解读就是围绕着"没有激情——丝毫没有"这个核心论题进行阐释。

实际上克拉克是在批驳阿诺德诗歌的谬误，说明阿诺德"对黄金晚年的传统画面的反动"诊断是错误的，克拉克认为"相反，老年人也会体验激情，并且比年轻人更容易哭泣。"是的，衡量老年人有没有痴呆，尤其是作家和批评家还有没有能力创作和思考，就是看他内心的表白——只要能够哭泣，激情就在，创造能量就在。为了证明这一观点，他以柯勒律治和华兹华斯的诗歌来反驳"没有激情——丝毫没有"的论断，甚至用哈代罗列名人晚年成就者来反证老年人成熟的激情的无限魅力时并不被绝大多数人理解，这些作品蕴含着的深意被忽略了，甚至还被时评者诟病。如何看待这些被世俗观念掩盖着的伟大作品呢？在这里，克拉克有一句并不经意的话却给了我极大的启迪："现在我们欣赏这些晚期作品，给予它们极高的评价，经常在它们当中发现对当今趣味和情感的某种前瞻。"也就是说，一部伟大作品的内涵也许并不能被当代人所理解，但是，作者把作品博大精深的内容献给了未来，克拉克列举的伟大艺术家晚年最具震撼力的作品都是指向人类未来的答案，足以让我们回味其隽永的主题激情——不被当下所认可的作品并不代表其艺术性和思想性的欠缺，相反，一旦遇到适当的时机，遇到慧眼的批评家和艺术思想家，当它重新归来的时候，文学史和艺术史的殿堂里将会以最高的礼遇欢迎它的归来。

可是，反观中国当代一些作家给我们留下的晚年作品遗产，我们的百年文学史能够从中寻觅到这样的作家作品吗？我想是有的，然而，什么时候能够发掘出来呢？我想，这与我们的阅读史的语境固然有很大的关系，但是，也与我们批评家的阅读修养和眼光有着极大的关联性。我们虽然也缺乏有可能被发掘的诸多伟大的艺术家和文学家，但是，我们更缺乏有思想和有眼光的批评家和文学艺术史家。也许有人会举证20世纪80年代时，我们刨出了两个被文学史遮蔽的中国伟大作家，但是，那种世界级的大家尚在等待中。

我以克拉克分析米开朗琪罗大型油画内圈中的一个附加人物作为隐喻性标题，来阐释作家和艺术家的"内心激情"被激活的原因——"许多艺术家和一些作家经历无穷无尽的痛苦，从这些悲惨的人类命运中创造出伟大的艺术作品。他们对人类愚昧的愤怒不是软弱无能的，他们对已经发生的事物的重演是一种维持生命神话的再创造的手段。他们捕捉肉体和灵魂崩溃的那一刻，并抓住足够多的身体部分，让那一刻变得可以理解，并让我们看到其解体是如何暴露灵魂的。"这是演讲稿最终的结语，也是克拉克整个演说最为精彩华章的高潮，作为一个文学艺术评论家，有这段话，克拉克就足以使自己名垂千古了。

作为绘画艺术的"内圈"，它是触发艺术主题向另一种更深层次转换的圈层，这种深度阐释的内核往往是不被普通观众和读者所注意和意识到的，只有对作者的艺术表现有着深刻理解的人，才能体会到个中"曲笔"之奥妙，这才是评论阐释的最高境界，所谓慧眼识英雄、惺惺惜惺惺是也。那么，在文学创作和文学批评的两极之中，如果能够多一些这样的互动交流，也许作家和批评家双方都会受到艺术激情的鼓舞和鞭策，然而，相得益彰的互动却很少在中国文坛上出现，一方面是作家在创作中隐藏的人性的、历史的和审美的内涵日渐稀薄，可以被批评家深入发掘的深层次的含义并不多；另一方面，批评家对作家作品的评论往往就局限于几种惯用的套路，并不能够形成自身从形而下到形而上的感悟与思想的话语体系，这种语境下的评论和批评，只能是一种"死评"，最终是把好的文本"评死"，这种并无激情的套路批评是文本阐释的最大障碍，它无法像克拉克式的艺术批评那样，让作品激活在阅读者的心灵中，更无法让作品赋予新的生命，从而活在文学艺术的历史和未来之中。

我十分激赏克拉克对许多文学艺术巨擘因为采取了悲剧视角而使自己的作品获得永久生命力的艺术观念。那么，这些老年作家和艺术家为什么会"用一种最能让人内心不安的方式将悲剧主题表现得淋漓尽致"呢，无疑，正是他们阅尽了人间的苦难所致，他们不能也不愿在痛苦面前闭上自己的眼睛。他们的激情释放方式也许与年轻人的激情释放不尽相同，所以克拉克是这样来形容定义的："自由而富有表现力。"他举例最多的就是米开朗琪罗的创作，最后给出的结论则是："如果认为伟大的艺术家是通过创造性劳动的愉悦来摆脱老年的痛苦,那将是一个错误。相反,所有将自己的经历为我们留下书面记录的老年艺术家,都把他们的创作行为描述成一种折磨。"我以为这句话的两层含义是:首先,艺术家的创作并不仅仅是为了缓解自身内心的痛苦和孤独,而是克拉克在前面所说的"对艺术的大爱",除此而外,更重要的是他们向人类提供的人性主题的传达——文学艺术是个体的思想的阐释,同时更是把正确的艺术观念通过形象的表现传递给观众和读者;所以,第二层意思就是,要创造震撼人心的作品,其创作过程本身就是对作家灵魂的一次严峻的拷问,只有在千般精神折磨后才能获得宝贵的灵感和经验。这在中外许多文学艺术大家创作的伟大作品那里都得到了充分的验证,一次次的修改,一次次地与作品中的人物共生死而沉潜于作品的情境之中的创作范例,足以说明了这种创作观念对文学艺术作品的重要性,亦如克拉克举证米开朗琪罗在创作《哀悼基督》晚期素描时写下的那句并非广为流传的至理名言那样:"上帝知道血的代价。"正因为米开朗琪罗认为一般人是难以理解作家心灵深处所要表达的东西,所以才发出了这样悲悯的哀号。这是呼唤能够理解他作品深层内涵的哀号,也是对观众和读者阅读理解的期待,更是对文学艺术批评家的呼吁——如其将作品内涵的深刻阐释留给后人,留给历史,还不如吁请同时代的批评家通过对作品的再创造的阐释,来完成作家现时阐释的渴望。虽然这种文本阐释的难度很大,甚至有时会受到许多外力的制约,但是,超越外力的折磨,似乎并不比内心的折磨来得凶猛吧。

我们这个时代是世界面临最大悲剧的时代,这个时代能够产生伟大的作家吗?能够产生与作家并肩的伟大批评家吗?或许这种希望更多地寄托在老年作家和批评家的身上,因为他们所经历的苦难和悲剧更能激发他们洞悉人性和艺术的热情。

正如克拉克分析那个"生命圈中有一个内圈"里的那个并不起眼的"附加人物"那样——在"那个没心没肺地专注于挖坑埋十字架的年轻人"身后,他读出的是"保禄承接痛苦的启蒙时带着一种感恩之情,而圣彼得却丝毫不屈服自己的命运,他愤怒地瞪着我们。如果他能够,他会冲破人类的枷锁圈。"这也是提香为什么从他全部的作品中选择了"三幅最残酷、最具悲剧色彩的画作在晚年复制"的原因所在。文学艺术家在进入老年时刻时，更喜欢用悲剧的形式来表现世界，用酒神的悲剧精神来显示内心的激情，缘于他们感悟到的是"以牺牲生命为代价实现的美是惨不忍睹的。这也是一种在十字架上的受难，是为理性而牺牲纯粹的本能。"这种飞蛾扑火的精神是文学艺术家的一种化茧成蝶的牺牲本能，它超越了肉体的痛苦，虽然他们知道克拉克的警告："非理性的胜利会带来自己的灾难，就像理性的胜利一样残酷。"平庸的作家选择理性的写作，天才的作家选择"冲破人类的枷锁圈"，反躬自问：我们如何选择呢？也许，克拉克通过教宗保禄三世派瓦萨里到米开朗琪罗住处取《哀悼基督》素描时的故事给出了答案：尽管米开朗琪罗已经意识到"不久我就会像这盏灯一样掉在地上，我的灯会熄灭的"。但是，对艺术和人类的大爱之灯却永远不会熄灭，这就是一个文学艺术家的照亮人类前行的审美方式。

无疑，克拉克选择对那些他认为最具老年风格的作家作品进行评论，其中对易卜生和弥尔顿大加赞赏，他们的老年风格是什么呢——"一种坚忍克己的苦行，拒绝媒介的感官刺激所产生的任何利诱。"无疑，这是文艺复兴时的米开朗琪罗、提香、伦勃朗、多纳泰罗和塞尚们都做不到的，从客观上来说是因为当时的媒介对艺术的侵犯并不明显，而在一个后现代的现实世界里，文学艺术家们更要警惕的是媒介给艺术带来的过多戕害。所以，克拉克用T.S.艾略特的诗句来敬告老年文学艺术家：

让我透露给老年人的礼物，/为你一生的努力放上一朵花冠。/第一，即将过期的知觉的冰冷摩擦，/没有乐趣，没有承诺，/只有影子水果的苦涩无味，/伴随肉体和灵魂开始崩溃。/第二，自觉软弱无能的愤怒，/对人性的愚蠢，和笑的撕裂，/对不再逗笑的一切。/最后，重演的痛苦，重新经历你做过的一切，和你过去的自我；/对新近暴露的动机的耻辱，并且意识到/你做过的坏事和对他人的伤害/都曾被你当作善行看待。

其实艾略特的忠告不仅是对老年文学艺术家的，同时也适用于全体文学艺术家，尤其是生活在我们这片热土上的作家。

选自《文学报》2021年8月27日

评鉴与感悟

深入浅出,切中肯綮,直击要害。丁帆先生的读书笔记,写出了一个学者、作家的"文学心法。"

请谁来讲文学课
——从一篇深度报道谈起

/汪政

年近岁末,又到了盘点一年文学业绩的时候,各种年度奖与排行榜竞相登场。如果要我说2020年给我印象最深的作品,大概是《人物》公众号上的《外卖骑手,困在系统里》。我说作品,显然是包含了文学作品与非文学作品在内的,反正,我是将它作为文学作品看待。因为我对外卖这个行当不熟悉,我几乎没叫过外卖,在我的手机里,也没有任何外卖的APP。因此,我完全没有任何有关外卖的知识背景,也没有任何点外卖的经验,与文中那些外卖骑手也没有接触过,在这样的阅读背景下,它在我的眼中就是一篇近于虚构的文学作品。

它的内容我在这儿就不赘述了,现在网上还可以读到。甚至,它还没冷下来,就在我写这篇文章的时候,它下面的留言还在继续增加。我甚至想,只要外卖还在,人们都会时时想到它吧?在2020年,有哪篇文学作品有这样的影响力呢?这是我要说的第一点。当作家们抱怨自己的作品没人看,并且笼统地将原因归于文学边缘化的时候,为什么不想一想自己到底都在想什么,在写什么呢?大概20世纪80年代的流风还在,文学重要的不是写什么,而是怎么写。在忽视文学性的年代,提出这样带有纠偏性的口号是可以理解的,但是,就文学的一般规律与情势而言,写什么总是比怎么写更重要。文学史对经典的认识首先是看它对人类贡献了何种经验。即使在日常阅读中，也没有哪个读者面对一本书会首先去问它是怎么写的。这种忽视写什么的观念对创作界危害极大，它带偏了写作者的视线，会让他们对眼前的生活视若无睹，弃火热的生活于不顾，心中无人，眼中没有读者，将文学变成自己的自娱自乐。《外卖骑手，困在系统里》之所以能引发那么多的讨论，引起那么大的反响，就在于它的点抓得好，抓得准，这样的点不是作者的心血来潮，而是其长期观察的结果，是作者对这些年来渐渐成为人们重要的生活方式的"外卖生活"认知研究的结果。我们有些作家，要么囿于自己的个人生活中，两耳不闻窗外事，要么就随大流，别人写什么，自己也跟着写什么。特别是许多自带主题、自带题材、自带故事、自带人物的写法不知浪费了多少写作资源，挤兑了多少文学空间，毁坏了多少人的写作才华，比如许多宏大叙事、翻着日历的写作都是如此。这些人就没有想过自己到生活中去寻找，更没有真正地深入生活，与普通民众交朋友，去想他们之所想，去写他们想看的内容。我们的许多作家就是这样，他们的写作远远落后于生活，更没有深入到民众的内心。可能有许多作家如我一样，不但不靠外卖生活，不点外卖，不懂外卖，甚至还鄙视外卖，认为吃外卖是一种不健康的生活方式。你为什么不下楼问一问，为什么那么多人要点外卖？他们难道不喜欢可口的饭菜？难道不想有热汤热水温馨的家？你为什么不去问问那些外卖骑手，为什么放着那么多收入丰、条件好、社会地位高的工作不做，而要风雨兼程甚至冒着生命危险去做这一行？你为什么不再花点精力去做一点更复杂的调研，为什么会产生这个行业？它是一种什么经济？给社会又带来了什么以至成为一种生活方式？我想，如果我们的作家能做做这样的事情，并且把它们做到位，大概发现的就不仅是外卖，而是更多、更新、更为民众所关心的生活了。

我说它题材好，抓住了生活的热点，是一篇解决了"写什么"的典范，这么说好像它就是一篇有社会影响的新闻，其实不是。因为我对外卖相当陌生，所以，它打动我的恰恰是它的非外卖、非新闻的因素，那就是它的情怀与思想。它起于渐成生活方式的外卖生活与背后的外卖经济，但是它关注的重点却是这种生活与经济中的人，是一个个奔波在风雨与烈日下、蹿跳于高楼中、驾着电动车逆行于车流里的外卖骑手。文章要表达的就是题目所说的外卖骑手困在了系统里，这系统就是"算法"，是一种在大数据的支持下，通过人工智能为外卖骑手的每一单规划路线及所要耗费的时间，并基于这些数据所建立起来的对骑手工作的评价标准。这种标准为公司平台、点餐人也即消费者和骑手所知晓，看上去公平公开，但是骑手只有被评价的权利，却没有评价另两方和申诉与辩解的权利。更重要的是，算法始终处在不断优化的过程中，如同许多游戏所呈现的那样，只有更快，没有最快。说到底，它揭示的是现代化社会技术对人的控制，是大数据对人的胁迫。我们都在抱怨技术与人的对立，我们都在声讨科学对人的伤害，我们都在讨要大数据时代个人的隐私与权利，为什么就没有像《外卖骑手，困在系统里》这样抓住日常生活中普遍的生活现象，从一个小的、常见的切口深入下去，写出如此形象而具有说服力的作品呢？被系统伤害的不仅是外卖骑手，其实，平台的程序员，消费者同样是受害者。正是这种追求效率的系统将消费者变成了一个个只认数字的冷漠无情的人，他们可能会因为与预计到达时间相差几分钟就给外卖小哥差评，甚至委屈愤怒。他们不会去了解这数字背后的故事，不会在乎这个差评对外卖骑手意味着什么，正是包括这样的算法在内的一系列法则塑造了我们这个时代变态的消费人格。而程序员在无尽的技术开发中沉溺于成功的快感，他们看到的是一个个似乎更为精确的数字，至于这越来越精确的数字带来的越来越快的速度给外卖骑手造成的压迫则远在他们的视野之外。因此，技术不是给哪个人造成困局，而是如文章的导言所说的，"一个在某个领域制造了巨大价值的行业，为什么同时也是一个社会问题的制造者？"作者在作品里很少议论，更没有如许多鸡汤文那样去煽情，它只有一个个的故事，只有一个个的人物，但是，作者的倾向是一目了然的，特别是作者对人的生命的珍重，对生活于无奈中的人的同情与悲悯弥散于整个作品，这正是这篇文章的灵魂，也是我们当下许多文学作品中存在的空白。对于文学而言，比起问题意识，可能情怀意识更重要。这是由我们不同的表达方式决定的，也是我们的文明史赋予文学的命定的职能。情怀的本质是什么？是价值。价值是什么？是关系，是人与人，是人与社会，是人与自然所应该具有的理想关系状态。在理想的关系状态中，人能够实现自己，能够自由地安排自己，能够与社会和自然和谐共存。人类的文明史就是在不断地制造价值，发现价值，传播价值。与追求财富和效率的工具理性不一样，人文科学特别是文学艺追求的是价值理性,是价值优先。"为天地立心,为生民立命,为往圣继绝学,为万世开太平",这就是文学书写的目标,它的核心就是制造与传播价值。天地有大美而不言,自然的意义是我们书写的。芸芸众生如蝼蚁,他们生活的意义是什么?他们活下去的理由又在哪里?这就需要我们去解释、发现与伸张。《外卖骑手,困在系统里》就是一篇"为生民立命"的作品,外卖骑手都是一个个普通人,他们为了生存,为了温饱,为了家庭冒险奔走,这就是他们生命的意义?这就是他们拼命的价值?当一个个外卖骑手被算法逼迫的时候,他们还是人吗?他们的尊严、他们的权利、他们的自由乃至他们的生命都在哪里?他们已经是非人,只是血肉的机器,他们已经完全异化了。在算法链条中狂奔的他们连停下来思考自己的时间都没有,"系统仍在运转,游戏还在继续,只是,骑手们对自己在这'无限游戏'中的身份,几乎一无所知。他们仍在飞奔,为了一个更好生活的可能"。可惜,那个虚幻的"更好的生活"并不存在。

《外卖骑手,困在系统里》的文学品质不仅表现在题材、思想与情怀方面,同样也体现在文学的手法、文学的技术层面。在讨论文学手法之前先要简单地说一下,文学手法的运用首先要有它们的用武之地,叙述的节奏、人物的刻画、细节、语言等,把它们用在何处?这是许多文学写作者不大去考虑的问题。说出来大家可能有些意外,是知识决定了它们。读了《外卖骑手,困在系统里》,我最大的感慨之一是作者的文外功夫,是作者在外卖这个行当具备的专业化的知识。知识决定了我们的视野,知识决定了我们书写的内容,知识也决定了我们写作的空间与深度,所以,没有了知识的帮助,我们的文学手法就没有了施展腾挪的场地。正是大到"数字劳工""订单劳动",小到外卖的每个技术环节共同成就了这篇文章的文学表演。"收到"中算法系统对骑手的套牢,"大雨"对特殊情境中骑手的描写,"导航"中骑手的无所适从,"电梯"里骑手与空间的争夺,"守门"里骑手遭遇的人际困局,"佩奇与可乐"中骑手付出的交际成本,"游戏"中等级评定对骑手的二律悖反,"电动车"里骑手的工具尴尬,"微笑行动"里滑稽的行业文化,"五星好评"中骑手与交警的复杂关系,"最后一道屏障"中骑手社会保障的缺失,"无限游戏"里骑手几乎无解的悲剧命运,这不仅是外卖骑手工作与生活的全覆盖,而且是张弛有度、虚实相间的精彩叙事。

它们不是报道，不是粗线条的叙述，是人物，是心理，是对话，是场面，是细节，是如果我们不深入，不面对就无法想象的文学场景。"外卖就是与死神赛跑，就是和交警较劲，就是和红灯做朋友"，"配送，是一种以顾客为中心的社会表演"，"除非有个交警跟在屁股后面，说你不能超速不能超速，不然单子多的时候，所有的骑手都想飞起来"。这样富于生活气息与行业特色的语言如果不是与骑手们混得烂熟如何写得出来？"被配送时间'吓'得手心出汗的朱大鹤，也出过事儿。为躲避一辆自行车，他骑着超速的电动车摔在了非机动车道上，正在配送的那份麻辣香锅也飞了出去，当时，比身体的疼痛更早一步抵达他大脑的是：'糟糕，要超时了。'"这样的情节与细节如果没有下功夫又怎么写得出来？

我在这篇纪实文字上面花的笔墨确实太多了，因为我想请它来给我们上一堂文学课。文学课就一定是文学圈中的人才能讲？我看不一定，也许以前是，但现在我觉得越来越不该这样，甚至，圈外的人比起圈内的人对变化中的文学有更大的发言权。前几天我在《南方周末》公众号上看到《什么样的内容才配得上这个时代》的课程广告就很有感触，应该让作家们，让那些有志于文学的青年们听听这样的课啊。我记得授课的都是新闻大咖、媒界翘楚，讲的都是他们从业的经验与深刻的体会，如何理解时代、如何提炼话题、如何经营案例、如何进行修辞、如何理解读者，甚至"没有妙招，只有写写写"这样朴素的道理，对我们都很有启示。我前些年就说文学是无边的，文学更在文学外，也说过文学的媒介化与媒介的文学化，现在想觉得越来越有道理。就以新闻的文学化而言，现在的新闻的读者意识非常强。新闻做给谁看？读者们想看什么样的新闻等已经成为新闻从业者首先考虑的问题。一旦确立这样一种读者意识，新闻就必须尽可能地满足读者多方面的需求，这样就不仅仅是提供新闻事件与新闻人物的问题了，情感、态度、价值观、话语风格都需要考虑。而且，抽象的读者不存在了，新闻人眼里只有具体的读者，或是从行业，或是从性别，或是从年龄，或是从阶层，新闻越来越为自己特定的人群服务。其次，新闻越来越跟时代精神、社会风尚打成一片。传统的所谓的新闻独立性被悄悄地搁置了，时代的精神气质、社会的流行趋势、大众的审美风尚……这些都成为新闻研究和跟踪的兴奋点。走在前面的试图领导风尚和趣味，而更多的是唯恐被风尚和趣味所抛弃。所有这些最终都落实到了新闻的话语风格上，我们再也见不到一板一腔的新闻语言了，从引题，到正题，到摘要，再到正文，新闻的每个字都被精心打造，几乎到了"语不惊人死不休"的地步，更不用说许多新的、在传统的新闻文体之外的新兴的新闻文体了。许多的新闻文体都没有被命名，因为整个传统的新闻报刊从分类到栏目设置都已经被天翻地覆地进行了改造。在这样的情形之下，许多新闻记者也已经分不清其身份，自己是新闻人还是文学人？他们如同明星一样，频频在报刊上亮相，评论、深度报道、专栏以及与读者的互动，许多新闻人获得了远比一些著名作家更多的读者和粉丝。他们以巨大的信息量、深刻的思想、敏锐的眼光、动人的情怀、亲民的姿态和个性化的语言风格以及独创的文体独步天下，而这诸多要素都是文学家们梦寐以求的。《外卖骑手，困在系统里》就是一个典型。

与文学互渗的岂止是新闻一族？几乎所有的媒体都加入了进来。没有哪个时代像今天这样注重信息与传媒。以往，文学的传媒是相对单一的，而如今，报纸、刊物、出版、网络、电视、广播、手机……构成了文学传播庞大的空间，市场与传媒互为要素，当文学与市场接轨以后，对传播方式的选择使传媒产生了激烈的竞争，而竞争的原则只有两个，一是利益，二是流量，这就是为什么今天网络能成为后起之秀，不仅在原创，而且在中介、传输上都是位于前列的原因。新兴媒体所催生出的写作形态，如博客、微博、微信、电子杂志、公众号等与传统的出版或发表方式是有本质上的区别的。但在它们上面所呈现的文字也已经不是私人性的了，它同样进入了与他者的交流，进入了公共领域。这是怎样的量级呢？每天在网络平台上发表的作品是纸质媒介根本无法比拟的，它造就了怎样的文学人口啊！这都是值得关注的新的文学人际关系和亚文化类型。这样的人群，这样的写作，形成了我所说的"泛文学"，许多新鲜的文学观念与文学手法在这里孵化、发酵、成型，更不用说其他手法通过它们向文学的迁移。与此相关的是社会美化的浸染。要知道，美化已经成为这个社会的重要表征与生活方式，它渗透到各个领域，"修辞"成为每一个人工产品的必要工序，即使在实用领域，也同样存在着不断更新的、追求极致与唯美的艺术设计，只有美化与实用功能高度结合才能得到大众的接受，日常生活审美化应该是不争的事实。而文字是美化程度最高的方面，我们的一切文字表达无不在如何美化上努力，广告、招聘、求职、策划书、纪实报道、即时新闻以及几乎所有的文字出版物，连同原先严格规整的人文社会科学甚至自然科学的表达都莫不如此。现今，人们可以从更多的空间进入文学的氛围，也可以从更多的媒介和更多的文字作品中获得文学生活的满足。

所以，我建议，放宽我们的眼界，伸长我们的手臂，虚心向别人学习。也许，引发文学变革的不是在文学之中，而是在文学之外。

选自《雨花》2021年第2期

评鉴与感悟

像是一篇讲稿，但很有营养，细读，不但提神醒脑，更可视为写作者的"葵花宝典"。置身当下的时代，文学何为？作家何为？此文倒是提供了一种思索方式。

声 明

本套"2021·北岳·中国文学主题年选"收录了本年度众多优秀文学作品。在编选过程中，我们及各选本主编已尽力与大多数作者取得了联系，但仍有个别作者因故未能取得联系。见此声明，烦请来电，以便奉送样书。

联系人：高海霞

电　话：0351—5628691